JN012880

Ho Sok Fong

アミナ

賀淑芳
及川 茜［訳］

白水社
ExLibris

アミナ

アミナ

目次

装丁
緒方修一

装画
オディロン・ルドン
《沈黙》1911年作

日本の読者のみなさんへ

一冊の本が母体となる言語から歩み出し、翻訳の機会を得るのは、幸運なことです。この短篇集にはアミナこと美蘭（メイラン）を主人公とする複数の小説が、異なる選集に収録された作品も含めて収められています。マレーシアの女性と宗教、民族をめぐるテーマがより前面に出たことで、読者が抵抗なく物語に入り込めるようにと思います。

邦訳ではこの本が新たに『アミナ』と題され、オディロン・ルドンの作品《沈黙》が表紙となったことも嬉しく思います。そう、沈黙こそ、小説では、漆黒の闇に響きわたるものです。いくら言葉を尽くしたところで、沈黙の空間を埋めることはできません。そしてこの複雑な世界では、いつでも好きなことを口に出せるわけではありません。沈黙の闇の中にあるのは、定義からこぼれたものが鬱蒼（うっそう）とはびこる荒野です。文学による介入とその意図は、常に忍びやかなものです。それでも、沈黙の空間が残されているおかげで、文学は単なるメッセージを超えて、翻訳と原作の双方に深い交流と共鳴が生まれます。邦訳に際し、「十月」の日本人女性の名前など、翻訳者の及川茜さんの提案を受けて細部を修正したことにも感謝します。

この本が翻訳を通じ日本の読者と出会うこととなって光栄です。マレーシアというなじみの薄い小さな国から生まれた物語ですが、日本の読者のみなさんにもあまり隔たりのないものであってほしいと思います。読書という旅の過程で、物語の中に、生きることの困難や懼(おそ)れ、欲望が見出されることを願います。国家や地域や民族の差こそあれ、仮の宿りであって、地理的な境界を越え、互いの言葉に耳を傾け、感じ取ることはできるのですから。

二〇二三年八月二日　ペナンにて

賀淑芳

湖面は鏡のように

彼女の車はすんでのところで横転するか湖に突っ込むかするところだった。夕方の神秘的な時間帯、その鹿はすばやく音もなく、車道に姿を現した。彼女は思わず息を呑んだ。そして刹那的に、矢も盾もたまらず飛ぶように加速すると、後先構わず地面の引力を振り切ろうとした。

この数年というもの、学生たちが机に向かってさらさらとペンを走らせているのを眺める時、頭の中にはおとなしそうなヘラジカたちが草地で寄り添っているディスカバリーチャンネルの画面が浮かんだ。鹿がどんなふうに成長し、繁殖するものなのかは知らなかったが、テレビで目にしてから、よく思い出されるのだった。栗色の毛皮で、互いにむつみ合い、警戒心が強く、鳴き声はたてないか、少なくとも人間には聞こえない。ある種の葉を噛むのを好むだろうし、蚤（のみ）もつきものではあるにせよ、それはどんな動物でも同じだろうなどと想像してみた。こうした想像はすべて的外れで、間違いなのかもしれない。何ひとつ現実に合致していないのかもしれない。生物はもともと彼女の得意科目ではない。

ルールに違反する者は誰もいない。机の間からかすかなささやきが立ち上り、時に海の波濤や市場のように騒がしくなるくらいだ。時には一つの質問がクラス全体を沈黙に陥れた。また時には張り切った声が静寂を破った。

「実際は主人公が言うようにひどいとは思いません」

「どうして?」

「語り手は自分の痛みを訴えるのにあまりに酔っていて、妄想を過度にふくらませた被害者のようです。小説の出だしに、『恐怖が私を苛み、ほとんど狂わせんばかりだった』と書かれているでしょう。だから最初から狂女のひとりごとなんです」

「でも小説の語り口は落ち着いているでしょう。心の病のもたらす妄想だと考えなければいけない理由は何かある?」

「でも、被害者という見方には私も賛成です」別の声がした。「被害者の立場に身を置くことが快感なんじゃ? 被害者の物語は語りやすいんじゃありませんか?」

「同情は得やすいよね」学生の一人が言った。

そこで教室には笑い声とため息が起こり、うなずく者もいれば、首を振って反対の意を示す者もいた。

短い論争が始まった。そこに加われない者は彼らどうしで、机と椅子の間からひそひそとささやく声が上がった。彼女は手を上げ、そっと押さえる仕草をする。オーケストラを指揮するように。

「どうして焦って決めなきゃいけないの? 小説の中にそれについてはっきり答えが書いてあるわけでもないでしょう? 結末は開かれているんじゃない?」

彼女は学生たちと話し合うのが好きだ。学生の発言は教室のあちこちから起こり、蟬のようにせわしなく東へ西へそして上下に跳ねまわる。

「でも、真相を口に出すのはそんなに難しいんですか? 小説はどちらにもとれるように書かなければいけないものなんですか？」

「だからメタフィクションとかは好きじゃないんだ」ある学生は教科書をまとめて胸に抱え、急いで出て行きながら、振り返ってひとこと言った。「わかりにくすぎますよ」

ため息と文句でさえ、休止符の前の弦の低い響きのように聞こえる。

窓の外には高い電波塔が見える。ブラインドの隙間から眺めると、高い塔は遠く小さく、視界に滑り込んだステッカーのようで、煙霧が濃くなるとほとんど何も見えなかった。しかし夜間に外環高速道路を飛ばす時、はるかに見える塔は、光る先端がよく目につく。陸地に移された灯台のように、足元に広がる光の海から離れ、ひっそりと夜空の一角にはめ込まれていた。

私たちはみんなあれに頼って暮らしているのだ、と時々彼女は考える。まったく不思議な話だ。もしあれがなかったら、私たちはもっと孤独だろう。しかし塔自身は自分が一日に幾千、幾万のメッセージを送っていようと知るよしもないことだ。

かなり長いこと、彼女は職場で暗礁に乗り上げないよう注意していた。三十五歳を過ぎ、大学に勤めて四年になるが、それでもハイハイを始めたばかりの赤ん坊のような気分だ。一番たくさん話をするのは授業の時だった。たまに考えてみることもある。幼くおとなしいヘラジカはいったいどんなふうに彼女の話を受けとめているのだろう。また一日が過ぎたが、今日は何を口にしたのだったか？不注意ではなかったか、誤解を招くようなことを言わなかったか、口に出したことが真意を裏切っていたりはしなかったか？　初日から、もうこうした異様に慎重な警告が耳に入ってきた。

「学生たちは若く、大人になりつつあるものの、まだ精神的には子供なのです。多くのことについて是非をわきまえておらず、自分のしたことがどんな大変な結果を招くかもわかってはおりません。

ですから、教員は自分の言葉に必ずよく注意しなければならないのです」

彼女はほとんど笑い出しそうだった。大げさすぎるだろう。しかし会議室には笑えると思った人はほかにいないようだった。任期が満了を迎え、更新されない講師が数人いた。この日の会議ではその件が報告された。報告であって、審議ではない。委員会ですでに決定された事項だった。ごく短い報告が読み上げられると、慣例通り同意が表明された。会議はお決まりの行事にすぎず、誰かが反対するはずもなく、決議が覆されることもない。

隣に座った同僚がかすかにため息をつき、席上には小さなざわめきが起こった。誰かが身体を斜めにして彼女に話しかけるのが聞こえた。ほら、ここでは、何か問題を起こしたりするんじゃないよ。彼は言った。この人も、この人も、クレームがあって、契約を解除されたんだから……彼女とは同期じゃない？　親しくなかった？

うーん、よく覚えてないけど、たぶん会ったことはあると思います。彼女は言った。

前の方で、司会役の学部長が諄々と説き続けている。

「他人を尊重し、虎の尾を踏まないようにしていただきたい。慎重さが求められます。あなた方の学生たちは極めて敏感ですし、私たちもそれ以上に敏感ですから」

彼女は視線を落とし、目の前の会議資料をめくってみた。最後のページの下に、官庁の標語が一行印刷されていた。国家と民族に貢献せよ。

彼女の両親も公務員で、母は小学校の教員、父は小学校の校長だった。家には時々同じ標語が記された新しいコップやタオル、傘、万年筆、ファイルが現れたが、どれも両親が休暇中の研修に参加して持ち帰った記念品だった。以前は特にどうとも思っていなかった。傘は壊れるし、タオルにはカビが生え、コップは割れる。初めて、彼女はこの標語が胸につっかえるのを感じた。硬くずっしりと、石のように。「これだけは覚えておいていただきたい。彼ら以上に敏感でなければならないということです」

私も敏感だ、と彼女は考える。とげのような感覚が額の下にひそみ、いつでも口元から突き出して、空気中に浮かぶ笑い声やおしゃべりの泡を突き破ってしまいそうだ。唯一できるのは注意深く避けることだが、万一不注意から暗礁に乗りあげたら、本当にどうしようもなくなってしまう。よく涼しい木陰に停車し、中に座ったまま、運転席でもの思いにふけった。ウィンドウを下げると、世界が海の波のように押し寄せてくる。ただここは内陸で、平穏で、波はない。風がゆったりと駐車場を吹き抜けて、生物学部の養殖池に皺を寄せた。

彼女は記憶力がよく、書名、刊行年と作家の経歴がすらすら言え、ホワイトボードに長々と書き連ねれば、人をひるませるには役立った。むしろ記憶力が良すぎるせいで、時に耳にしたことから受ける威圧感が和らぐまで長くかかった。

「覚えておく価値のないことは忘れることを身につけなきゃ」母は言った。

彼女は答えた。「今はただ覚えておかなきゃいけないことが大量にあるだけ」母が魚を締めるのを見ていた。しかし魚はとっくに死んでいる。彼女は母に言った。死んだ魚をもう一度締めることはできないでしょう。

「いちいちうるさいわね」母は薄い包丁で魚の腹を開き、えらと内臓を引っ張りだした。小さい頃に母に尋ねたのを思い出す。どうしてお魚のお目々は閉じないの。その時母は言った。お魚はお目々がいつも大きく開いているからこそ、食べると賢くなれるのよ。

「どっちにしたって結局はまな板の鯉じゃない」

「さっさと勉強しなさい、ふざけてないで」母は言った。「ほら、あっち行って」

ベランダの父のところに行く。父は煙草を吸いながらあたりのよく知った風景を眺めているところで、彼女が来たのを満足げに見やった。坂の上には華語小学校があり、途切れ途切れにクラリネットの音が聞こえてくる。母はよく言っていた。雀（すずめ）だってあの子たちより気合いが入ってるわ。でも今の彼女はこういう音が気に入っている。時に学校のスピーカーが児童の名を呼ぶ。黄偉興（ホアン・ウェイシン）くん、来なさい。あるいは、葉韻欣（イエ・ユンシン）さん、葉韻欣さん、どこにいるの？——おかげでこの地域の誰もが子供たちの名前を耳にすることになり、彼らが探され、呼び出されていることを知っている。先生がメガホンを手に小学生の隊列を前に叫んでいる様子は想像がついた。そして華語小学校の児童はもしかすると、隊列を組んで、規律正しく、小さな共産党員みたいなのかもしれない。以前、ミッションスクールの同級生はみなそう言っていた。彼女は小学生たちの顔は知らなかった。彼らは坂の上に漂う声にすぎず、その声は時々近所の子供たちの騒ぐ声やテレビの音に飲み込まれた。以前はどうしてそんなに抵抗を感じていたのだったか、今となっては自分が直面していることに比べたら、華語小学校で教えるのは気楽で純粋な仕事であるかのように空想された。

「もし学生が言うことを聞かなかったら、ちゃんとしつけるんだぞ」父はそう言って、懇切丁寧に経験を伝授した。「一罰百戒で、絶対に手を緩めないこと、絶対に甘い顔を見せないことだ」

食卓では親戚の近況が話題になり、同い年のいとこたちについて、誰が成功し、誰がいいかげんな暮らしぶりで、誰が一番見込みがないかなどとあれこれ取り沙汰された。

「兄弟姉妹でさえ会いたがらないって」母は言った。「前はただだらしないだけだったけれど、今は本当にごくつぶしになってしまって、何をしてるのか知らないけどどこに行っても社長とけんかして、長続きしないのよ」

「そういうやつは何をしてもだめだ、自分に飯の種をくれる相手を敵だと思ってるんだろう」父が言った。

長いこと会っていない相手も多かった。両親の話を聞いていても、夢の断片のようにかすかな記憶がよみがえる程度だ。両親が彼女の冷淡さと忘れっぽさに驚かないのがむしろ不思議だった。小さい頃にはよく一緒に遊んだのに。彼女は華語小学校を卒業する前に、両親の転勤で国民小学校（マレー語で教育を行う公立学校）に転校し、中学校はミッションスクールの女子校に通ったので、一家は親戚と疎遠になった。彼らはみな違う人になってしまった。彼らがみな、肩書きを持って成功者然としているとか、あるいは問題を抱えた失敗者として衆目の一致するところになっているとは想像できなかった。

「どうしてそんなことを知ってるの？」彼女は怪訝（けげん）に思って尋ねた。「誰から聞いたの？」

「どのみち聞こえてくるわよ」

子供の頃の休みといえば、一つ覚えていることがあった。母方の祖母の家で、岸辺に集まってほかの子供たちと一緒に叔父が飛び込むのを眺めたことだ。大きく深い湖だった。地元の人は網でいけすを作って魚を養殖し、一列ずつ竹を固く縛り、湖面を一つ一つの国に区切っていた。年下のいとこたちが言うには、彼らの父には潜って網を繕う技術があるとのことだった。叔父は腰に荒縄を巻きつけただけで飛び込んだ。彼女は湖のほとりで待っている大人たちに、叔父はいつ上がってくるかと尋ねた。もう少ししたらだよと彼らは答えた。

岸辺にしゃがんでいると、人の頭が水中からぬっと現れ、湖の中心にさざ波が起こり、波紋となって次々と岸辺の泥まで広がってくるのが目に入った。どちらが先に現れたのか彼女には分からなかった。さざ波だったか、人だったか。

彼らは言った。叔父さんにはすごいスタミナがある。魚網の穴を繕うのは大変なことで、息をとめて水中を探し、穴を見つけたらさらに水の中で一針ずつ繕わなければいけないのだから、長い間潜っていられるだけの「息」が続かなければいけない。その日の午後、目がくらむばかりの陽光を浴びて彼女はめまいを覚えた。叔父がいったい何回浮上したか忘れたが、頭を出すたびに、空に向かって大きく口を開け、空の雲まで肺に吸い込もうとしているようだった。

彼女はどうして網を引き揚げないのかと尋ねた。従兄は言った。それは難しいよ、この網は大きくて重いし、湖の底に縄と釘で固定してあって、もし引き揚げたら、もっとたくさん穴が開いてしまう。だから、この網は動かせないんだ。

しゃべりすぎるのが危険である以上、彼女はなるべく黙っていることを選んだ。説明するだけ、それも必要なものにとどめるのだ。ただヘラジカたちに対してはいくらか楽な気持ちになった。彼らが活発で、経験は乏しいものの、賢くて打てば響くようなのが好きだった。彼らが彼女に示す敬意も、彼らの質問も、彼女に対する服従も好ましかった。自分も彼らと同じく、ゆとりを愛し、プレッシャーを憎んでいると気づいた。そして、彼ら以上に自分の矛盾を映し出すものはないとも。

誰が好きかと尋ねると、彼らはモーム、レイモンド・カーヴァー、トールキン、ハリー・ポッターと答える。誰もトーマス・マンやヘミングウェイ、フォークナー、ウルフを挙げない。理由を問いかけても、口元を緩めて皮肉めいた笑みを浮かべるだけだった。

「ヘミングウェイの会話は散漫で、あまり意味がよくわからないので」彼らは言った。

「知らない単語が多いし、登場人物も多くて、関係が複雑すぎます」彼らはまた言った。

もし口を結んでいる彼らが光を反射せず、よく響く質問、仮説、推論、反駁がそれぞれ異なる色に染まるなら、この時の教室は色どり豊かな絨毯になるだろう。こんなに生き生きした絨毯を織りあげたことに、得意な気持ちがないといえば嘘になる。ほかの場所なら、こうした絨毯を織る機会が与えられるかどうかは分からなかった。時に彼女は声を森のように聞きなした。騒がしい林に暗い影がたたずみ、さまざまな生物がその間に隠れて互いに呼び交わしている。試しに引っ込み思案のヘラジカたちに顔を出すよう誘ってみる。もちろん最初は彼らに黙ったまま聞いていることを許さなければならない。美しさは失われてしまう、もし林がただ一色に統一されるとしたら。

時にはこうしたざわめきがあまりに心をそそるせいで、自分を守るためにあらかじめ肝に銘じたことを忘れてしまう。もともと自分はただの風で、姿を隠して一歩下がったところから他人の演奏を指揮するつもりだった。クラスの学生の英語のアクセントはそれぞれ異なっている。インド系の学生と華人の学生が一番多い。マレー系の学生が一番少なく、たった四人で教室では影のように静かだった。彼らの間でわりに活発なのはある男子学生だけだ。彼はほっそりした身体つきに、流行の服装で、暑い日にはぴったりしたシャツと三スク丈のパンツ*で登校した。足にはつま先の細く尖った靴を履き、身振り手振りをまじえて話し出せば、腕にはめた銀の鈴のついたブレスレットが澄んだ音を立てる。

＊ 原注：三スクとはマレー語で、スク（suku）は四分の一を指し、三スク丈のパンツは膝よりやや長く、ふくらはぎの中ほどまでである。カプリパンツ。

彼は演劇学科の学生だった。

「もしいつかこの小説を舞台化するなら、ヴェニスの美少年は僕以外にいない」

誰かが口笛を吹いた。そして拍手とブーイング。

彼は自分の縮れた髪をなでた。「僕以上に役にぴったりの人はいません」

「おまえは黒髪だってことを忘れるなよ」教室に笑い声が起こった。「年だっていきすぎてるだろ！」

彼女は彼に好きなようにさせておいた。才能にあふれた学生なら誰でも愛し、許したいと思っていた。E・E・カミングズの詩「春は可能な手のように」を彼らに朗読させ、「（そして）何もこわさない」。

彼らはほがらかで、彼女は自分が彼らといるとまだ若く感じられることに気づいて嬉しかった。その美しい少年は歌うようにリズミカルに朗読した。「ぼくはぼくのからだが好きだ」彼は言った。まだ十分間残っているので、彼女は好きにさせておいた。何もよけいなことを考えはしなかった。この詩がこんなに美しいのだから。すべての美しいものに彼女は抗えなかった。

彼が電気を帯びた詩句を楽しげに朗読している時、彼女は確かに彼の美しさを感じた。長いまつげが、フレーズの流れにつれて震えた。彼女は考えた。もし詩人が存命なら、彼のような者が朗読することを拒む理由はないだろう。舌の先から生まれる音で彼はからだの脊柱を弾いているのだと感じた。その声は時には一本の弦のように張りつめ、時には一通の手紙のように広がった。彼女は誰が教室から出て行ったかすら気に留めなかった。

それは四月で、四月はすぐに過ぎ去った。風が枯葉を吹き上げ、枯葉は地面に起き上がって行進するように列をなした。時には彼女も緊張がほぐれて落ちついたように感じた。地面に根を下ろしたひとむらの植物のように、もう着陸の問題を考えなくてもよい。彼女は庭で草むしりをし、やわらかな芽が生長するのを目にした。以前に植えたものは、もうとっくに枯れそうだったのに、雨の後で頑強にも息を吹き返し、蜘蛛が茎の間でゆったりと織物をしていた。

向かいの山の斜面の小学校も休みになった。がらんとした無人の校舎からチャイムが聞こえてくる。蚊と蠅が舞い降りて池の濁った水面をかすめる。

試験監督をしながら、整然と刈り込まれた芝生の上を、鳥の群れが低く飛んでゆくのを眺めていたさえずりはまったく聞こえず、ただすばやい黒い影が空中に脈絡なく点線を描き、時に高く時に低く四方を乱れ飛び、雨が降り出す前の隙をついて虫を捕っている。遠くには剪定された木々が並び、空には低く雲が垂れ込めている。光が暗くなり、芝生には黄ばんだ灰色の影が落ちた。窓は一枚の絵のようだった。

学生が入ってくる前に、彼女はマレー人の教員ととりとめのない話をしていた。純粋に習慣から、彼女は口をつくままに尋ねた。前はどこで教えていたの？　相手は答えた。

ＭＡＲＡ学院大学で。

しばらくの間、心の中で吟味した。一字一字、米粒を数えるように。教室の座席番号がついた机と、一列ずつ並んだ空の椅子に視線を固定したまま、思わず尋ねた。それじゃ、向こうで教えていた時、華人学生はいた？

相手は目を伏せて、彼女を見なかった。極めて慎重にしばらく考えてから、ようやく答えた。いいえ、あそこはマレー人学生が百パーセントのはず。

彼女はこの分かりきった回答にやはり衝撃を受けた。同時に、こうして分かりきったことを尋ねるのは実に馬鹿げているとも感じた。迷惑に思われたろうか？　彼女が敵意を抱いているとかわざと面倒な議論をふっかけようとしているというふうに思われはしないだろうか？　内心どう感じているかは分からないが、彼女が答えた時の様子はただ事実を淡々と述べているだけのようだった。その目からは何も読み取れなかった。わきまえた口調とつつしみ深い表情は、静かな池の水のように揺らがなかった。

それから相手は話題を変え、数日前に起こった学生のカンニング事件について、教員がどうやって機転を利かせ、現場を押さえたかを話した。どんな処分かって、もちろん退学よ、言葉の裏には悲哀が漂っていた。彼女はええ、ええと答え、適当に相槌を打った。窓の外の雨にそぼ濡れた風景を眺め続ける。芝生はおぼろにけむっていた。

冷房が寒かった。朝が早すぎて、彼女はあくびをした。

以前から、彼女はマレー語の「表情」、すなわちair muka*という語が気に入っていた。顔の表情、押し隠せない気持ち。風が吹けば皺が寄るが、ことによると目に映るのは実は傍観者自身の心の影でないとも言い切れない。

話題。適当なものもあれば、触れない方がよいものもある。ある種の人たちは決して構えを失うことなく程をわきまえていられる。

水平線の下に隠しておくべきものを大気中にさらしはしない。皆は遠慮なく声を上げて笑うかもしれないが、一番大声で笑った人たちに限って、目は笑っていない。そうやって笑わなかったら、誰ももう彼らに近づかなくなるのではないかと怖れているのだ。瞳は何かに閉ざされ、コアシェルのように堅固な備えで、まなざしは穴のよう、何もあふれ出てこないことは一目で知られる。しかし知られるというだけのことだ。知ったからといって悪い癖を出さないように抑えておくことはできない。たとえばわきまえを忘れたり、決して越えてはならないという警戒を忘れたりということだ。越えてしまったなら、後からどれだけ修復しようとしても過ちに変わりはない。それからはだんだんと孤独になるもので、ここまでだと明確に示す線の存在は、過去から学んだ座右の銘だった。

彼女は自分をうとましく思うようになり、線引きをすることもうとましくなった。

五月がやってきて、季節風の向きが変わった。出かける前には、窓を閉め忘れないように自分に言い聞かせなければならなかった。ある日忘れて、戻ってみると研究室の片隅に浅く水が溜まっていた。それで床が傾いていることに気付いた。普段はまったく気付かなかったのに。

湿気がコンクリートの壁を通して浸み入り、雨の日にしては冷房も寒すぎた。彼女は首をすくめて彼のオフィスに入った。彼は手紙を読んでいるところで、いつものように厳粛な面持ちで机から顔を上げた。

「学生が言うには、教室で同性愛を称揚したそうですね？」彼は尋ねた。「しかもムスリムの学生に同性愛の詩を朗読させたとか？」

弁解したくないわけではなかったが、だってあれはE・E・カミングズなのに……こんなに苦労して説明する必要があるなんて、と考えたところで、ふと疲労と屈辱、怒りを覚え、そのせいで一言も口に出せなかった。

＊　原注：「表情」の意、この語を直訳すると「水面」の意にもなる。

これは極めて重大な問題ですよ、クレームがありました。彼は言った。言わずもがなですが、ここがどういう場所だか分かっているはずでしょう、この手のことを目にしたくない人もいるんだから。もちろん何を教えたって構わないんですよ。文学ね、ああ、僕も文学は政治と一緒くたにできないことは分かります……だけどね、今こうした問題が起こっている以上、人に説明するのは難しいですね。はっきり言って、もし誰も訴えてこなければ、こちらからわざわざ介入したりしないんだけど。

彼女は黙りこくったまま聞いていた。

あの学生は自分の動画をネットにアップロードし、しかもオンラインでその詩を読み、さらに同性愛者だとカミングアウトしたんですよ。見てみるといい、彼を殺してやるという脅迫のコメントがどれだけついているか……

彼らがあまりこの問題を大きく受け止めないことを望んではいます。彼は言った。委員会でどんな意見が出るかは分かりませんけど、もし誰かが重箱の隅をつつくようなことを始めたら、言葉をつくして説明しないわけにはゆかないでしょうね。どう答えるか考えておくといいでしょう。

もし沈黙を守ったままこの件が静かに過ぎ去ったらどんなによいかと考えた。その中の一通の公文書には、型押しのシンボルマークが浮き出していた。赤い厳封の印章が、神秘的な呪文のようでもあった。オフィスを出ると、鋭い静寂がほとんど耳を聾せんばかりなのを感じた。食堂で、たまたまあの日一緒に試験監督をしたマレー人の女性教員に遭遇し、互いに挨拶をしたが、相手は終始おだやかな笑みを浮かべていた。でも彼女は知っているのか？　彼女は人に、あの女は確かにわざわざ面倒な議論をふっかけて、現実に不満を持つ傾向があると言ったりするだろうか？　午後の間ずっとぼんやりとして、心ここにあらずのまま授業をこなしたが、十分間遅刻したし、脳味噌はつなぎ違えた電気回路のようだった。フォームの記入も間違え、何度も書き直した。

夕飯の時間、テレビの音が部屋を満たす。ドラマ、CM、ニュース、ドラマ。彼らは退屈そうにテレビを眺め、退屈そうに彼女を眺めている。彼らは満足しているかもしれないし、十分に満足ではないかもしれないが、彼女には定かではない。それから彼はテレビを見るのをやめ、執拗に話し続けた。彼女を見すえ、どうやって権威をうち立てるかを語る。彼女は彼の最高の聴衆だった。孤独な晩年にあって、彼女だけがこの家と外の世界、校長だったかつての懐かしい日々とをつなぐことができた。彼は生活に対する母の見方が気に入らずにいる。母は言った。どうやって生活に対応するかを知らなきゃいけないし、それこそが生活なのだと。この言葉を彼女は何十年も繰り返していた。彼女は母を手伝って食器を片付け、皿洗いをしながら母の寂しい生活を我慢強く聴き続けた。生活については、いつも他人の話だった。

すべて他、人、の、話。

ようやく一人になると、彼女はただ座って、少しも動きたくなかった。布団にも入りたくなかったし、歯も磨きたくない、ただそのままそこが巣穴になるまで座っていたかった。だいぶ経ってから彼女はようやくその動画サイトを検索しようと思いつき、たくさんのキーワードで試してみた。最後にようやく見つけたが、タイトルを見ることができるばかりで、動画はすでにブロックされていた。

一行の文字が目に入った。この動画は他人の安全に重大な脅威を与えるため、再生できません。

背筋に冷たいものが走った。

一週間が過ぎ、二週間が過ぎた。背筋の寒気は退かないまま、引き続き教室への出入りを繰り返しながら、規律委員会にどう説明すべきかも考えていなかった。いずれにせよ誰も彼女を会議に呼び出さなかった。誰もこの件に触れない。これで済んだのだろうか？　これだけで忘れられるのだろうか？　誰かが箝口令を敷いたのだろうか？　それとも彼らはとっくに決定を下していて、説明するのも無駄だと思っているのだろうか？

月末になって彼女はようやく知らせを得た。審査委員会は彼女の処分を保留にした。彼らの焦点は別のさらに若く厄介な教師に絞られていた。聞くところでは、彼女は授業中に女性のたしなみに関するイスラームの要求について触れ、それは世俗との区別によって神聖さを守ろうとするやり方だが、実際は身体への制約となっていると話した……それが一部のムスリムの学生の怒りに触れた。当初彼らは研究室を訪ねて彼女と議論したが、そのうち彼女が「不適当な態度でコーランを扱った」ことが明らかになった。学生が学校側に投書して訴えたことで、あらゆる非難と攻撃がなだれを打って押し寄せた。ちょうどその教員の契約も期限を迎え、学校側は更新しないことに決定した。

せわしない一日の後、授業を終えてキャンパスを歩き、坂道に沿って、いつものように生物学部の前の養殖池の階段を一段ずつ上った。六月、鳳凰木は全身を火のように燃やしている。あの演劇学科のマレー人学生を見かけることはもうなかった。どこにも彼の姿は見えない。

彼女はその扉の前を通った。扉は開いており、中の光が廊下を照らしている。思わず横を向いて中をのぞくと、あのとても若い女性教員が片付けをしているところで、床には箱が散らかっていた。足音を耳にして顔を上げ、ドアの外に立っている彼女に気付くと、顔を見て、こんにちはと声をかけた。

そこで、ドアの外の彼女も答えた。こんにちは。少々後ろめたいのは、彼女のおかげで幸い自分は難を逃れたためで、どうも気がとがめた。

急いで部屋に入り、好意を示すため、せわしなく手伝いをし、ガムテープを切り、引っ張り、貼った。相手も拒まなかった。論文、英語、マレー語、さらに何冊も中国語の本があり、表紙の字は彼女にも読めたが、好奇心を抑えて、一冊ずつ箱に入れた。ただしあの大波乱を起こした金文字の表紙が目に入ると、じっと見つめたまま、触らなかった。相手は何でもないようにそれを手にとると直接箱に入れ、その上にさらにひと山の参考書を重ねた。

「大丈夫、ここでは誰も見てないから、どう持ったって平気」女性は言った。「でも、誰かがいたとしても、自分の意思に従えばいいだけで、他人を怖れる必要はないと思ってるけど」

ブラインドは全開で、室内は明るかった。相手は鞄から煙草の箱を出し、目で勧めたが、彼女は首を振った。相手はそこで彼女に構わず一本くわえ、うつむくと、ほとんど髪の房のすぐ下で、火をつけた。この部屋に身を置き、午後の陽光の中で、煙草のにおいが部屋に満ちると、かすかな刺激臭がやや息苦しく感じられ、肺の中にがらくたが詰めこまれたようだった。

「ごめんなさい、聞いたんだけど」彼女は言おうとして言葉を切った。

「何を?」

「少しだけ、」彼女は言った。「あんまりはっきりとではないけど」

相手は悟ったように、ゆっくりとくゆる白い煙の中から好奇心を持って彼女を見た。しばらくして、自分の椅子に腰かけると、床の荷物を足で押しやり、椅子を机に近づけ、ことの経緯を再現してみせた。「こういうふうに」相手は言って、左側の下の引き出しを開け、腰を曲げ、何かを取り出すまねをして、空気を胸に抱え、膝に載せた。「あの人たちが言うには、私が身体をかがめた時、コーランの上を越えたのが、正しくないって」

えっ、ありえない、彼女は言ったものの、それ以上何も言いようがなかった。書籍類は七、八箱ほどになり、西日が差し込んできた。ひとまず片付けはここまでだろう。棚にはまだたくさんの本があった。

「そろそろ帰ろう、一日じゃ片付けきれないし」相手は言って、思い切り最後の一口を吸った。「できるだけ早くここを出るにこしたことはないんだけどね、ふん」

煙草をもみ消し、灰皿の灰を捨てても、においは相変わらず充満していて、全身に染みついた。

六月の終末部が耳元で鳴り響くのを感じた。

「どこに住んでるの？　送ってあげる」彼女は不安げに言った。「この時間はバスで帰るの大変でしょう」

若い教員は首都の北部に住んでいて、国立動物園に近い郊外だった。彼女は道を知っていた。以前、檻の中に閉じ込められて生気のない動物を眺めたことがあった。車で送る途中、自分の心が半分は左側にあるのを感じた。二人は親しいというわけではないが、全く見知らぬ間柄というわけでもなかった。この非常に若い教員は来てまだわずかだったが、研究室は数部屋を隔てただけなので、よく廊下ですれ違ったし、会議で一緒になったこともあれば、同じ教室で前後して授業をするので待っていたこともあった。その彼女がすっかり勇敢さの象徴となってしまったので、奇妙な感じがした。今は適度に沈黙を守るのがふさわしいと思い、相手もそんな気分ではないかもしれないとも考えたが、道はまだ一時間ほどあったので、途切れ途切れに話をした。テレビのくだらない番組をバカにし、数十年変わらずひどい公共交通に不満を言ったが、ラジオで誰かが記者会見を開きゴミのような体制と不公正な待遇について激しく批判するのが聞こえてくると、静かにしばらく耳を傾けた。

「この後はどうするの？」運転席の彼女は尋ねた。

助手席の彼女は肩をすくめた。「さあ」

「向こうはどんなふうに言ってきたの？」

「今のやり方はずいぶん賢くなってるの」彼女は言った。「言い方も丁寧だし。結局、契約期間が満了したし、最近はカリキュラム改革で、学部の方針も変わったから、私は必要なくなったって。学生のクレームに関係する話は何も出ないまま……」

「そんなふうなの……そうなるともう本当に言いようがないけど」

「何を言うんですか？」

彼女は黙って答えなかった。

「私が被害者だとでも？」彼女は言った。「だけど私はそんなポーズは取りたくない」

話はもっとややこしくなるんですから、と助手席の彼女は言った。すごく、すごくややこしくなるの。

退勤の車が波のように、一台また一台と長く外環高速道路に渋滞し、六車線の道路は露天の駐車場と化すと、クラクションが途切れることなく苛立たしげに鳴り響く。車はごくわずかずつ移動し、列になってたっぷり三十分ほどしたところでようやく料金所を通ったが、まばゆい夕陽の中、車の海はどこまでも続いて果てが見えなかった。

「出国を申請しようかと思っていて、何か適当なプロジェクトで出ようかと」助手席の彼女はくさくさした様子で言った。「そちらはどうなってるの？　大丈夫でしょう？　まだここにいられるんでしょう」

運転席の彼女はためらいがちに小さくうなずき、また首を横に振って、苦い声で言った。「さあ、大丈夫ならいいけど。うまくやれればね」

「あの動画は私も見たけど、あなたにはそもそも関係ないことでしょう、クソみたいな言いがかりをつけたがる奴らがいるだけで」相手は言った。「英文学基礎入門はもともと一番安全で、一番何にも関係のない科目でしょう。ただ暇を持て余して隙あらば誰かを脅して見せしめにしたがってる連中がいるってだけ」

彼女は静かに聞きながら何も言いようがないのを感じた。確かに言いようがないし、それどころか事実のように聞こえた。一番安全であらゆる現実から一番無関係。すごく遠い、彼女は思った。確かに島と島の間の距離よりもっと遠い。

到着し、二人は手を振って別れた。疲れていたため、何を言うでもなく、すぐに車を出して帰途に就いた。

車は外環高速道路から一般道に入り、坂道を上り、街の北部のうっそうとした緑の林を抜けた時には、もう黄昏に近かった。最後の光が木の梢に留まっていた。狭い道はくねくねと曲がって斜面を上る。樹の肌は漆黒で、樹影はあいまいな姿で、車道の両脇はいずれも濃くしげった枝と灌木の茂みに覆われている。密度の高い緑の壁の間から突然板壁が現れると、開発業者の告知板がずらりと姿を現した。

ちょうどそこで、あの動物、もしかするとヘラジカか、少なくとも見たところへラジカに似た動物が、どこからか飛びだしてきて、そうして不意に運転席の横の窓の外に現れたのだった。

彼女が脇を見るとすぐにその動物が目に入った。あの不思議な角。窓の外で風のように駆ける。風景は後ろに下がってゆく。もしかするとヘラジカではなく、普通の鹿かもしれない、生物は得意科目ではなかったので確かなことは言えない。

全貌は目に入らず、局部のみが見える。頭の一部、体の一部、激しく起伏する身体、猛獣に追われているようでもあり、檻から逃げ出しはしゃいでいるようでもある。その数秒間、彼女は自分が車を運転していることを完全に忘れ、視線を戻すことができずにいた。活力を張らせた動物はあんなにも近い。運転席から窓一枚隔てたすぐ外にいて、身体のにこ毛にも触れられるほどで、手を伸ばせば角を握ることもできそうだった。テレビでカメラが捉えたヘラジカに比べ、一対の角はもっと短く小さく、折れた枝が野晒しになってざらざらと黒ずんだようでもあった。首はとても長く、頭についた目玉はちょうど横から彼女を見つめているのに、同時に身体は全力で彼女には知り得ぬ見えない前方へと疾走していた。

わずかなひととき、彼らは共に静かな車道を走った。道路の両脇の木陰が巣のように覆い被さり、暮れ方の青みがかった光の中で、さながら雲に乗って境界を越え夢の世界に入ったように、日常の知覚は剥落し、別の異様な知覚が湧き起こる潮のように押し寄せ、その強大な力に彼女はほとんど舞い上がり、地表を離れ、地平線の彼方へと押し流され、もうどんな時間にも場所にも属さない存在になってしまうかのように感じられた。

しかしそれは一瞬のことだった。車が巨大なカーブの遠心力によって放り出されそうになった瞬間、突然我に返り、急ブレーキを踏んだ。タイヤが鋭い叫びを発する。その軽やかな動物は、彼女が現実に帰った瞬間に車を追い抜き、この巨大なカーブの道を思うさま駆けてゆき、瞬く間に彼女を背後に置き去りにして、灰色の点となり、道の果てに消えた。

車は元の場所で大きく円を描き、路肩に乗り上げ、車道から飛び出して、湖水の前の荒地に突っ込んだ。彼女が恐怖の叫びを上げる間もなく、この暴走はもう終わっていた。

彼女はいくらか落ち着きを取り戻したが、ショックがまだ残り、座席から動けずにいた。しばらくしてようやくバックミラーを見て、後方の道路には車の影がないことを注意深く確かめると、ハンドルを切ってゆっくりとバックした。後部のタイヤがぬかるんだ溝にはまってしまった。エンジンがどれだけ咆哮しても、タイヤは元の場所で空回りを続けるばかりだった。

エンジンを切って車を下りると、蚊の群れが襲いかかり、コオロギの鳴く声が耳に充満した。きらめきを放つ水面。うち捨てられた古い家具がそこに積まれているのが見えた。ソファーが一つ湖のぎりぎりのところにあり、座って足を伸ばしたら水面につきそうだった。それは誘いに満ちて、ヴァカンスのように彼女に手招きしていたが、行ってみると近寄れないことが分かった。木材とさまざまな廃品の山に取り囲まれていた。彼女はこの雑多に積まれた湿った山を点検し、タイヤの下に敷ける木材がないかと探した。

空は急速に暗くなった。彼女の手足はすでに何か所も蚊に刺されて腫れていた。車に戻ってもう一度エンジンをかける。しかし空と湖水がすっかり暗くなっても、やはりそこから抜け出すことはできなかった。懸命に電話で救援を求めたが、電波が悪く、電話会社による同じ機械的なメッセージが繰り返し流れるばかりだった。

彼女は困惑しきっていた。あたりには街灯一つない。

自分が座っている場所は実は湖からとても遠いことは分かっている。しかし何も見えないせいで、目のあいた盲人になったようだった。どこまでも混じりけのない闇が遠近感をかき消した。彼女は天地開闢(かいびゃく)の神話を思い出した。畏敬すべき、混沌(こんとん)を切り拓いた英雄を思い、驚異的で非凡な勇気に思いを馳せた。彼らが最初の光を目にした時の驚愕を想像するに、きっとその時に初めて自分に目が備わっていることに気づいたはずだ。ライトのスイッチをひねれば闇を退散させられることは分かっていたが、点灯して他人に自分の存在を知らせるのと、引き続き闇の中に隠れているのと、どちらが安全なのか測りかねた。

このひと時、彼女は静かに座ったまま、闇の中から聞こえる様々な名も知れぬ音に耳をすまし、林の中で虫の声が長短さまざまに織りなす合唱とともに、漆黒の混沌に向き合い続ける。湖上に強い風が吹き、彼女の車を吹き抜け、灌木の茂みと野草を吹きわたるのが聞こえる。そして倦怠と共に考える。これでいいんだ、この場所で、ひと休みしよう。

壁

不動産業者が遮音壁を建てるっていった時、みんなそれはいいことだって思った。だってここ数年高速道路がどんどん広がって、家に近付いてきてたから。前は高速道路から家まで六〇メートルはあったのに、今は勝手口を開けたとたん、猛スピードで走ってくる車にひかれそうになるくらいだし。

ある日の朝、七歳の女の子が自分の家の裏手で車にはねられて死んじゃった。不動産業者はその日の夜中に道路わきに壁を建て始めた。正確にいえば、壁を積んでたの。これは隣のおばさんから聞いたんだけど。二階の窓から見下ろしたら、作業員が道路わきにコンクリートを流して、そのままブロックを積んでいって、最後にコンクリートとモルタルを塗っておしまいだったって。あの人たち全然基礎を作ってないわ。下の階に降りながらそうおじさんに言った。おじさんはサッカーの試合を見ているところで、ボールがゴールに入った時、ラテンアメリカのアナウンサーの喝采の声をまねて興奮して叫び声を上げたから、おばさんの言葉が耳に入らなかった。

おばさんにとっては織り込み済みだったから、そのまま道路わきで作業員が壁を築くのを見ていた。彼女には壁を築いている作業員たちがみな痩せていて、誰もがげっそり疲れているように見えた。彼らがブロックを積んで作った塀はとても厚く、痩せた人ならすっぽり隠れちゃいそうだった。遮音壁はどんどん高く築かれ、最後には彼女の視線を遮った。彼女は壁が一階より高くなったところでベッドに入った。

翌朝、この並びの家の住民はみな裏手の壁が完成しているのに気付いた。この遮音壁で日光は遮られ、一階の台所と裏庭は暗くなってしまった。けれどあの事故に遭った七歳の女の子の死に比べたら、彼らはうす暗くなるくらいどうってことないと思った。残念なのは勝手口が大人の足の大きさよりちょっと広いくらいにしか開けられなくなってしまったこと。子猫や子犬の出入りはできる広さだけど、人間が出入りするにはちょっと無理がある。

隣のおばさんはとても不満だった。これじゃ勝手口がなくなったのと同じじゃない。勝手口がなければ逃げ場がない。おばさんの夫もその見方には同意し、人間なら口だけあって肛門がないみたいなものだと言った。でもだんだん慣れていった。慣れることができないことなんてない。しかもこれはそんなにつらいことでもなかったし、あの女の子の両親よりつらい人なんてほかにいなかった。あの事故が起きた翌日の朝、彼らは小さな棺がその家の門扉から担ぎ出されるのを目にした。数日後、そのお母さんは家の前で火を焚いては、ブリキのバケツの中で、女の子が遺した服とカバンを燃やした。白く濁った煙はビニールの燃えるにおいがして、通りに充満した。

おばさんは夫がいつ外に出たことがあったか覚えていなかった。彼はブラウン管のサッカー場だけを見ていた。窓の光が暗くなった。彼らはできるだけ快適に暮らそうとしていた。

おばさんにはこどもがなく、ほとんどの時間を台所で過ごしていた。台所の扉を閉めてしまえばテレビの音の波は聞こえなくなる。高速道路では車がうなりをあげて通り過ぎ、その騒音で台所の空間はぱんぱんだった。遮音壁ができてから、車の音はカプセルに包まれたみたいで、誰かが胸の中でくぐもった声をあげているようになった。何日もするうちに彼女は慣れてしまい、別に何も良くも悪くもなかった。

遮音壁ができてから、おばさんの行動に少し変化が生まれた。遮音壁が光を遮ったせいで、彼女は台所で新聞を読むと目が疲れるようになった。彼女の注意は台所の裏の小さなトイレくらいの面積の空き地に移った。最初の週に彼女はサボテンを植え、それからディフェンバキアと、クンシラン、ガーベラも二種類植え、その小さな空き地をぎゅうぎゅう詰めにした。あなたも庭に足を踏み入れる機会があれば、不思議に思うかも。あんなに小さな泥の地面に、よく育った葉が地面を這うように広がって、足の踏み場もないくらい。遮音壁で半日陰の環境ができたせいか、土壌は湿り気を帯びてこうした植物をよく茂らせた。彼女はさらに鉢で金魚を飼った。

夫はめったに台所には入ってこなかったし、彼女がさらに猫も飼うようになったことを知らずにいた。彼は胸膜炎を患ったことがあり、犬猫の毛が苦手だった。この猫は遮音壁ができた日にもぐり込んできたのだ。彼女が勝手口を開けようと試していたところに、ぶち猫がその狭い戸の隙間から入り込んできた。この並びのどの家かの飼い猫で、勝手口の扉に行く手を塞がれて飛び込んでくるしかなかったのかとも彼女は思った。猫は入ってくるなりためらいなく椅子に跳び乗り、さらに庭に出てうんちやおしっこをした。追い出すのは忍びない気がした。ふわふわのぶち猫は、胸にぎゅっと抱くと自分の飼っている孤独のようで、猫を抱いているとかわいそうに思わずにはいられなかった。

でも金魚のために、彼女はやはり猫を庭に閉じ込めた。部屋には入れなかったけれど、逃がしもしなかった。猫はいつも庭で寝て、目が覚めるとそこをぐるぐると歩き回り、腹が空けば勝手口のところでニャオニャオと鳴いた。彼女は注意深く餌をやり、あまり満腹にしないように気をつけた。猫は腹が空くととりわけ彼女なしにいられない。彼女は自分と猫との間に見えないロープが渡され、猫が空腹になるとそのロープもぴんと張られるような気がした。彼女は本当にひもで猫をつないでおこうかと思ったが、やはり戸の開け閉めに注意しさえすればいいだろうと考えた。

ある朝彼女が買い物に出かけると、夫はどういうわけか台所に入り、裏庭と台所、居間の間の三つの扉をすべて開け、居間に座ってゆったりと新聞を読んでいた。妻が帰ってみると金魚鉢が割れ、床は水浸しだった。なのに夫は関係なさそうに悠然と居間に座っていた。

なんで金魚鉢が割れてるの？

夫は顔を上げて彼女を見たきり、何も言わなかった。

猫は？

夫は肩をすくめた。妻は彼を睨みつけた。彼の目の、さも自分には関係ないというような色を見ると、彼女は怒りを感じた。その怒りは人を暖める炎ではなく、彼女の心を少しずつ凍らせた。だから彼女の口調は彼より冷ややかだった。あんたの舌は猫に食われでもしたの？

何を言ってるんだ？　飼いたいなら飼えばいいだろう、なんでおれに聞くんだ？　夫は言うなり新聞を読み続けた。国際ニュースからスポーツニュースまでめくっていった。ブラジルが勝った、彼は嬉しそうに言った。彼の熱心な視線と口調は彼女に注がれることなく、夫の前には別に透明な聴衆がいるみたいで、そちらこそが彼の情熱を呼び覚ます対象だった。

彼女はきびすを返して台所に戻り、ゆっくりと大根を洗って刻んだ。彼女は落ち着き払って豚骨と薬材をたくさん鍋に放り込みスープを煮た。それをすべて済ませてテーブルの脇に腰を下ろした。彼女は自分が落ち着いて考えなければならないと思った。考えること以外、何もしなくてよい。午後になって彼女は魚とご飯を皿に入れて裏手に置き、扉を開けた。彼女は一日待ったが、猫はやはり帰ってこない。彼女は耳をすましたが、猫の声は聞こえない。

数日後、彼女は猫がニャオニャオと鳴くのを聞いたように思った。お腹が空いたみたいだ。彼女は台所に座っていたが、声の出所と方向ははっきりしなかった。しばらくの間、彼女は猫が裏庭にいるのではないかと思っていた。猫の声はあの茂ったディフェンバキアとクンシランの間から聞こえてくるようだった。でも台所にいて、裏窓と裏手に通じる扉を開けてずっと待っても、猫の姿は見えなかった。

彼女は扉を閉めた。

ある日、夫が台所に入って彼女の姿を見たが、長いこと会っていなかったような気がした。彼は呆然と彼女を見つめ、ややあってやっと声に出した。痩せたな。彼女の答えはなかったので、彼は勝手口に行った。もともと勝手口を開けて風を通すつもりだったけれど、扉を開けるなり眉をしかめた。何のにおいだ、臭いぞ、死んだ鼠か？　彼はバタンと音を立てて力いっぱい扉を閉めた。

夫が出て行ってから、彼女は丹念に自分を観察し、本当に痩せたことに気付いた。彼女は勝手口に行って、自分がほとんどその足の裏よりちょっと広いだけの隙間から出て行けるくらい痩せているのに気付いた。彼女はそれも悪くないと思った。何日かしたら、裏から出て行ける。

数日後、彼女は勝手口から出てきた。二十センチ程度の路地を歩くのは、新鮮で気持ちよかった。耳を壁につけると、壁全体が高速で走り抜ける自動車に震え、岸に打ち寄せる海の波のように感じた。数千万台の自動車が壁の向こう側を疾駆し、エンジン音とタイヤが路面にこすれて起きる音の波が、この遮音壁をつたって駆け抜けてゆくようだった。血液が体内で騒がしく流れるように。彼女は紙のように薄い手を壁に押し当て、壁の向こう側からその震動が伝わってきて、手の無数の血管に打ち寄せるのを感じた。彼女はもう片方の手も壁に押し当て、十本の指が枯れたディフェンバキアのように震えるのを感じた。彼女はゆっくりと体を壁にもたせ、痩せた二本の足も壁につけ、全身がクラクションに破砕されたトラフヒメバショウのように震えるのを感じた。

彼女は壁から離れ、前に進み続けた。仰向けば空が目に入り、くぐもった灰色をしていた。彼女がうつむいて地面に目を落とすと、ぎょっとするほど散らかっていた。あっという間にこの路地にこんなにたくさんゴミが溜まってしまったとは思いもしなかった。彼女は中に弁当のスチレン容器や鶏や魚の骨や卵の殻や米飯やパンやひとかたまりになった料理や釘や服や学生カバンや筆箱や革のバッグやレンガやシャベルやカセットテープやCDやちりれんげやガラス瓶や枕や靴やタイヤや雑誌や新聞や蠅を目にした。猫がどうやってこんなゴミの中を通るかと想像せずにはいられなかった。こうしたゴミに直面して、彼女はここが管理人のいない墓場で、あたりにはごろごろと腐乱死体が転がっているような気がし始めた。彼女は考えた。夫が嗅いだ悪臭はここから出ていたんだ。

彼女はそうした腐ったゴミを踏み分けながら、自分の体がとても軽く、上に乗ってもスチレン容器はつぶれないと思った。タイヤの中にはとりわけ注意を払った。中に猫がいるかもしれないと思った。彼女の体はとても薄いので、ゆっくりと腰を曲げてタイヤをよけなければならなかった。どこかの骨が折れやしないかと思った。自分の骨が薄く折れやすくなっているようで心配だった。この体はまだこの骨で支えてもらわなきゃいけない。この骨格が危うくなってきて、危機が体の内奥に潜んでいることに思い至った。

もう夫とは寝室を共にしなかった。彼女は台所に薄いマットレスを置いた。薄い人間は薄いマットレスに寝るべきだ。厚くて柔らかいマットレスでは体が沈んでしまう。でもまさにそんなに薄くなったおかげで、体のどの部分も以前よりはっきり感じられるようになった。胸で感じた熱はすぐに背中に伝わったし、どんな感覚でもたちまち全身に広がった。局部に属す感覚はもう何もなかった。あらゆる感覚は以前より透徹して、敏感になった。彼女はこれも悪くないと思った。

彼女は猫を探し続けたが、自分の記憶がすぐに蒸発してしまうことに気付き、だんだんと自信がなくなってきた。あの猫の額の縞は四本だったか、それとも三本だったか？　猫のしっぽの先は黒だったか茶色だったか？　猫がいなくなった日の朝、本当に自分が外出していたのかどうかすら時に疑わしくなった。猫が先だったか、金魚を飼ったのが先だったか？　猫が先に来たのか、遮音壁が先にできたのか？　鉢には金魚がいたのだろうか？　金魚は何匹だっただろう？　細かい部分はもう思い出せなかった。でも、記憶がだんだん曖昧になってゆくうち、彼女は自分がそれほど悲しまなくなったことに気付いた。本当に軽やかな気持ちになったように感じたほどだ。本当のことを言えば、それで別に何も悪いことはない。

その日彼女は猫のようにわたしの家に入ってきた。お母さんが勝手口を開けると、ドアがあの人の行く手を遮った。お母さんがゴミの袋を路地に捨てようとしていたところに、隣のおばさんがゆっくりと入ってきた。わたしと弟は目を丸くしてあの人が軽やかに台所に入ってくるのを見ていた。人間がこんなに痩せた姿は見たことがなかった。おばさんがどれだけ痩せたのかは分からないけれど、本の間に挟んだり、学校の引き出しに隠したりして遊べる紙人形みたいだった。わたしたちと背丈が同じくらいで、全然きれいじゃないのを除けばの話だけど。人形はみんな金髪に青い目の少女なのに、あの人は老けてみにくかったし、顔は皺だらけだった。

あの人の目は裏庭をひとめぐりして台所に入ってきた。わたしと弟が台所でおもちゃの電車で遊んでいるのを見て、お母さんにいった。家にこんなかわいいこどもがいるって本当にいいわね。おばさんは口ではそういったけど、遠くに立ったまま、近付いてこなかった。わたしたちが彼女をひねりつぶしてしまいでもするみたいに。おばさんが口を開くと、空気が喉を通って、声帯を弦のように震わせるふしぎなしくみを見ることができた。お母さんはあの人と話をして、どうしてそんなに痩せたのかと心配そうに聞いた。あの人は、いつこんなふうになったのか、自分でもよく分からないと答えた。猫を探すためじゃないかしら。あの人は自分がその猫をどれだけかわいがっていたかは覚えていても、残念なことに猫の色も忘れてしまったといった。

お父さんが病院から帰ってきた時、二人はまだおしゃべりしていた。お父さんは隣のおばさんを見て、口をあんぐりと開けたまま、ふさがらなくなったみたいだった。お父さんはおばさんを自分の書斎に案内して、血圧を測り、聴診器を当てた。お父さんはいった。背中からでも胸からでも同じようにはっきり聴診できる、服の上からでも心臓が鼓動しているのが見える、不思議でしょうがない。お父さんは、造物主の力は人智を超えているといった。

おばさんはそれから家に何度か来て、そのたびにわたしたちに新しい話をした。植えた草花のことや、その下の蜘蛛の巣や巨大な蜘蛛のこと。おばさんは最近ウツボカズラも植えたといった。それから、裏の地面は湿気が多いから、ウツボカズラの袋は人間を呑み込んでしまうくらい大きくなったといった。あの人が来るたび、わたしと弟は鼻を覆った。あの人の体からは鼠の死骸のにおいがしていた。お母さんとお父さんはいっしょうけんめいこらえていたけれど、あの人がいなくなるとすぐにえずき始めた。お父さんはなんとかあの人に病院を受診させようと説得を試みたけれど、おばさんはあまり興味がなさそうにいった。わたしはこれでもういいと思うの、長く生きすぎたから。あの人はあんなふうでいったいどうやって暮らしているのだろう。ああいう人の暮らしは秘密なものだ。

わたしたちはお父さんの計画が成功したかどうか知らないけれど、それからの出来事は予想外だった。わたしたちは全然準備していなかった。ある日の晩、大きなトラックがあの遮音壁に衝突した。壁は轟音とともに倒れ、わたしたちは二階で寝ていたけれど、ベッドと家全体が揺れ続けるのを感じた。二階の窓から見下ろすと、遮音壁は崩れていた。ブロックは小山のようにうちの裏庭を埋めつくし、台所も半分崩れていた。お父さんは家がまだ崩れるのではと心配して、わたしたちをおばあちゃんの家に泊まりに行かせた。わたしたちが家を出る時、不動産業者がよこした作業員が到着したのが見えた。わたしたちはおばあちゃんの家に一晩しか泊まらなかった。次の日の午後、お父さんに呼び戻されたから。同じ並びの家の裏庭と台所の一部がなくなっているのを目にした。それから遮音壁もなくなっていて、瓦礫のかけらさえなかった。一晩できれいさっぱり片付けられちゃったんだ。また高速道路の車がすぐ目の前を激しく行き交っていた。野良犬が一匹、この細い路地を走っていた。わたしたちにはおばさんが言っていた裏路地の汚さは想像できなかったし、おばさんのウツボカズラも見つからなかった。

おばさんは行方不明になった。

野良犬があのかたまりを掘り出したのは、もう何か月も過ぎたある夕方だった。その茶色い犬は前脚で泥を引っかきながら、興奮して吠えていた。最初わたしたちにはそのふわふわしたかたまりが何だか分からなかった。蛆(うじ)がいっぱいにたかっていた。黄土色と黒の縞模様の毛皮が見えたとき、わたしはびっくりして叫んだ。猫だ、おばさんの死んだ猫！　わたしの悲鳴で二階からおじいさんが一人顔を出して、あのきもちわるいものを見た。おじいさんは駆け下りてきて、あっと声を上げると、今思い出したかのように言った。ここのことだったのか。ここにもともとウツボカズラがあったんだ。

おじいさんは腰をかがめて、黒いしみのいっぱいある顔をわたしたちに近付けた。蜘蛛の巣のほこりが襟についていた。おじいさんは言った。ウツボカズラは人間を呑み込むんだ、おばさんもウツボカズラに食われてしまったんだよ、怖くないかい？

わたしたちはこっそり帰ってきて、何も言わなかった。おばさんは自分で植えたウツボカズラに呑み込まれたんだと思った。でもそれにしたって全然わけわからない。おばさんがわたしたちの夢の中に現れたとき、蛾の羽のように薄かった。おばさんは自分がまだ死んでいないと言い張った。わたしたちは言った。だんなさんがもう死んだって言ってたよ！　あの人は鼻で笑った。

おばさんの肌の色は壁と同じような灰色で、しばらくするとゆっくりと壁にとけ込んでしまい、あたりの薄暗い灰色はあの人の保護色みたいだった。

その後で、わたしたちはようやくおばさんがウツボカズラに呑まれる夢を見た。

それからはもうおばさんの夢は見なかった。

男の子のように黒い

高速道路の方から、小さな車が一台上ってきて、もたもたと大きなカーブを描いて坂を上がった。ファイルを脇に抱えた男がひとり車から降りてきた。

「お父さんかお母さんはいる？」

蘇愛(スー・アイ)は面倒くさそうに言った。「いる」

彼は何かの人権団体から来たとか言って、支援してくれると言った。蘇愛はお母さんを呼んだ。私は空のドラム缶に座って、彼をしげしげと眺めた。たぶん三十代で、とても色が白く、目が大きくて、飛び出しかかっているくらいだった。

私は知らない人とはおしゃべりしなかったが、この男は質問がうまかった。私は聞かれた。「何て名前？　二人は姉妹かな？　違う？　じゃあきっと近所の友達？　学校の友達？……」うっとうしかった。私は彼をもう見ようともしなかった。金魚のような目が気持ち悪かった。彼が笑っても、その目は細くなることはなく、大きく見開いた偽物の目玉のようだった。手にしたファッション誌をめくっていると、蘇愛のお父さんがすぐに出てきて、あの男を家に入れ、私たちを外に閉め出した。私たちは勝手に外のあの坂に向かってぼんやりしていた。

その坂には雑草が生い茂っていて、あの頃はまだ鉄条網がなく、誰でもそこから高速道路の端に転がって行けた。草むらに寝ころんでいると、うなりを上げて通り過ぎる車のタイヤが指先すれすれを回転しているようだった。

夜になると、私たちはよく外にぼんやり座って過ごした。家の中は暑すぎたし、蘇愛（スー・アイ）はお姉さんがソファーに寝そべっているところを私に見られるのを嫌がった。お母さんは私に何か食べたいかと聞いたことはなかった。彼女の家には人にご馳走できるものは何もなかった。クッキーもケーキも。でも蘇愛はいつも冷蔵庫から冷たい水を出して私に勧めた。

通りの脇には高く自動車の広告パネルが立っていて、まぶしいネオンの光を反射していた。坂の下の大通りを、車が光る虫のように蠕動しながら這っていた。車の音と光の中で、蘇愛は熱心に将来の夢について語った。

「いつかパリに行って、イギリスに行ってアメリカに行くの。モデルになれるから」

彼女はソファーに横たわり、靴を脱ぎ捨て、つま先を伸ばし、ゆるやかな曲線を描くふくらはぎを見せた。彼女の目は大きく、髪は長く、足も長かったが、色黒だった。マレー人やインド人みたいに。

「あんたマレー語のスペルだってできないのに」

「大丈夫だよ」

「スーパーモデルは英語ができなきゃ。大学に行って、できればアートか、ダンスのクラスを取らないと」雑誌にはそう紹介されていた。

それが蘇愛の弱点だった。彼女が合格した科目はひとつもなかった。彼女の教科書はどうせ古いポスターや雑誌と一緒に、古紙として売られることになるのだと自分で言っていた。

蘇愛の家にある古いポスターや雑誌に私は興味津々だった。いつも蘇愛に家のポスターと雑誌を出して見せてもらっていた。蘇愛の家には色々な種類の他人が読まなくなった古本がたくさんあった。私たちは外に腰を下ろして、二杯の水を地面に置いて、飲みながら雑誌をめくった。

「こういうスカート、穿いてみたら上品だよね」私の指はつやつやした雑誌のページを撫でて、ファッショングラビアの上に止まった。私は彼女に私の夢の一つを教えた。両親の仕事を継ぐけれど、ここではなく都会に出てファッションデザイナーになる。

蘇愛のお姉さんが飛び出してきた時、私の水はまだ半分残っていた。私は蹴飛ばされないよう素早くコップを取った。蘇愛のお母さんはドアのところに立って怒鳴った。「ただの水でしょう、取られたらどうだってのよ？　早く帰りなさい！　帰って！」

彼らは彼女のベッドのところにしまってあった黴（かび）の生えた菓子とパンを発見したのだった。蘇愛のお姉さんはかんしゃくを起こして、どすんどすんと階段を降り、もう食べられなくなった食べ物を取り返そうとした。蘇愛のお父さんは力いっぱい彼女を家に引きずり込んだ。さっき来た金魚の男はドアの横に立って見ていた。蘇愛はがばっと体を起こすと、猫のように肩をいからせ、敵意をこめて男を睨みつけた。

相手は彼女を見て、かすかにほほ笑んだが、彼女は笑わなかった。蘇愛のお姉さんは泣きながら部屋に戻った。あんたたちなんか大嫌いだという彼女の声が聞こえた。

蘇愛のお父さんはあの男を送って出てくると、階段の前で別れを告げた。

私たちは宵闇の中で静かにずっと座っていた。コップにはまだちょっとだけ水が残っていた。私はもう飲む気になれなかった。

あの頃はまだ鉄条網が私たちと高速道路を隔てていなかった。設置されたからといって夜中の音が変わるわけではない。車のクラクション、バイク、ブレーキパッドの騒音は、波のように次々押し寄せた。お姉さんの泣き叫ぶ声はますます大きくなり、まるで指を鼠に齧(かじ)られでもしたかのように、ずっと向こうの路地まで聞こえるほどだった。近所の家には何軒も明かりがついた。うちもその一軒で、母がカーテン越しに覗いているのが見えるほどだった。

もう帰る時分だったが、それでも蘇愛(スー・アイ)は私を帰してくれる気にはならないようだった。最後には母が引き戸を開けて、私と彼女のどちらに向かってだかこう吐き捨てた。「何を待ってんのよ？　こんな時間に外で何してんの？　あんたも真っ黒なやつらに強姦されたいの？」

ほとんど誰もが蘇愛の家の事情を知っていた。みな蘇愛が自分から話す気になるのを待っていた。彼らはあれこれ推測して、ドアの内側の出来事をこと細かに織り上げるのだ。口に出せない、あるいはそもそも話し出したらきりがない秘密を。でも誰も彼女に直接尋ねはしなかった。それに試験の方が大事だった。毎日九時間の授業があり、私たちはノートをとったり微積分の計算をしたりするのに忙しく、きりがなかった。

休憩時間、蘇愛は急いで宿題をした。彼女は私が描いた地図を紙の下に敷いて、うっすら見える線をなぞってアフリカの地図を描き、いくつものかたまりに区切った。砂漠地帯や、灌木地帯や、サバンナなどなど。

蘇愛の手は震え、彼女の引いた海岸線はガタガタだった。

「チョコチップクッキー食べる？」

彼女はさっと一枚また一枚と取って口に押し込んだ。朝ご飯を全然食べてこなかったのか、もしかするとお姉さんが台所の食物を食べ尽くしてしまったのかもしれない。あと二分で次の授業が始まるのに、蘇愛はまだゆったりとサバンナ地域に一本ずつ草を描いていた。

地理の先生が入ってきた時、みな先生の口から煙草のきついにおいを感じた。私たちは一人ずつ呼ばれ、先生の横に立ってノートを見せた。一つでも間違いが見つかると、先生はその女子をしゃがませて、指で首筋をこするのだった。くすぐったくて仕方ない。

蘇愛の番になった時、私はほとんど目をつぶっていた。ヨーロッパのページは真っ白だったし、インドも、南米も、北米も真っ白だった。アフリカしか間に合わなかったのだ。授業中に取ったノートもただばらばらの単語が書き留められただけで、授業によっては二行書き写しただけということもあった。中学に上がってから、どの科目も二十六個のアルファベットで書かれた教科書になった。蘇愛の英語とマレー語はどちらも駄目で、先生の言葉が理解できなかった。

「まったく信じられないね。男子はひどいもんだが、君はもっと出来が悪い。男子と同じように扱ってほしいのか？　男子と一緒に立たされたいか？」

先生の指はほとんど彼女の首と肩の間にもぐり込み、気持ち悪く這い回っていた。彼女はそこにしゃがみ、どう見ても苦痛に満ちていた。それは先生がノートチェックのたびに与える罰で、くすぐったくて笑わざるを得なかったが、最終的には泣きたくなるのだった。

その時、私は本当に母の言葉を信じていた。母は機嫌を損ねると脅すようなことを言う。いつも帰宅時間が十時を過ぎると、「マレー人のところに嫁にやるよ」と言うのだった。蘇愛のお母さんたちは、一律に「真っ黒なやつら」と呼んでいた。少なくとも私は半分賛同していた。地理の先生がまさにその実例で、私たちは先生が変態だと思っていたが、本人はその方法が鞭打ちよりましだと考えていた。でも、そもそも私たちの体に触るべきじゃないのでは？　何と言ってももう十四歳なのだから。

「先生の言うことが分かったか？　え？　どうして答えない？　何を考えてるんだ？」

彼はノートをめくりながら蘇愛の落ち度を数え立て、クラスは静まり返って誰も声を出さなかった。まったく災難の一日だった。私たちは二階の廊下の突き当たりの教室にいて、誰もここを通ることはないし、外はあまりに整然と植えられてうんざりするほどの灌木の茂みだった。

幸いまだ男子たちがいた。

男子に対する罰はくすぐりの刑ではなかった。彼らは立たされていた。彼らはみな灌木の茂みの中に立っていて、日よけに教科書を開いて頭にのせ、一人残らずインク瓶のロゴのようだった。おい、こっち見ろよ。バカ男子が私に手を振ったので、私は睨みつけた。彼は両手で胸にハートマークを作った。愛してる。愛してる。彼は私に口の形で言った。

私は地理の教科書で顔を隠した。あのバカのせいで笑いそう。でもそこに先生が蘇愛にこう言うのが聞こえた。「君のお姉さんのクラスは3Eで、君は2Eだ。姉妹揃ってびりのクラスだぞ。お父さんに恥をかかせてるんだぞ？　お姉さんは退学したが、君も辞める気なのか？」

蘇愛はそっぽを向いて、昂然とノートを胸に抱えて教室を出て行き、灌木の茂みの男子の間に立った。太陽の下で立たされている男子たちは歓声を上げた。さっき私に愛してるといったあのバカも、心変わりして、蘇愛に口笛を吹いた。

「蘇愛、バカなことやめて、あんたに何ができると思う？」

蘇愛は鞄をひっくり返して教科書を古い新聞紙の上に落とすと、別の新聞紙の束を上に乗せた。歴史の教科書、マレー語の教科書、数学の教科書はすっかり見えなくなった。明日。明後日。しあさって。もっとたくさん、たくさんの古新聞や古雑誌が届いて、こんな教科書を埋めてしまって、もう誰も蘇愛の本を見ることはなくなる。

「ジュースでも売るの？　それから結婚するの、お母さんみたいに？」

「どっちみち私は勉強に向いてないから」

蘇愛は積んだ板の後ろに入って古新聞を重ねていたが、そこにお姉さんが窓から首を出して私たちを見た。髪の毛はハリネズミのようにぐちゃぐちゃだった。

「食べる物ちょうだい。ちょうだいってば」彼女は言った。顔には長い傷痕がナイル川のように、肥えた頬に走っていた。

「うるさい！」蘇愛は叱りつけると、捨ててあった木のベッドフレームをやっとのことで引きずってきて、窓の前に立てかけ、お姉さんの顔を隠した。それでも太った彼女はすぐに板の間の隙間を見つけ、かっと目を開いて私たちを見つめた。私たちは離れ、家の反対側に腰を下ろした。そこには木材と新聞、石灰を詰めた袋がいっぱいに積んであり、ガスボンベや泥にまみれたズボンまであった。

私は気分が悪くなり、お姉さんが見つかって帰ってきた日を思い出した。

彼女は全裸で用水路に放り出されていて、顔は血と泥にまみれていた。たくさんの野次馬が彼女を取り囲んでいたが、みな眺めているだけで、新聞紙の一枚すら体にかぶせられていなかった。あの月、私たちの生活はかなり緊張したものとなり、母は私たちを学校に送り迎えして、新聞やテレビも毎日様々な強姦殺人を報道していた。いちばん有名なのはアメリカ出身の女性建築家が高速道路脇の下水道で焼き殺された事件で、家のすぐ近所だった。警察はみな犯人を捜していた。あの日、蘇愛のお姉さんも地方版の小さな一角を占めたが、写真はなく、新聞は匿名で報じた。

私の従姉は言った。残念ね。きれいだったんでしょう？　どれだけ美人か見たかった。

彼女はあちら側で窓枠をガンガン叩いて抗議していた。

「ほっといて」

蘇愛は果物の箱に座り、憤懣やるかたない様子で腕組みしていた。私は箱の表面の木屑を剝がし、一本ずつ引っ張っていた。長く剝ければ、古代人のように縄をなえる。狭い路面は泥の足跡とバイクの車輪の跡でいっぱいだった。車の排気ガスのにおいがあたりに充満し、遠くから溶接工場の音が聞こえ、スプーンで鉄格子を叩く音に混じり、鋭く道路の往来の騒音を切り裂いた。

「このままじゃ可哀想じゃない？」

「お腹は空いてないんだよ。どれだけ食べてるか知らないでしょう。姉ちゃんは食べ物が見つからないと暴力をふるうんだから」

蘇愛のお姉さんは私たちに悪態をつき始めた。私の父と母のことまで汚い言葉で罵った。私の腕は蚊に刺されて何か所か腫れ上がった。こんなふうに何もかもが耐えられない。私はとても悲しいことを考え始めた。たとえば、ある日私がもう蘇愛のところに遊びに来なくなるとか。蘇愛の頭は柔らかい綿のようで、どうして空から雨が降るのかも知らないし、南極と北極では半年ずつ夜と昼が続くことも知らない。でも私にしても彼女にしても、どうしてお姉さんが急にこんなに食べ物を欲しがるようになってしまったのかは分からなかった。蘇愛のお父さんは見つからない場所に食べ物を隠すしかなかった。彼らは延長コードを引っ張って、冷蔵庫を家の反対側に動かした。

私は言った。「お姉さんはそのうち食べ過ぎでお腹が破裂するんじゃない」

「その方がましだよ、もう金を払って医者にかからなくて済むから」蘇愛は目を閉じて言った。太陽は彼女のまぶたに落ち、まつ毛の影を目の下に落とした。

蘇愛は扉のかんぬきに加えてさらに錠をおろした。彼女は階段を駆け降り、手には鍵束をつかんで振り、何かのリズムに合わせて、風鈴がフォークダンスを踊りでもするかのように、ポンチャッチャッ、ポンチャッチャッ、と鳴らしていた。陽光が厚い雲の層の隙間から差して、彼女の髪に光の輪を添えた。汗で彼女の肌はつやつやと黒光りして、毎日外に立たされて日焼けした男子みたいだった。彼女はお姉さんを部屋に閉じ込めるのに成功した。大人たちは留守で、彼女は一人で、豚のように太った、牛のように力持ちの女をやっつけたのだった。

「私がこれからどうなるって?」

「堕落するって言ったの」私は彼女を脅した。「最後には、売春婦になるって」私の母はそう言ったのだ。しっかり勉強しないと尻で稼ぐことになるよ。大人はみんなそう言う。

蘇愛は物置小屋を開け、冷蔵庫からミネラルウォーターのボトルを出してごくりと飲むと、私に手渡した。私たちは力を合わせて木箱を積み重ね、窓側に押しやった。私たちは窓を開け、部屋に風を通した。高速道路を行き交う車の音がぼんやりとした背景音になった。光は板の隙間と鉄釘の穴から入ってきて、ステージの上の星の光のようだった。反対側の壁には、古いカレンダーが貼ってあり、その女性スターの体はでこぼこのブリキ板に押しつけられて、ぐにゃりと変形していた。蘇愛は果物箱のキャットウォークをセクシーに歩き、私は幕を開けるのを担当した。彼女の家族は服を全部ナイロンのロープに掛けていて、ちょうどそれが幕になった。色とりどりで、どんな雰囲気のデザインもあった。

私はプログラムの司会を務め、ファッション誌の文章を読みあげた。「秋の新作――さあ！ 寂しげで特別なあなたを演出しましょう……コーヒーブラウンのかぎ針編みボレロに、リネンのロングスカートを合わせれば、ボヘミアン風のロマンティックな雰囲気に」

蘇愛(スー・アイ)は落ち着きはらってポーズを取り、彼女が手を上げると、開いた十本の指から光が放たれるようだった。私は大きな拍手を送った。すごすぎる。ごちゃごちゃした荷物が私たちの観客となった。私たちは年中雨漏りして、苔が生えたぼろ家なんかにいるんじゃなくて、名前は分からないけれどどこかヨーロッパのファッションショーにいるのだ。私は新聞を持ち、扇状に畳んで、アコーディオンを弾き始めた。幕が再び上がった時、私たちは季節をまた一つ飛び越えて、あるいは大西洋を越えてニューヨークの街角を歩いていた。

蘇愛はご機嫌だった。彼女は絶対にモデルになる、それが夢だと言った。彼女はダンスを始めた。私たちは二人ともタンクトップとデニムのショートパンツを穿いていた。蘇愛は肉づきよくすんなり伸びた足を震わせて、サタデー・ナイトでフィーバーしそうなダンスの手本を見せた。私は息もできないほど笑った。

彼女はくるりとターンして、またターンした。もしクラスの男子たちが今窓の外に現れてはやし立てても、全然意外じゃない。彼らはせいぜい、ダーリン、めっちゃいけてるじゃんとか、ダーリン、かまってくれないと寂しいよ、こっち見てくれよ、傷つくだろとか言う程度だ。

今日は男子たちは誰ひとり現れなかった。代わりにあの出目金が現れた。このいやな男はまた私たちの楽しい時間を邪魔しにきたのだ。彼は目から泡を吹きそうな感じで笑い、窓の外に立って私たちを見ていた。しかも拍手までして言った。「上手だね」

私たちは踊る気が失せた。彼のせいでぎょっとして、幽霊でも見たような気分になった。彼は表に回って引き戸を開けたが、私たちはただそれを見ているしかなかった。鍵をかけるのを忘れていたのだ。私たちは悲鳴を上げ、変態と罵り、蘇愛も甲高い声で叫んで、屋根もその震動で壊れそうなほどだった。

彼はショックを受けてその場に立ちつくし、顔を赤くして、拳を握りしめた。

「ぼくのことを何だと思ってるんだ？　ぼくが悪者だと思ってるのか？」

彼は私が投げつけたペットボトルを避けた。彼が再びこちらに体を向けた時、本気で怒っていると分かった。

「大人は誰もいないのか？　こんなのいけないよ、本当に危ない、二人で家にいるなんて。二人のお父さんに言っておかないと、女の子たちだけで家にいるのがどれだけ危険か。覚えておいてくれ、大人がいない時、ここで遊んじゃいけない。ここは安全な場所じゃないんだ」

私たちはどうするべきなのだろう？　知らない人を信じちゃいけないけれど、彼は知らない人というわけじゃない。彼は分厚いファイルを脇に抱えていたが、私たちが飛び出した時、ぶつかって落ち、中の紙は木の葉のように吹き飛ばされた。彼が私たちを追いかける間に、散らばった紙は風が遠くに吹き飛ばしていった。数歩も行かないうちに、彼は私を捕まえた。

私は力いっぱい彼を蹴りつけた。その瞬間、私は全然恋愛の相手になるような女の子じゃなく、十歳とかそれよりもっと小さい、人に噛みついたりする七歳だった。

「聞いてくれ、ずっとこうしていてはいけないんだ。中に入れてお姉さんと話をさせてくれ。ほかにもたくさん被害者がいる、たくさん、たくさん、どうか力を合わせて、立ち上がって、勇気を出して口を開いて……」

写真が数枚私の胸のところに吹かれてきて、またぬかるみに落ちた。

「この子たちはみな何の罪もない。まだ犯人が分かっていないんだ。みんな死んでしまったから、悪人は捕まらないいんだ。あいつらを法の外で好き放題させておけるかい？」

彼はますます早口になり、目を真っ赤にして、あの金魚のような目から今にも涙がほとばしりそうだった。彼は本当に悲しんでいたのかもしれないが、私は脅えて必死で叫んだ。

彼はほうほうの体で車に乗り、脅えた動物のように逃げていった。

私はとても臆病で、蘇愛（スー・アイ）のお姉さんは、私たちみんなに警戒を促す生きた見本だった。最初から最後まで、私は彼が言ったあんなでたらめを真に受けはしなかった。彼はもしかすると私たちの悲鳴を聞いてみたかったのかもしれない。私たちは彼が嫌いだったが、でも写真は本当に胸に刺さった。

警察によって冷蔵庫から担ぎ出されたある女の人は、皮を剝がれた豚のようで、手を後ろに縛られていた。どの写真も連環画のように、現場の様々な状況とあらゆる角度を示していた。そのうちの一枚では、首の上にぐんにゃりと垂れた青黒く腫れ上がった顔が私たちを見ていた。何だか彼女はもう人間ではなく、冷凍された脂肪と骨の塊のようだった。ドアの後ろと壁には至る所に血痕があり、警察が何人もそこで捜査していた。でももしかするとそれも彼に雇われた俳優だったのかもしれない。

私たちには彼が何者なのか分からなかった。彼はいったい私たちと友達になりたかったのだろうか？　それとも最初から脅しに来た変態だったのだろうか？　彼が落としたファイルには、たくさんの書類が挟まっていたが、どれも私たちには読めない英語で、複雑な図表が書かれていた。

私たちはそれからしゃがんで、一枚ずつ写真を拾った。

あの日は風が強く、写真は遠くまで飛ばされていて、私たちは坂の下の草むらまで行って、拾ってきた。

箱

安雅(アンヤー)は腰をかがめ、ミシンの脇の低い戸棚の扉を開いた。その棚はほとんど彼女と同じくらい年を経て、透明なプラスチックの扉には黄色い斑点が浮かんでいた。扉の蝶つがいの回転軸にはかなりの埃が溜まっていたので、押すのにかなり力が要った。今日、彼女は棚の中のごたごたした物を片付けてしまうつもりだった。中にある木箱には、もともと古いレコードプレイヤーが入っていた。九年ほど前までは、いつもそこにレコードが回転して、持ち主のミシンのカタカタいう音に合わせて昔の歌謡曲が鳴っていたものだった。今はもうレコードプレイヤーはない。百枚あまりのレコードもプレイヤーと一緒に売ってしまい、持ち主が世を去ったのと同時に過去のものになってしまった。安雅は力を入れてその箱を外に引っ張ったが、中にはいったいいつから溜め込んでいたのか分からない端切ればかりで、まったく記憶になかった。箱の口には蜘蛛の巣と埃がついていた。人にあげてしまうのは惜しかったのだ。今になって引っ張り出して捨てる気になり、その場所を空ければビニールサンダルの大きな包みを二つ入れられると思った。

木箱は予想以上に重かった。腰を曲げなければならないせいか、力が入れにくい。ベージュのズボンには上から下まで灰色の手の跡がついた。ここ二年ほど、安雅はどんどん片付けが億劫(おっくう)になっていた。忙しすぎるのだ。棚の間の普段手の届かない隅には蜘蛛の巣が張りめぐらされていたし、店の品物にはどれもこれもうっすらと埃が積もっていた。入って来る客はめったに気にしなかったし、彼らにしても埃だらけで泥足のまま入ってくるのだった。安雅はそういうものに悩まされることはなかった。埃や泥、蜘蛛、ヤモリ。いつだって生活につきものだ。以前は夫の大胖が鋏を手にして布をシャッと切り、カウンターの上で広げてはくるくる巻いていたので、塵や埃も自然と払われた。今では彼女ひとりで、次から次に出る埃は、掃いても掃ききれず、もう構わなくなっていた。

棚のガラスに映った影で林木頭が来たのが見えた。数日おきに、林木頭は野菜を持ってやって来るのだった。市場が店じまいしてから、彼はここに現れる。それは向こうから望んで売りに来るので、安雅は自分がいつ彼に野菜を予約するようになったのか覚えていなかった。それでも、彼が届ける野菜はいつも新鮮で、値段も安かったので、買うことにしていた。

あいさつしながらも安雅はその木箱を支えていた。箱は半分引き出された状態で、床と斜角を形成している。

普段なら林木頭は野菜をカウンターのガラス台に置き、金を受け取って帰る。今日は、この状況を見ては手伝わないわけにはゆかなかった。

「貸してごらん」大またにやって来て、脇のミシンと靴の商品棚と籐椅子をどけ、足を踏ん張って両腕を伸ばし、中からその汚い箱を出そうとした。

安雅はすぐに彼に場所を空けたが、箱はもう半分棚の外に出ていた。「自分でできるのに」

「遠慮しなさんな、こんなに重いのに」

林木頭も驚いた。箱は想像よりずっと重く、この傷んだ棚にこの重さが支えられたとは思いもよらなかった。半分傾いて引っ張り出された箱は、林木頭の片方の腿で支えられ、ゆらゆらと今にも落ちそうだ。安雅はすぐに左側に入って、落ちそうになった側を支えた。二人は大汗をかいて、ようやく箱を出すと、慎重に床に置いた。

「何が入ってるんだね」林木頭はついついこぼした。

彼女にも自分がいったい何を入れたのか分からなかった。見たところ全部端切れのようではあった。デニム、ツイード、フランネル、綿、化繊、かき回すとたちまち埃が立った。林木頭は思わずくしゃみをした。

安雅はカウンターの後ろに行って金を出した。

「一リンギット半」林木頭は言った。

安雅は彼に硬貨を二枚渡した。彼は金を受け取ると、つい口にした。「あんたもずいぶん力持ちだね」

林木頭はガラスのカウンターの後ろの椅子でひと息入れた。朝の光がカーテン越しに一筋ずつ射し込み、そよ風が吹いてくれれば心地よく、雀(すずめ)が軒先でチュンチュンさえずっている。河辺寄りに、マンゴーの木が一本ある。花々。野菜。村には遊びに行く場所は大してない。彼は以前のこの店の主人は知らなかった。彼がバイクでここに野菜を売りに来るようになった時、大胖はもう亡くなって何年も経っていた。もし夫が存命だったら、二人は茶飲み話でもしたかもしれない。安雅はゴミを片付けるのに専念して、話しかけようとはしなかった。しばらくして林木頭は、近所の奥さんが出て来て興味深げにのぞき込んだのに気付き、すぐに立ち上がって帰って行った。

木箱にはもともと蓋があったが、どこに行ったか分からなかった。昔はその蓋の上にプレイヤーが置かれ、レコードの上では針が外側から内側へと動いていた。カセットテープが流行り始めてからも、大胖（ダーパン）はやはり毎日レコードを聴く習慣を保ち、またちょっとした作業を楽しんでもいた。たとえば柔らかい布で丁寧にレコードの表面を拭き、丹念にレコードの溝を観察してから、ジャケットに収める。彼のレコードは百枚あまりあって、引き出し三つと棚ひとつを占領していた。安雅（アンヤー）は彼の昔からの習慣なら何から何まで覚えていた。結婚してから三十年、二人の変化は大きいようで小さかった。結婚前から使われていたミシン、棚、レコードプレイヤー、日よけのすだれと部屋の古い家具、この家は半世紀近くというもののほとんど変化していなかった。大きな変化があるとすれば、それは大胖が死んで、彼女が寡婦となったことだ。この古い家は彼女の所有となった。

木箱をそこに置いたまま、終日安雅は触らなかったが、客が出入りし、興味を持って箱の中をのぞき込む子供たちもいた。頭を古い布きれの中に突っ込もうとして、大人に叱られた子供もいた。ある客は靴を試し履きする場所を探して、その箱が邪魔だと気付き、安雅と一緒に箱を靴の商品棚の裏に押し込んだ。低いスツールを持って来ると、木箱がちょうど背もたれになったが、それが汚れていても誰も気にしなかった。

「奥さん、今日はお金が足りないわ、十五リンギットぴったりしか持ってこなかったの」

安雅は靴の箱に自分で書いた二つの文字を見た。「同合」、同、合、華、平、安、大、小、長、双、打、この十個は家伝の符丁で、買い入れの原価を示している。この符丁は彼の舅（しゅうと）と姑（しゅうとめ）から受け継がれたもので、大胖が彼女と子供に教えたきり、他人はその秘密を知らない。「同合」は原価が十二リンギットであることを示している。今ではその意味は彼女にしか分からない。彼女の子供も、大胖の兄弟もみな忘れてしまった。

「あら、こっちも大したもうけにならないんだから。次はお金を持ってから来て」

「つけにできない?」

安雅はしぶしぶうなずいた。「ちゃんと払ってね」彼女は後ろを向き、カウンターの前に掛かったホワイトボードに書き込んだ。「つけにしたこと、他の人に言わないでよ」

相手は満足げに笑った。出て行く前にまた好奇心をそそられて尋ねた。「裏で何か料理してるの、いい匂いだけど?」

「何もしてないけど」安雅は答えた。

子供が家を出てから、安雅は昼食を作らなくなった。彼女には頭の後ろに店番用の目がついているわけではない。以前なら大胖が店番をしている間、彼女が裏で台所に立ち、ゆっくり料理をした。お釜がしゅんしゅん音を立てて、ニンニクや葱を炒める香りが家中に充満した。でも今は一番現実的なのは配食サービスだろう。毎月五五リンギットで、野菜二種類と肉のおかずの多段式ランチボックスが届けられるのだから、彼女は店番をしながら食べ、客が来たら蓋をして新聞紙の後ろに押しやればよかった。いつもは半分しか食べず、残り半分は夕飯に回していた。お腹が空いて昼ご飯を全部食べてしまった時は、夕飯はまた別にこしらえる。

箱からはとても古い、雨の後で鉄釘が発するような錆びたにおいがしていたが、ずっと嗅いでいると干し草のようなすがすがしい香りにも感じられた。ほんのりと店の中央に漂い、こういうにおいは何だか癖になって、ついつい嗅いでしまうと安雅は思った。強い体臭の客が来て、その言い知れないにおいを覆ってしまうこともあった。若い男が煙草を買いに来た。煙草は一本ずつバラで売っていた。彼は安雅にライターを借りて、濃い煙を吐き出すと、強烈なマールボロの香りがたちまち店全体に立ちこめた。彼は続けて靴紐、靴下、ラッピングペーパーを買った。安雅が品物を包んでいる間、木箱にもたれた彼が、無造作に煙草の灰を床にはたくのが目に入った。
安雅（アンヤー）は感覚を失ったように眺め、その箱の中身をどう処分するか思いあぐねていた。彼女は考えた。てきぱき片付けてしまうべきだろう。でも客足が途切れると、彼女はトイレに行っておかなければと気付いた。

ひとりで店番をするのにはこういう面倒がある。彼女はいつも長いこと我慢していた。トイレに行く回数を減らすために、水をあまり飲まないようにし、便秘になった。それから娘にも十分に水を飲まないと腎臓結石になると脅された。でも彼女は店先を離れて裏で水を飲んだり、電気や扇風機のスイッチを入れたりするたびに、気になってならないのだった。泥棒が隙を狙って何か盗むのではないか。一度娘が携帯電話を客間の先祖の祭壇に何の気なしに置いたところ、しばらくして使おうとした時には、なくなっていたことがあった。

彼女はトイレから戻り、また空気に混じった干し草のような香りが、蛇のように店をめぐっているのを嗅ぎ取った。彼女は木箱の横のスツールに腰掛けたが、近付くほどに香りは強くなった。息を吸っては芳香を胸いっぱいに感じ、全身で心地よさを味わった。悲しみがこみ上げ、ふと大胖（ダーパン）が目の前を通ったような気がしたが、その顔はおぼろだった。彼が話しかけてきたが、何を言っているのか分からなかった。彼女は焦って、もっと大きな声で言ってよ、こっちからあんたは見えないのよと言おうとした。なのにその声は喉に詰まってどうしても言葉にならなかった。

「あの、奥さん」マレー人の子供の声で彼女は目覚めた。

夕方六時、彼女は二枚の厚く重い木製の扉を持ち上げた。こういう木の扉は、よそではもう使われなくなり、どこも軽く開け閉めできるアルミ製の引き戸に面格子をつけていた。彼女も格子戸に取り換えたいと思っていた。トイレに行くにも、昼寝をしたり水浴びをしたりするにも、ちょっと扉を引けば済むことで、こんな木の扉のような手間は要らない。この扉は舅の代から使われているもので、彼女の家のこの門扉は村でいちばん年季の入った骨董品だと誰もが言った。家には舅と姑の一緒に写った写真が一枚あるが、写真の中の姑は二十歳そこそこで、中国服をまとい、舅はりゅうとしたスーツに身を固め、すっきりした目鼻立ちで、こんな人がどうして後にアヘンばかり吸うようになってしまったのかと信じられないほどだった。二人の背後には、まさに一枚ずつきっちりとはまった木の扉があった。思うに二人が中国から下ってきてから、親戚の家を転々としていた頃、この扉はもうそこにあったのだろう。

安雅は注意深く扉を敷居の隙間にはめ込み、片付けてから、腕を振り、本当になかなか持ち上がらなくなったと思った。もともと誰よりも長く暮らしていた姑でさえこの扉を持ち上げたがらなかった。安雅は毎朝この扉を軸受けから持ち上げ、両側の壁際に移動させて固定し、夜になって店を閉める時にまた敷居にはめ込んできっちりと並べた。大胖がいなくなってから、安雅は一人でこの二枚の扉を持ち上げていたが、厚くずっしりとして、目方は分からなかった。彼女は自分の力が強いのだと思った。娘たちは若いのに誰もこの扉を持ち上げられなかった。

掃除をしないと、と安雅は思った。でないと娘が帰ってきても座る場所がない。でも、疲れたわ。安雅はそうして座っていることしかできずに、夕陽が門前の樹木を透かして石畳の道を移動してゆくのを眺めていた。一日中品物を売って、商品を点検し、仕入れをし、帳簿をつけて、もうくたびれきっていた。子供のかかりがなくなり、資金運転にも前よりゆとりが出たせいで、彼女はむしろ大胖がいた頃より商品の買い付けを増やしており、品物はどんどん店から奥のダイニングや台所のスペースにまであふれ、座る者のないソファーを占領していた。品物が大部分のスペースを埋めつくしてしまったため、毎日ごく狭い面積を掃除するだけでよく、残りはネズミとゴキブリに任せてあった。

次女が帰ってきた。白い車を店の前に停め、大小の荷物をあれこれ持って降りてくると、「馬蹄酥（ばていそ）（マレーシア名産の餡入りパイ）を買ってきたわよ」と言った。

彼女は中に入るなりくしゃみをした。「何のにおい？」彼女は尋ねながら荷物を放り出した。扉を閉（た）てきると、干し草のようなにおいはいっそう濃くなった。次女は鼻が利く方ではないが、すぐに店に回り、においの出所を突き止めて、わあわあと騒ぎ始めた。「いつこの骨董品が出てきたわけ？捨てたんじゃなかったの？」

安雅（アンヤー）はその言葉を聞いていなかった。彼女は奥の台所で夕飯をこしらえていた。次女はバケツに水を汲んできて拭き掃除を始めた。安雅が娘を食事に呼びに出てくると、店の床は一面に濡れていた。次女はあの木箱の前にしゃがみ込み、箱の底から一枚ずつ黒い物体を引っ張り出して、嗅いでみては、怪訝そうに尋ねた。「何のかたまりなの？」

安雅はしばらく眺めてから、「知らない」

「もううちにはこんな箱はなくなったと思ってたのに。まだ丈夫そうね……」

安雅は言った。「要るなら持っていきなさい」

次女はかえっていぶかしげに、「でも、前に廃品回収のインド人に売ったんじゃなかったっけ？」

安雅は自分がいつか箱を捨てたことがあったかどうか覚えていなかった。年をとると、どうしても色々と覚えていないことが出てくる。それでも口ではこう言った。「あんたは家にいやしないんだから、うちのことなんて知りゃしないくせに」

それから二人は黙って食事をし、テレビの連続ドラマだけが流れていた。テーブルに並んだのは林木頭が今朝持って来た野菜で、ニンジンとブロッコリーだった。二人は時々ちらりとテレビを見た。CMの時間だ。二人は無理に話題を探してしゃべった。次女が尋ねることは、安雅には興味がなかった。安雅が聞くことは、次女はあまり答えたくないようだった。

「ちょっとしか食べないのね」

「年をとると食べる量が減るんだよ」安雅が答えた。

しばらく経って、安雅が尋ねた。「職場では全部英語なの？」

「うん」次女が答えた。

「年をとったって何て言うの？」安雅が聞いた。

「オールドーーー」次女は答えた。

「オオーーールドーーー！」安雅は長く伸ばして発音した。

次女は飯碗を抱えてテレビを見続けた。

「年とった犬みたいじゃない」安雅は言った。

その夜、次女がベッドに横たわって規則正しくたてる鼻息を聞きながら、安雅は何度も寝返りをうって眠れずにいた。夜中の三時、彼女はトイレに起きて、店の方で物音がするのを耳にした。しばらく耳をすましてみたが、ネズミが何かをかじっているようで、商品に傷を付けられてはたまらないと、懐中電灯をつけて店を見に出た。

闇の中、何ひとつはっきり見えなかった。なま暖かい空気にかすかににおいが漂っている。しまった、このにおいがネズミを引き寄せるんじゃないかしらん？　懐中電灯の光は弱く、彼女はカウンターに沿って、靴の列、ビニールシューズ、積み重ねた箱を順に照らしてみたが、何も変わった様子はなかった。あの木箱を目にするまでは。一瞬、彼女はまだ意識が昨日と一昨日の内に眠っているように、いぶかしく思った。何でまだこんな物が家にあるんだろう？　黄色い光は揺れ続け、門に向けられたが、門は固く閉ざされており、黄色い光の輪がまたコンクリートの床を通り、ひび割れが見えた。その隙間に入った埃はどうしてもきれいにならず、それなのに小さい子供は、中に何か宝物でも隠れているように、手でほじくりたがった。彼女は鼻に皺を寄せ、あの香りが蛇のように広がってくるのを嗅いだ。電光石火の間に、彼女は娘がこれを目にした時の衝撃を理解した。この箱は確かにとっくに捨てたはずだったわ。記憶が瞬時によみがえり、彼女は身震いすると、きびすを返して寝室に戻り、横になって掛け布団を引っ張った。

彼女はもう寝つけなかった。ゆっくりと悲しみがこみ上げ、涙があふれてきた。彼女は心の中で繰り返し自分に語りかけた。ひとりはいやだ、長生きしたって何も楽しくない。夜の木造家屋は涼しかった。彼女は自分の声に何の答えもないことは分かっていた。娘婿たちと同居するのはご免だった。娘たちの結婚生活は問題だらけなのに、彼女がそれをさらに増やすのはいやだった。孤独はとても恐ろしかったが、定められた運命のように、将来にも転機があるとは思えなかった。闇の中、彼女は力が抜けるのを感じた。現実はどうしようもなく意のままにならないし、人生というのは「苦界果てなし」だ。彼女は考えた。眠ったまま二度と目を覚まさないなら、何も心残りはないだろう。彼女は夜明け近くになってようやくうつらうつらと眠りの世界に入った。

安雅（アンヤー）が次女の悲鳴ではっと目を覚ますと、部屋の中は明るい日差しがあふれていた。彼女は素早く起き出した。娘の叫びに肝が冷える思いだった。急いで階段を下り、あちこちに積んである在庫の品をまたいで、慌てて店に行ってみると、娘はもう扉を外して、入口の横額の上にある面格子の通風口をあっけに取られて見つめていた。そこには誰かが格子を切断した大きな穴が開いていた。

彼女は娘に昨夜のことを話した。昨日盗みに入ったのは臆病な悪漢で、彼女の懐中電灯の光に驚いて逃げていったのは歴然としていた。

でも危なかったじゃない。次女は言った。

損害がなかった以上、警察の態度はおざなりなものになった。「損害はなかったんでしょう」そう言った警察官は大柄な体軀で、よく通る声をしていた。「盗られた物がなくて怪我人もいなければ、こっちもどうしようもないですねえ」

長身の彼らがいると、店が小さく見えた。あの木箱は店の中につっかえていて、身動きできる場所をさらに狭くしていた。一人は煙草をくわえ、敷居の前で気ままに煙を吐いており、視線は箱の中の靴に向けられていた。サンダルが片方だけ中に落ちていた。彼らは制服ではなく、カジュアルなチェック柄のシャツを着ていて、ゆったりした服が彼らの体格をよりたくましく見せていた。安雅が店の中から外を見ると、彼らの体は逆光になり、巨大な影を落とし、時々ゴリラのようにがっしりした肩をすくめるシルエットが浮かんだ。

安雅は彼らの言葉を聞いて、不愉快だったが、口には出さなかった。

「あんたがたは本当に運がよかったんですよ」煙草を吸っていない方が言った。

「壊された物もなかったし、連中も入ってこなかった」警察は言った。「そうそう、近くのカンポン（原注：マレー語で「村」の意）では、こそ泥に外の水道のメーターまで盗まれてるんですよ。ああいうものは七、八〇リンギットになるから、盗まれた家もかなりの数で、捜査のしようがありませんよ。金目のものは外に置いとかないことですね」

　彼らは門の外をうろついていたが、また店に入ってくると、切断されてできたあの穴を見上げた。一人は煙草の吸い殻を捨て、足で踏み消した。腰に手を当てて、長いこと見ていたが、あごを掻いてぶつぶつ言った。「大したもんだな、こんな厚い格子までねじ切りやがって、ったく」

　そして彼は鼻に皺を寄せ、何か彼を過敏にさせるにおいを嗅ぎつけた。振り返って尋ねた。「あれ、何ですか？」

　もう一人も気付き、犬のように鼻をひくつかせた。二人は店に入ると、最初は興奮してあちこち嗅ぎ回っていたが、だんだんとにおいが薄れ、風が吹いてきた。一人が相方に尋ねた。「これ何だ？」

　安雅（アンヤー）はうっとうしくなってきた。いやらしい。後悔もしていた。そもそも彼らを呼ぶべきじゃなかった、この間抜けどもには何も解決できないし、面倒が増えるだけだ。彼女は一晩中とりとめもないことを考え続けていて、すっかりぼんやりしてしまった自分を責めた。何とも答えようがなかったが、そこに次女の声が聞こえた。「うちの冷蔵庫が壊れたんですよ」

　その警察官は何だか疑っているようだった。「そうですか？」答えを待たずにそのまま台所へ入る。安雅は心臓が胸で跳びはねているような気がして、木箱から目を離すことができなかった。どこを見たらよいか分からなかったが、そう考えれば考えるほど視線を離せなくなった。程なくして、警察官が出てくると、笑って安雅に首を振った。「奥さん、冷蔵庫が冷えなくなってますよ、野菜も傷んで、あのまま置いとくと食べられなくなりますよ」

　彼女はほっとして、いくらか落ち着きを取り戻した。週末も子供たちが帰ってこない時は、彼女は料理をしなかった。林木頭が届けてくる野菜も冷蔵庫に入れたまま溜まってゆく一方で、自分でも忘れていた。冷蔵庫にはからからに乾いたトマトや大根、白菜や豆腐がぎっしり詰まっていた。

「じゃあ持って行ってくださいよ、要りませんか?」安雅は言った。

警察官は二人とも仕事は済んだと思い、気楽に出ていった。一人は彼女にこう言いすらした。「実はね、そう重大なことでなければ、通報しなくてもいいんですよ。次は自分で考えてみてください、損害が五百リンギットを超えなければ、もういいんです」

安雅は彼らが通りを渡り、向かいの反対側に消えるのを見送った。母娘は二人ですぐに木箱を台所に運び込んだ。かなり苦労し、安雅は先に道を塞いでいる商品をすべて横にどけ、通れる場所を作ってから引きずったり持ち上げたりして動かした。

「昨夜になって思い出したんだけど」安雅は言った。「これ何でこんなに重いのか。お父さんのレコードプレイヤーが入ってたあれじゃなくて、これはおばあちゃんの遺した箱だったわ」

「二つもあったの?」次女は驚いて聞き返した。彼女は頭を抱え、重荷を降ろしたように言った。

「前に捨てたのに、惜しくなって、こっそり取り返してきたのかと思ってた」

「何でお母さんがそんなことするのよ? もう家の中には荷物が多くてしょうがないのに」

「しょっちゅうしてるじゃない、何でももったいながって捨てないんだから。こんなんじゃゴミ屋敷になるよ!」

「ふざけないで」安雅は腹を立てた。「うるさいねえ」

「うちはゴミばかりじゃない!」

「いやなら帰ってこなきゃいい!」

娘はもう何も言わなかった。

この箱の材質は確かに悪くなかった。「おばあちゃんだったら、きっと壊してたきぎにしてるわね……」

「うちは四六時中こういう物が出てくるんだから……」娘は言った。

家にかつてはあんなにたくさんの死者が暮らしていたのだ。

安雅(アンヤー)が箱の内側の板を叩いてみると、中は空っぽだった。台所をうろうろして、歩きながら、釘抜きを持ってきて抜かなければと思った。異様に固く釘付けにされていて、彼女はワイヤーに干したタオルとふきんをめくってみなければならなかった。引き出しを開けると、ゴキブリとヤモリが暗がりから出てきて、あちこちむやみに走り回った。

よその台所は彼女の家のようにこんなに棚をたくさん置いていない。こういう古い家具はどれも大胖のおじたちが昔自分たちの手で作ったものだった。店のディスプレイ用の大型の棚を省いても、小さいベンチやら、アイロン台にしている長い棚机や、祖先を祀る祭壇なんかも、少なくとも五、六十年以上昔のものだ。木は古くて堅く、とても丈夫で、つやつやに磨かれ、持ち上げると朝晩運ばなければならない木の扉と同じように重かった。

「ずっと前に一つ売ったけど、おばあちゃんが亡くなってベッドを解体した時に出て来たのよ。どうして店の方にあったのか……私もぼけたね。どれがどれかも忘れちゃって、お父さんのレコードプレイヤーの入ってたあれだと思ってた」

彼女はようやく引き出しから斧を探し出し、娘に注意した。「そこをどいて」

二人はそれで箱を壊し始めた。

夏のつむじ風

観覧車が回転を止める甘美な一分間、蘇琴(スーチン)の乗ったゴンドラはちょうどいちばん高い位置に来ていた。日曜の午後、まぶしい日差しで、遊園地全体にハレーションがかかり、巨大な回転輪のゴンドラから見下ろすと、地上のお祭り騒ぎは、回転し続ける渦のようで、極彩色にめくるめき波うち、酔いそうで直視できなかった。彼女は体が今にもばらばらになって、紙のように窓格子をすり抜けて風に運び去られてしまうような気がした。ジェットコースターやフリスビーのようなアトラクションではなかったが、冷たい恐怖が頭から浴びせられ、彼女は虚無によって深淵の入口に縛り付けられているかのように、空の頂に何があるのか、どうしても仰向いて見ることができなかった。

「今日は、いくらか、変える、私、私たちを、きっと」

その文句を吹き込んだものの、続きは思い浮かばなかった。録音テープのリールは回転し続ける。カラカラ、髑髏(どくろ)が転がるように、カラカラ、うつろなまなこが外の回転する世界を追っていた。まだ何か言いたかったけれど、蘇琴に与えることができるのは空白だけで、声には変えられなかった。それはこの世界の誰ひとり知ることのない蘇琴だった。たったひとり取り残された時、そして捨てられたくなければ自分から積極的にならなければと気付いた時、彼女は、自分に話をしてあげようと思ったのだった。なのにマイクに向かって何か言おうとして、それがまるで荒唐無稽なのに気付いた。マイクのテストをしてみた。あ、あ――。

自分の声を録音し、再生する。イヤホンから流れる自分の声を耳にしたその時まで、彼女はどうしてみなが彼女を避けるのか知らずにいた。声は窮屈で落ち着かず、一匹の蛇が中に潜んでいるように、蜘蛛の糸のような息を吐きながら語句の間に引っかかっている。

彼女は別の調子を真似してみた。それでもどこか強情な音色が、うろこのようにいつも文末に貼り付いていた。試しに「わたし（ウォー）――」と長く伸ばしてみると、ゆっくりと変形して〇になるのが聞こえた――。電池が切れかかって、その長く伸ばした音は名も知れぬ動物が洞窟で鳴いているように聞こえた。何も録音していない部分で、録音機はただサーサーと鳴っていた。

さすらいの最初の十年、彼女はずっと楽観的な希望を持っていた。卒業後はシンガポールに行って働き、数年後、ある男と台北に渡って結婚した。その頃の彼女は信じていた。もしリスクを取らなかったら、ずっと膠着状態で、どんなすばらしいことも起きっこない。でも十分に注意して、手にした盆を慎重に支えている限りは、甘美なものが粉々に割れることはない。

彼女はオレンジ色のサンダルを履いて遊園地に足を踏み入れた。太陽のようなオレンジ色で、自信に満ちた第一歩を踏み出せば、すべては再び新しく始められる。過去を忘れ、いさかいはもう過ぎたことにする。誤解は、追い払わなければならない影にすぎない。ここ数日、彼女は万物を塵芥に帰すような時計の音が、体内でチクタクと刻まれているのを感じ続けていた。特に夜寝る前、風が十二階の高みをごうごうと吹き抜けていった。高層階から下を見ると、夜の台北はまばゆく輝き、一枚の仮面のように彼女が飛び降りて行ってその手につかむのを待っていた。でもそれと同時に、もう一つの声がうわごとのようにあちこちから起こる喧噪をなだめるのだった。その声はとても力強く、泥沼にはまった者を引き出す救命ロープのように、果ての見えない高所から、遥かに垂れてきて注意を促すのだった。おまえはまだ——。おや。わたしがまだ何だというのだろう？　ああ、「まだ」していないことはいっぱいある！　救命ロープが手から消え失せてしまい、何もつかめないのをみすみす目にしながら、体が言うことを聞かず沈み続けるとしたら——でもどうなるというのか？

二年にわたる冷戦の後、これまで見えないところに隠してあったものがすべて引っ張り出された。それでも今日は、蘇琴（スー・チン）はこれをただのレジャーにはしないと決めていた。もうこれまでのようにいいかげんにはごまかさない。彼女は将来を試金石にかけ、ある重大な決定をしようとしていた。

しまりのなくなってきた体を見て、水着に自信をなくした彼女は、リュックからシャツを出してははおると、ようやくドアの外に出て、喧噪がわき返る空気の中に戻った。ざぶざぶと水音が巨大な鉄骨を洗い、鮮やかな日差しが水しぶきの上で拡大され、夏の水蒸気の中、歓声があちこちに膨らむ。濡れた体の波が押し合いへし合いしながら前に進む。彼らは楽しげに笑っていたが、水がまつげから滴り、ほとんど何も見えなかった。

彼女は水には入らず、麦わら帽子を被っていた。まばゆい陽光が遊園地の老若男女に降り注いでいる。蘇琴はここで待ち合わせの相手に合流した。その毎日聞いているアクセントが、彼女の足取りの前に浮かんでいる。彼らの間ではどこまでも自在に操られ、互いに受け入れられ、調子を変える必要がないように聞こえるアクセントだ。彼ら一行は細かい砂を踏んで水中に飛び込もうとしていた。そう、蘇琴の目に彼らの姿が映った。それは夫と、息子と娘だ。彼らはわけもなく楽しさに我を忘れ、波のプールへと突進した。蘇琴（スー・チン）はつい水に入り体を浮かせた。水中では、彼女は見知らぬ大勢の人々とそれぞれの色の浮き輪につかまって、次の波が襲ってくる快感を一緒に息を詰めて待っていた。水に浮かんだ体は軽く、ひっくり返ることはない。これは皆で共謀して沈没するふりをする偽の恐怖なのだ。これならだいじょうぶ、蘇琴は考えた。こんな人でごった返したプールで溺死するのは、圧死するより難しいだろう。

蘇琴は夫（または父親）が半分しゃがんだ姿勢で二人の子供の間に浮かんでいるのに気付いた。広げた両腕は目立って白く、左右の手でそれぞれ息子と娘の浮き輪をしっかりつかんでいる。三人はその力強い腕で一つになり、見えない鎖につながれたように、誰ひとり波に引き離されることはなかった。波が通り過ぎると、彼らははあはあ笑い、次々に鼻に入った水にむせた。その時、彼はいっとき手を緩めて顔をこすった。それから彼らは同時に眉をひそめたが、笑うと目尻が下がるそんな表情は、よく似通っていた。

蘇琴は無言のゲームをすることに決めた。声を出さず、口をつぐむ。彼女はそっとこの位置を空けることにした。母親不在のレジャーの情景だ。

「楽しい？」頷く。

「上がる？」首を横に振る。

夫はしっかりと彼らを抱き寄せ、気張って子供たちに浮き輪の縁にしっかりつかまるように言い聞かせ、子供たちは面白がって笑った。彼の額の生え際はもう薄くなっていたが、肩幅は広く、頼りがいがありそうだった。

今になって蘇琴は母を思い出した。母からはたくさんの妙な長所と短所を受け継いでいた。母は以前彼女をぎゅっと抱き締め、唇を耳元に近付け、生暖かい息を首に吹きかけながら、かたくなで無知なゴーレムに命を吹き込もうとするように言った——「どこに行くにしても、いいね、あんたの未来は、結婚して、子供を生むことなんだからね。年を取ってからひとりぼっちにならないように」

たまらなくなって、蘇琴は水の中で涙ぐんだ。

それこそが母の何としても彼女に伝えたかった言葉だった。母があんなに何度も繰り返したせいで、蘇琴にはそれこそが母自身の金科玉条で、生涯で何より伝えたかったことのように思われた。

言いたいことが腹の中に引っかかったまま、蘇琴にはこれまで本当に言いたいことを口に出せたことはなかった。適当な機会がないままに、言いたいことを胸の内で何年も繰り返し考えていた。時に彼女は、そんなことはそもそも口に出す価値はなく、本当に言いたいことですらないのではないかと疑った。いったいどれが口に出さなければならない言葉なのか、彼女自身にも知るすべはないように思われた。もしかすると死を前にしたひとときに分かるのかもしれないし、口に出した刹那、完成されるのかもしれない。しかし最後まで知らないままだとしても、それがどうだというのか？

遊園地で一番良いのは、もしかするとほとんど言葉の要らないカーニバルだということにあるのかもしれない。それでも遊びの激しさで自分を証明できる。大笑いし、叫び、慌てて逃げ、浮き輪を携えて、あちらこちらへ走り、高所から下に滑り、低いところからそびえ立つ頂点を目指して駆け上がる。夏の陽光が肌を灼き、蘇琴は遊園地に他の場所では現れない特有の顔があることに気付いた。もちろんどの場所にも独特の表情はあるし、それは列車やエレベーターの中にそれぞれ決まった顔があるようなものだ。遊園地の顔というのは、ひきつった顔だ。強すぎる歓喜のためにひきつっているのだ。そうした歓喜は死と近しく、太陽のように体内から放たれ、ゆっくりと体内の繊維を燃やしてゆくので、全身が焼かれるように熱くあちこち駆け回らなければならなくなる。

人工の波に飽きて、幼い女児は細かな砂を踏み、小走りに駆け出した。彼らはこれから別の場所に急ごうとしていた。ほがらかに遊園地を移動していると、一家がわずか数年の一時的な集まりにすぎないなんて信じられないくらいだった。今、自分は姿の見えない母親で、家族に見過ごされる存在だと想像しながら、蘇琴(スー・チン)は黙って後ろについて行き、背後から三人の影が日差しの下に躍るのを見た。

彼らは大きなお城の前に導かれ、子供たちはそこで繰り返しウォータースライダーに上り、階段を上がり、チューブ状のスライダーを滑って水中にダイブした。飛び込んでは、またてっぺんに上り、突然の波に洗われるのを待ちながら、自分たちがどれだけ賢く敏捷で、無数の試練と打撃を乗り越えられるかを親たちに見せていた。

彼らは砂浜に走って行ってバレーボールをした。また別の場所で、三人は一つのゴムボートに乗り、楕円形にふくらんだ大きなお碗の中で叫びながらぐるぐる回った。十数分後、蘇琴は彼らが一筋の小川に押し出され、疲れ切ってゴムボートにへたり込んでいるのを目にした。

「もう帰ろうか？」

「やだ、やだ、まだあれ乗ってない、あれ！」

「参ったな」その父はゆっくりと傾斜を登り、たちまち猛スピードで滑り降りるコースターを見た。乗客はほとんど身ひとつで高速で吹き抜ける風の中にさらされている。「やめといていいかな？」

「きみは乗れる？」

蘇琴はすぐには答えなかった。彼女はビデオカメラを彼らに向け、フォーカスを変えて、彼の顔をクローズアップし、それからまたズームアウトした。彼女はその顔から読み取ろうとした。心からの誘いなのか、それともただ上っ面だけなのか。でも彼女にはやたらと疲れた顔が見えただけだった。もう活力を失い、ほとんど平坦で、温もりのない視線が、硬くカメラを見つめている。それが激しく遊びすぎたせいであって、ここ数年の間についえた時間のためではないと彼女は思いたかった。カメラのモニターの中で、彼らは背後の色とりどりのバルーンやキャラクター、鉄骨とソフビ人形にぎっしり囲まれて並んで立っており、もうほとんど余分なスペースはなかった。

彼らは今ちょうど長い列に並び、じきにあのコースターに乗り込むところだ。蘇琴は彼らのすぐ近くに立っていたので、他人の目には、蘇琴と彼らが家族だとごく自然に映るだろう。彼は手を伸ばし、彼女の肩に触れようとしたらしかったが、結局その手を娘の細くて柔らかな髪の上に置き、娘を抱き上げると、額に軽くキスした。同時にしかめっ面をして、サングラスを低く鼻の頭に滑らせた。娘はそのおどけにも笑わず、眉をひそめて彼を見た。背後から絶え間なく話し声がふくらんだ海綿のように親密に寄り添ってきたが、はしゃいだ成分が浸みてくることはなかった。

上空からは時折耳を聾するような急降下の歓声が聞こえてきた。それが頭上を通り過ぎるたび、蘇琴は頭の皮が引きつれるような気がした。鋭い刃が脳天を切り裂くかのように。彼女には自分に取り憑いて頷かせたものの正体が分かっていた。あのマンションを吹き過ぎた風が、渦のように彼女を呑み込み、深い谷底に吸い込んだからだ。

絶対乗らなきゃ、と彼女はぼんやり考えた。一時的に感覚を麻痺させるだけだとしても。

彼女は前にいるこの男児の仕草に気を引かれた。彼は静かにシャボン玉を飛ばしていた。彼も実はかなり緊張しているのだろうが、うまく取り繕っており、彼女には震えているようには見えなかった。男児の顔にはまったく表情がなく、とても落ち着いたまなざしで目の前のストローの先から出てくる七色のシャボン玉を見つめていた。シャボン玉は空に上り、大きくふくらみ、上昇し、さらに大きくなり、ますます高く飛び、それから割れた。カーニバルが突然中断されたかのように。

後ろで母に話しかける女の子の声が耳に入った。——おしっこしたい。母親はためらいなく娘を連れて立ち去り、そのまま二人とも戻って来なかった。

何とかして彼と話さなきゃ。話している間は、時間が過ぎる遅さを忘れていられる。でもきっと無理だ。口を開いたら、涙が出てしまうのを止められないから。

彼女は思った。夢を見ているんだ。夢の中では、どんなありえない会話だって進められる。どんなありえないことだって起きる。

「だいじょうぶ?」男児が急に振り返って彼女に聞いた。

「うん」彼女は向き直ってほほえみかけた。「あたりまえでしょ」

沈黙ゲームは終わった。今、結局彼らが先に口火を切ったのだ。彼女の訛りがどうであれ、彼らは彼女に話しかけなければならなかった。彼女は手を伸ばして彼の髪を撫でたが、彼は抵抗しなかった。今になっても彼女に呼びかけようとはしなかったが、どう呼んだらよいか分からないからだった——おばさん、それともおばちゃん?

「やめてもいいよ」彼は言った。「もし怖いんだったら」

「怖くない」

「母さんは怖いんだ、この前も出口のところで待ってたよ」

それを聞いて、蘇琴（スー・チン）は驚かなかったといえば嘘になる。あの人も、毎回今の自分のようだったのだろうか？　それともあの人の位置を蘇琴が占めたから、そんなふうになったのだろうか？

「そんなに怖くないわ」

「もしコースターが落ちてきたら――」

蘇琴は彼を安心させた。彼女にはまったくこういう地獄のような熱狂が理解できない。取り壊したあとはただ砂漠となるばかりの城で、今この瞬間は歓声が渦を巻いていた。それでも彼女は自分が信じようとすることを相手にも信じさせたかった。

「百年経っても落ちてこないわよ」

彼女はもう永久に乗ることはないだろう。あのひっくり返され、全身が逆さに吊られる感覚といったら、ゴミ箱を逆さに思い切り振って、中のものを全部出してしまおうとしているかのようだった。自分の体はぎゅうっと座席に吸い付けられているのに、中から何かが外に飛び出そうとしていて、魂の一部が風につかまえられてしまったような気がした。

思わずほかの人たちと一緒に声を張り上げて叫び、「わあ」とも「いや」ともしれない悲鳴を上げた。ほかの人が何と叫んでいるのかも分からなかった。共振の喜びが苦痛のように強烈に彼女に巣くい、膨張した海綿のように彼女の心臓を押しつぶした。

彼女は夢の世界に陥ったのかもしれないし、気絶していたのかもしれなかった。白くかすむ雲と霧のかたまりが、鼻の奥からこみ上げてきて、次第に広がり、ふくらみ、とうとう完全に彼女の目をふさいでしまった。その瞬間彼女には何も見えなくなり、あの猛スピードで飛び去るぼんやりした景色ももう見えなかった。すべすべして、濃厚な、純粋な白だけが見えた。それはまったく吐き気のする空白だった。あんなにべたべたしていて、何もないのは確かなのに、何も中には入れず、じっと彼女の頭上にうずくまったまま固まって、彼女の顔を押さえ付けているのだ。もがくこともできず、彼女はもう死んで、身動きできない死体になり、蠟の中に封じられたミルク色の物質にくるまれてしまったようだった。そこまで来ると彼女にはただわめき散らすことしかできず、肺葉の中の空気を怒りにまかせて空にした。何かがゆっくりと喉を伝って這い上がってきた時、彼女は自分が嘔吐を始めたことに気付いた。

彼女の目と鼻を覆っていた空白の色は次第に薄くなり、小さくなり、彼女の顔を離れ、重さがなくなり、すべすべしたアーチ状を帯びてすら見えた。彼女にははっきりと一つの巨大な、白いOが、開いた口から出て来るのが見えた。

二つ。三つ。彼女には数えられなかった。それらはどれも抜けるような青の果てしない空へゆっくりと浮かんでいった。

彼女は思った。誰も見ていない、彼女が立て続けに風船を吐いたのを。白い風船を。

前の座席に座っていた父はもちろん見ていない。隣にいた男児もいったい目を開けていたのかつぶっていたの分からないが、最初から最後まで叫びっぱなしだった。とすると、確かに何も見ていなかったのだ。彼は後で彼女に言った。「吐いてなかったよ」

男児は困惑したように彼女を見ていた。彼女は彼の心の口に出さない言葉を読むことができた。ほら、やっぱりぼくたちとは違うんだ。

彼らが一緒に飛び出してくるやいなや、父子三人はすぐさま紙袋を開き、それぞれ袋の中に思い切り嘔吐した。蘇琴（スー・チン）は今日の午前中、レストランで彼らがハンバーガーとドリア、フライドチキンにポテトとコーラを注文したのを思い出した。その時は制止しようなんて思いもしなかったけれど。

彼らはうつむいて、似たようなリズムでえずきながら、消化器で混じった食物からなる液体を吐き出していた。胸をさするしぐさも、息をついてからぐんにゃりとした様子も、彼らはこんなにそっくりに見える。彼女はティッシュを出して渡した。白いティッシュ。彼女は吐瀉物でいっぱいの袋を三つ受け取ったが、気持ち悪く思わないわけではなかった。

目の前の子供たちが二人とも別の女の腹から生まれたせいとばかりはいえない。自分で生んだ子だとしても、自分より父に似ているかもしれないし、逆に自分の方に似ているのかもしれない。二人とも彼の子供にもなるだろうし、彼女の子供にもなれるだろう、もし彼女が精一杯得ようとするのならば、もしそうするのなら。もしも彼女が死に至ってなお彼らを愛しているのなら。彼らは彼女とは明らかに違うアクセントで話すことは避けられないかもしれないけれど、もしかするとゆっくりと、少しずつ彼女に愛で応えるかもしれない。

でも誰もが彼女から去ってゆくだろう。彼女が死ぬ時は、必ずたったひとりで、孤独に死んでゆかなければならない。

その午後はゆっくりと過ぎ、彼女はずいぶん長いこと我慢したように思った。遊園地の反対側で、彼らは回り続けているハート型のコーヒーカップの横を通った。

「あれも乗ろうか?」

子供たちはあっけにとられて彼女を見た。

蘇琴（スー・チン）は先に乗り込み、中で待った。目を上げて父子三人を見つめ、彼らの次の動きを待っていた。あの夫（あの父）はやって来て、隣に座ると、ぎゅっと彼女の手を握った。

「どうしたんだ？」彼は言った。「みんなもう疲れたよ」

彼女は相手にしなかった。まだカップの外にぼうっと立っている二人の子供に顔を向け、呼びかけた。「早くおいで、早く。もうすぐ閉園よ！」

子供たちはすぐに乗り込んできて、男児は父に寄りかかった。女児は最初どこに座ったものかためらっていた。彼女はぐいと手を引いて、女児を引き寄せ、耳を自分の心臓にくっつけた。

最初はカップの速度はゆっくりで、スローな音楽に合っていた。それから、音楽が高揚するにつれて、カップもますます回転の速度を上げた。蘇琴は自分が見えないティースプーンによって、加速するテンポに合わせてかき混ぜられているような気がした。彼らの落ち着きと警戒はあっという間に溶けて消え、どの口も別の口に押し込まれたように、そこから鋭い歓声を上げ、どんなアクセントや訛りでもなく、ひとつの歓声が遊園地の上空をめぐった。

ちょうど蘇琴が想像していた通りだった。カップが止まった時、彼ら四人は正常な家族さながらに、ぴったりくっついて、四個の溶けた角砂糖のようだった。

ラジオドラマ

森の中で道に迷った者のように呼び交わす。

——ニーチェ『人間的な、あまりに人間的な』（第一巻第八章）

「外に警察がいる」

「紺の制服のほう?」

「ううん、白の制服(交通警察を指す)」

「何しに来たの?」

「交通管制。あっちで誰か死んだの。もうじき出棺だから、車がそこらじゅうに停めてあって、ほら向こうまでもう空きがない」

「あたしたちもさっきずいぶん回ってやっと停めるとこを見つけたの」

誰も話をつながなかった。

「この辺に警察はよく来るの?」

「ええ、まあ——しょっちゅう車でパトロールして、こっちを通ったりあっちを見たり、何を調べてるんだか知らないけど」

「あんたのことを調べには——」

「いえ、ありませんよ、全然」

母は窓の前に立ち、外をひとしきり眺めてから腰を下ろした。ここの美容師は一人しかいないので、客は我慢強く待つしかなかった。室内には整髪料の濃い匂いが充満していた。床には切った髪の毛がいっぱいに散らばっていて、うずたかく重なり、何かの動物が姿を消す前に剝ぎ取られた黒くてつややかな毛皮のようだった。

女の子の髪の房に櫛を通して、チャキチャキと切り落とす。いい髪ね、美容師が感嘆の声をあげた。でも女の子はその褒め言葉に心を動かされる様子はなく、無表情に座ったまま、見えないロープでそこに縛り付けられているようだった。彼女の母は後ろで学校の話を始め、休みがそろそろ終わることや、学校の色々な校則について話し出したが、どれも爪だの髪の毛だのスカートの長さだのといったお決まりのものである。スカートは膝下までなきゃだめだって言うのよ、と彼女は言った。ありとあらゆる物の幅やら長さやらに決まりがあるの。それからその母親は聞きかじりの罰則について語った。最初は警告で、次は罰点がつくの、すごく厳しいんだから。そのせいで大事な時間と内申点をふいにすることもある。女の子は静かに、椅子の上に張られたテントのような大きなケープの下に体を隠している。切られた髪の毛が落葉のように、テントの表面を滑って足元に落ちた。落ちるに任せて彼女は何の反応も見せず、周囲で交わされている言葉は何の意味も持たないかのようだった。

髪の毛は切ってもまたすぐ伸びるから、と美容師は言った。またいらっしゃいね。

もしかすると学校の規則も変わるかもよ、時々そうやって、厳しくしたりまた緩めたりするから、と別の母親が言った。

そうなったらまた伸ばせばいいわ、好きな髪型にして。

美容師は目の覚めるような赤い服をまとっていて、童話の赤ずきんのように見えた。赤い襟はレースで縁取られ、花びらのように、彼女の顔を真っ白に引き立てていた。彼女は真っ黒な髪の毛の散らばる中に立って、集中して女の子の髪を切っていた。

彼女は見たところ三十歳くらいだろう。疲れた様子だったが目鼻立ちはかなり整っていた。他の人のおしゃべりを聞きながら、彼女も口を挟んだりした。同意したり、驚いたり、機敏に受け答えするところからすると、明らかに周りの福建語の会話を理解していた。彼女が話すのはインドネシア訛りのマレー語だったが、何年も在留しているらしく、話し方は分かりやすかった。

その服きれいねと皆が褒めると、彼女は目を細め、機嫌よく笑い出した。

「帰ってきたばかりでしょう、また海外に行くんですか?」彼女は突然私に水を向けた。

私はぎょっとした。私のことまで知っているとは意外だった。

「ええまあ、また機会があれば、様子を見て」私はあいまいに言った。この質問に対するはっきりした答えはなかった。

だいぶ経ってから、このインドネシア女性が誰だったか思い出した。四年くらい前、休みに実家に帰っていた時、うちの妹のところに遊びに来たのだった。あの頃彼女のインドネシア訛りは今よりかなり強かった。

留守よ。私は言った。私はマレー語で「妹は留守です」と答えた。それから本に集中した。

だけどあの短い遭遇を思い出したところで、彼女についてやはり何も知らないことには変わりなかった。彼女はどうしてこの家にいるのだろう――客を呼び込んで、椅子を勧めたりして? 働きに来ているのか?――いや、でもこの建物についてこんな話をしていた。客の女たちは尋ねた。「この家はいくらしたの?」横から老婦人が答えた。「十万何千リンギットよ」彼女らはひとしきりため息をついた。「まあ、いい買い物ね、土地所有権付き? 利子を入れていくらになるの?」美容師はそこで口を挟んだ。「利子は付きませんよ、現金で買ったんです」「内装はいくらかかったの？」美容師はまた答えた。「だいたい四万ちょっと、ほら、ここは、もともと部屋になってて、壁がここにあったのを、壊してこの広さにしたんです」――ここの主人のような答え方から、私はこの建物が彼女のものだと知ったのだった。清潔で、新しく、広々として、真っ白で、しかも中庭もついていた。この建物を所有していて、彼女自身の家だということは、彼女は誰かのメイドではなく、レストランのウェイトレスや屋台の従業員でもないのだ。彼女の雇い主は誰もいない。ほかに誰かが彼女にあごで指図したりもしていない。彼女は主人のようだった。いや、事実として主人なのだ。だって自分の家で仕事をしているのであれば、自分の主人でない理由はないのだから。最初私は彼女と老婦人の関係が分からなかった。どうやって彼女はこの建物を所有し、この大きなぴかぴか光る鏡を所有し、キャスター付きの椅子やドライヤー、新しい内装を整えたのだろう。彼女にそんな余裕があったことにも驚いた。私はいまだに住宅を買えずにいる。

他の人が冗談を飛ばしている時には彼女も笑った。ここレモン河のニュースも、インドネシアから来たこの女はいとも簡単に受け答えし、私よりよほど地元の人間らしかった。むしろ私の方が話を聞くだけのよそ者のようだ。彼女はほかの既婚女性たちと同じように、子供も、しゅうとめも、夫もみな同じ村の出身みたいだ。私は長いこと帰っていなかったので、レモン河の住民も知らない人が多かったし、名前を聞いてもおおかた心当たりがなく、話題になっている事の経緯もさっぱりつかめなかった。室内の一角には、紙幣を敷き詰めたテーブルがあり、ラジオが置かれていた。そのラジオは手のひらより少し大きいくらいだった。私はラジオをいじり始め、受信チューナーの針を動かしてみると、スピーカーは柔軟に形を変える口のように、時にはっきりと、時にくぐもってよく聞こえないザーザー音になった。

彼女らが話しているのは全部つまらないことだった。誰の子供が大金を稼いだとか、誰が詐欺に遭ったとか、誰が病気で入院したとか、誰の家が泥棒に入られたとか、誰が金を貸したとか、誰に借金があるとか、誰が誰の借金を返してやったとか。だいたいそんなところだ。途切れ途切れに耳に入ってきては、また分針とともにカチコチと流れ去った。彼女らは話しながら、鏡の中の自分と他の人を横目で見て、自然な態度で、あれやこれやと噂して、大いに弁舌をふるいながら、しょっちゅう手で自分の髪をいじった。私はかえってきまり悪くなり、自分の姿が見えない隅に移動した。

退屈もあって、私はここにいる人たちのいつか明るみに出るだろう秘密を想像し始めた。ざっと午前中のニュースと、流行曲の断片を聴きながら、同時に片方の耳をそばだてて彼女らの世間話を聞いていた。話し声はラジオのチャンネルを合わせる時のノイズをかき消した。それで私はラジオをいじるのをやめて、勝手に隅でぼそぼそと鳴るままにしておいた。

ラジオが簡潔に行方不明者のニュースを報じた。数年前、ここレモン河でも男が一人行方不明になっていた。

美容師は白い大きなタオルを母の肩に掛け、鏡越しに母の髪をためつすがめつした。

母は言った。「いい大人なのに、見つからないなんて、不思議な話だわ」

「本当に、不思議ですよね、もう何年も見つからないんですから」美容師はそう言って、手で母の髪を触った。「どんなふうにしますか？　前髪もカールさせます？」

「お任せするわ、とにかく美人にしてくれればいいから」母は声を上げて笑った。母は鏡の中の自分をじっと見つめ、一心に鏡に見入っていたが、深くその中に沈みこんでしまい、鏡の外にいるのは自分の分身で、その分身がこの世界で人生に対処しているようだった。

「酔っ払って川に落ちたなら、少なくとも死体は上がるでしょう。死んでどこかに埋められたんなら、神意がなければ見つからないわね。もしまだ生きていてどこかに隠れて帰って来ないなら、死んだと思った方がましだわね」横の女がそう言った。

「海外に潜伏してるって言う人もいるけど」

「違うわよ。海外に逃げたのは彼じゃなくて、阿駝（アートウォ）よ」

「阿駝は借金取りから逃げてタイに行ったのよ」

「失踪からどれだけ経てば、警察は捜索をやめるもんなの？」

「さあね、本当に捜索が必要な時には探しやしないでしょ。用もない時に限って、出てきてごたごたを起こすんだから」

美容師は母の髪質が弱いので、新しい薬液を使うほうが、コールドパーマで済むから髪を傷めないと言った。「どうですか？　二十リンギット追加するだけですよ。ただ時間はちょっとかかりますけど」

彼女はそう言いながら自然に年長の娘の方を向いた。私はうなずいて、ほほえむしかなかった。ええ、いいですよ、かまいません。

鏡の中の美容師は喜色を浮かべた。

「別に急ぎませんから」私は言った。

確かに、私たちは二人とも今のところすることはなかった。母はもう一家全員に昼食の用意をしてやる必要もなかった。私も半年以上ぶらぶらしていた。母を忙しくさせていた者はもう彼女の生活から出てゆき、私にしたって時々帰ってきて様子を見るくらいだ。しばらくここに座って、鏡を見ていよう。鏡を見ながら、鏡に映る他人の逆さまの影と話をしよう。でも、ほんのちょっと違うだけで、この場はまるでテレビドラマのようだ。小さい頃に見た、国営放送で流れたあれだ。俳優はそれぞれ別の言語で台詞を言うが、どれも同じ事を言っているようだった――だった、というのは、全部聞き取れたわけではなかったから、確かではないけれど。あの頃私にはどうして彼らがあんなふうに演じるのか分からなかった。でも今の私は現実に人はこうやって会話できることに気付いた。もちろんあんな大げさな抑揚をつけて話すわけじゃないけれど。口論する時くらいしかあんな話し方はしないんじゃないだろうか。

隣の通りでは、葬儀が行われているところだった。その葬儀から抜けてこちらに来た女がいて、私たちに話して聞かせた。本当に胸が痛む光景だった、あの家の下の娘さんが自殺したの。一年前にみんな彼女の結婚式に出席したばかりだった。

「うつ病だったんですって」

「じゃあだんなさんは？　来てるの？」

来てない、彼は来なかった。それは変な話ね。彼女らは理由を推測した。男が金を手にしたら愛人を囲っても、まったく不思議はないという女がいた。男はそのために離婚しようとしたりしない、そこまで馬鹿じゃない。でも女房に自殺されるなんて馬鹿だね。

「命の方が大事だよ」

彼女らはぴしゃりと決めつけて、みなで嘆息した。この手の不幸を考えると、身も心もぞくぞくする。厄運は幸福より人を興奮させる。

美容室のガラス戸が私の背後で堅く閉ざされているのが目に入った。曇りガラスが日差しを外に隔て、室内をおだやかに涼しく保っていた。壁は清潔なペールピンクで、床は目に心地よい青と白のタイルだった。どういうわけか、この場所は新しすぎ、広すぎ、大きすぎた。ベージュのソファーはすり切れた形跡もなかった。外には看板すら出していない。この住宅の中に開いた美容室は無免許なのだ。本当に？　免許もないのに開店したの？　誰かがそう驚いて尋ねた。私は部屋の外に誰かが贈ってきた花かごがいくつか並んでいるのにようやく気付いた。

自分の家でにぎやかにお客さんを迎えたかったの、いけませんか？　美容師は言った。

美容室には見たところ何もかも揃っているようだった。可動式のキャスター付き三段のワゴンがあり、ワゴンには小さな道具箱が乗っていた。道具箱には様々な大きさのカットレザーとコーム、ヘアクリップがあった。室内の一角にはシャンプー用の寝椅子があり、頭のところには白い琺瑯（ほうろう）の流し台がある。壁には普通の美容室にあるようなポスターが張ってあった。結局、ここにはすべてが揃っていて、あるべき物はなんでもある。私は変な気がした。もし警察がやって来たら、こんな大きな美容室では隠れようがない。

時間は髪の毛を通り、さらさらと流し台に流れていった。

鏡の中に見える彼女らは、壁際の折りたたみ椅子やソファーに間を空けて腰掛けていた。誰ひとり鏡の前に座ろうとする者はおらず、腰を下ろした途端にそれらの新しい椅子は砕けてしまうかのようだった。母の両脇の椅子も空いたままで、彼女がひとりだけ押し出されて舞台に座らされ、演じさせられているようだった。

「だんなさんが亡くなってどれくらい?」老婦人が母に尋ねた。

「ちょうど十年になるわ」

「それは大変だったわね」老婦人は言った。「ひとりで子供を育てあげるのは並大抵じゃないわ」

母の目はほとんど鏡の中の他の人に向けられることはなく、ただ自分自身を観察することに専念していた。私は時折、母の目に映る鏡の中の自分は、ふだん私が目にしている母の姿とどこか違うのだろうかと気になった。母には皆に見せたい美しい姿態があるはずだ。

「みんな私がひとりで子育てしたのはすごいって言うけど」母はまた口を開いた。「幸い再婚せずに済んだから。じゃなきゃ子供に済まないものね」

美容師は答えず、うつむいて母の髪を見ていた。どういうわけか、このインドネシアから来た美容師は一度も鏡を見ない。鏡は彼女にとってまったく魅力がないらしく、ただ仕事のためだけに、仕方なく時々ちらりと顔を上げて見るのだった。顔を上げて鏡を見ている時も、たいてい見つめているのは客、つまり他人で、彼女自身ではなかった。ライトの下で彼女の目の下には影が落ち、長く頬を走っていた。彼女は指で母の髪をいじり、少しずつ房を取って、たくさんの小さいゴムで巻いていった。指にトリートメント剤をつけ、黄ばんだ髪を通す。爪と髪はそうするうちにどんどん長く伸びてゆくようだった。

母は相変わらず鏡を見ていたが、あるいは本当に見てはいないのかもしれない。もしかするとラジオから流れるドラマを聴きたいのかもしれないし、遠くの物語は隣の誰かの物語ほど興味をそそらず、知り合いの背後に隠された物語の方が面白いのかもしれない。

老婦人はキッチンに入ると、トレーにいっぱいミルクゼリーを乗せて出てきて、部屋にいる女たちに食べるようせっせと勧めた。私は食べなかった。冷えた食べ物はいつも喉を通らない。他の人はみな食べた。

それから、美容師は母に言った。「息抜きしたければ、遊びに出かけられてもいいのに」

「どこに遊びに行くのよ？　遊びに出るにもお金がいるのよ」別の女が言った。

「阿霞（アーシア）の母代わりのあの人と行けばいいわ」また別の女が言った。

「彼女は二週間に一度ナイトクラブに行ってるんだって」また別の女が言った。そこでみなはどっと笑った。彼女はそれからこちらを向いて私に、ゼリー食べたら、上に甘酸っぱいソースがかかっておいしいわよと言った。

「びっくりよ、五十歳にもなって、デニムのミニスカートなんかはいちゃってさ、若い人のまねして首を振って、ゴーゴーダンス踊ってるんだから」

「それはすごいですね」美容師は言った。

「色んな男に次々抱かれてさ」誰かが言った。「自分の子供たちが見たらどう思うかなんて、これっぽっちも心配しちゃいないんだね」

「考え方は人それぞれだから」母は言った。「遊びは遊びで、ほどほどなら別にいいのよ、はまりすぎるといつか騙されることになるけど」

「うちの義弟の友人の誰それなんて、何十万リンギットも騙されたんだから」

「はまりすぎる男だっているじゃない」誰かが言った。

「それは自業自得でしょ——家庭が崩壊したり、命を失うことになったり、離婚されたり、子供に会えなくなったり、借金を抱えて破産したり。地位も名誉も失って」

「ああ、あの老徳（ラオドー）の息子みたいにね」

「ほんとにろくでなしだよ。父親は身代を潰されて、屋根裏部屋に引っ越すことになったんだから」

「老徳がすごく老け込んだのは、全部息子のせいだね」

「失踪したものと思っときゃいいのに」

「そんなわけにはいかないわ、いくらごくつぶしでもかけがえのない息子だもん」

美容師は白いタオルで母の頭を包んだ。冷房が効きすぎているのだろうと思った。彼女の手は震え気味で、何度もタオルを結び直した。私も寒かったし、お腹が空いてきた。

話題はまた隣の葬式の死んだ女に移った。女たちは彼女が亡くなって本当に残念だと言った。「つまみ食いをしない男がいるもんかね？ 外でこっそり手を出していない夫なんかいないだろうに？」「家にお金さえ入れてくれれば、妻と子のことは考えてるわけだから、いい夫と言えるわよ」「騒いだりしないで、知らぬ顔を決め込んでいればいいのよ」「ああいうのはどうせ一時の気の迷いなんだから、すぐに冷めるのに」幽霊のように壁に呟きが響いた。「気を腐らせることないのよ」「重箱の隅をつつくもんじゃないわ」「秘密には触れず、夫から言わない限り、おくびにも出さなきゃいいのに」「見て見ぬ振りを覚えなきゃ」「そうすれば最後には夫は帰って来るんだから」

「まだけっこう待たなきゃいけないの？」母が聞いた。

美容師は母にうなずいた。「ええ、もうしばらく。三十分くらいですね」

彼女は離れて、すぐにほうきを持って戻って来ると、床に散らばった髪の毛を、網のように集めた。跡形もなくきれいな床が私たちを睨んでいる。

みんなもう髪切らないの？

みんなは首を振った。

「もし万が一、長いこと熱が冷めなかった場合、愛人を家に入れる男もいるじゃない。そうなったらまさか知らんぷりはできないでしょう？」ある女が尋ねた。

冷蔵庫に別のお菓子もあるけど、食べない？　老婦人はよろよろと立ち上がって言った。

ある女がうつむいて自分の足を見ると言った。ちょっとこの足見てよ、どうしたのかしら、またふくれてきたわ。

押してみて、指の跡がつくかどうか？　別の女が提案した。跡がついたらむくんでるのよ。

話題は泡のように消えた。レシピをちょうだいよ、誰かが老婦人に言った。ほら、こっちのミルクゼリーも食べてみて。老婦人は言った。

美容師は黙って床を掃き、鏡の前を通り、カット用の空いた椅子の位置を一つずつ直し、そのたびに椅子の後ろに立って鏡をしばらくしっかり見た。視線の中に見えないロープがあって家具を測っているかのように。彼女はもう口を挟まず、機嫌を悪くしたようだった。明らかに商売はうまくいっておらず、ほかには誰もカットせず、ただおしゃべりに来ただけだ。母がどうやら午前中の最後の客らしく、鏡の前の四つの椅子はやはり空っぽだった。それとも、もしかすると他人の話が聞き取れなくなってきたのかもしれなかった。私も時々そうなる、疲れた時には急に何を言われても分からなくなる。

原因は何であれ、彼女は完全に口をつぐみ、インドネシア訛りのマレー語が発せられることはもうなかった。彼女はすっかり壁の中に隠れてしまって、空気にはもう彼女が発言する余地は残っていないかのようだった。

ようやく十分が経ったところで、母は私に言った。まだ二十分待たなきゃいけないのよ。あれ、あの人はどこに行ったの？

さあ。

そうだった、確かに彼女はここにいなかった。見回しても姿はなく、本当に姿を消してしまったのだ。いついなくなったのか気付かなかった。でも私はこれまで気に留めずにいた細かいことに気付いていた。例えば、鏡の中に見える天井から下がったライトは、傘の上に蝶が何匹か金色の光の中に飛んでいる。私はさっきまでまったくこのライトの存在に気付いていなかった。明かりは床に丸い光を投げかけ、その周りは暗くなっていた。賭けてもいいが最初はこのライトは点いていなかったはずだ。点いたから気付いたのだ。

皆の注意力がまた戻ってきた。元の話題がまた活気づいた。

「阿烏（アウー）の家が、今ちょうどそうなのよ。同じ屋根の下に暮らして、お互いに相手の姿を見ないふりしてるんですって。何かを持って行かれても誰がやったのか気付かぬふり、窓が割れても誰がやったのか気付かぬふり、部屋に誰かが忍び込むは、引き出しが誰かにひっくり返されるは、服は誰かに切り裂かれるは、鍋のチキンスープは洗剤スープになるは――家中が幽霊屋敷みたいですって」

「たとえそうでも」母が言った。「生きていかないと」

頭上のライトが明るくなってはまた暗くなった。ランプシェードの蝶は暗くなった。いたずらな子供が中に隠れてスイッチをいじっているような気がした。

話に出てきた阿烏は私も知っている。背が低く、うちの近所にバイクの修理屋を開いている。小学校も卒業せずに退学してしまった、頭が悪すぎて、という人もいた。自分の名前すら書けないという人もいた。でも人が彼の最初の妻がどれだけ愚かで物事をわきまえていないかと馬鹿にするたびに、彼はため息をつき、笑って言った。あんたたちの言うとおりだよ、あいつはまったく役立たずで、何もわきまえちゃいない。食べるものにも着るものにも不自由させていないのに、家で騒ぎやがって、俺でさえ我慢してるのに。まったくしょうがないやつだよ、あきらめが悪いったらない。

「阿烏（アウー）はちょっと頭が足りないんじゃないかい」

「阿烏のお母さんは彼が連れて来た愛人を気に入ってるのよ」

「あっちこっちで言いふらしてるわよ、愛人がよく働くのに、嫁は文句ばっかりって。それから、嫁ばっかり騒いで、息子はおとなしく言い返しもしないって」

「何なのそれ？　聞くだけで気持ち悪い」

「だってそうなんだから」

世の中はこんなふうに奇怪で、こんな気持ち悪いことが繰り返し起こっている。私は聞いているうちに腹が立ってきた。特権のある者は騒ぐ必要がない。ブンブンいう音が昼夜を問わず胸の中で騒いで腹が立ってたまらない時、大声で叫んでそれを吐き出してしまいたくなる。でも特権のある者はそういう音を耳にすることはない。彼らは何事もないように何も聞かずにいる。

「水飲む？」

老婦人はわたしたちにひとりずつカップ入りのミネラルウォーターを配った。ストローをプラスチックの蓋に突き刺すと、みな口を閉じた。

大分経って、ようやく美容師が出てきたが、その時には服を着替え、スパンコールのついたマゼンタ色の上着に、口紅を引き直し、出かけようとしているらしかった。もう三十分経ったわよ、母が促した。美容師は言った。ええ、もうすぐ終わりますよ。

そして母の背後に来て、巻いた髪を注意深く一房ほどいてみると、髪の毛はゆるんでばらばらに垂れ下がった。斜め後ろから私にははっきり見えたし、同時にその瞬間の美容師のうろたえも感じられた。ヘアクリップが一つワゴンの上のトレーから落ちて、カランと澄んだ音をたてた。

はっきりと他の人の目にも入っていただろう。誰も軽率に口に出しはしなかった。全然ウェーブがついてないわね、失敗だわ！　誰もそうは言わなかった。何であれ隠しきれなくなった時、はじめて口に出されるものだ。母の髪は後ろから見るとひどいものだったが、前からは見えない。ちょっと母が気の毒になったが、ひとまず黙っていようと思った。美容師には何とか解決する方法があるだろう。もし出かけたいのなら、まず母の髪を何とかしてからだ。

美容師の顔に笑みはなかったが、緊張しているせいだろうと私は思った。彼女の両手は素早く動き、試験終了時刻に急かされて慌てて鉛筆を走らせている学生のようだった。彼女は十分ほどかけて、また髪をすべて巻き直すと、パーマ液をさらに濃く塗った。最後にまた白いタオルで母の頭をくるんだ。

「まだ待たなきゃいけないの?」母は聞いた。

「あと三十分です」美容師は小声で答えた。ものすごく疲れた様子だ。私にはこう感じられた。彼女はどう見てもまだとても若いのに、顔にさした影が永遠にそのままとどまっているようだ。目の下には陰影しか見えなかった。

「パーマすごく似合いそうね」誰かが母に言った。

母は目を閉じていたが、もしかすると本当に眠いのかもしれない。私は寒くてお腹も空き、彼女の商売も楽ではないとつくづく思った。みんな腹を減らして空しく待っているのだ。窓辺には濃く薄く影が揺れ、自分が戸の外から他人の生活を眺めているかのような錯覚を起こした。時々、ラジオの音とごっちゃになった。たとえば、ドラマの中の音なのか、それとも救急車（あるいはパトカー）が路地の入口を過ぎたのか、私には聞き分けられなかった。

ドラマが終わってから、軽音楽が空中に躍っていた。アナウンサーが元気よく快活に言った。リスナーの皆様、十二時三十分をお伝えします。女たちは次々に立ち上がり、帰ってお昼の準備をしないとと言った。

世間話をしに来た女たちはみな帰った。老婦人がキッチンから出てきた。

「食べるものは何もないよ」老婦人は美容師に言った。

美容師は引き出しを開けて慌ただしく何かを探していた。私たちは彼女が神経質に引き出しを開けては閉め、別の引き出しを開けるのを見た。最後に結局彼女はあきらめた。

「子供を迎えに行って、ついでに買い物をしてきます。すぐに戻りますから」

彼女はハンドバッグをつかんで出て行った。わたしたち三人は主人のようにドアの後ろに残り、彼女が赤いプロドゥア・カンチル（ダイハツの合弁企業プロドゥアの車種。カンチルはマメジカの意）に飛び乗るのを見ていた。彼女は銀色のピンヒールを履いていたが、化け物屋敷から逃げ出しでもするかのように素早かった。もしかするとそれは私の錯覚かもしれない——彼女が私たちの前から消えるのは二度目だ。車は自由になった鹿のようにほがらかに走り去った。

時間、時間。時間は髪の毛。光と鏡。まどろみと居眠り。重苦しい午後、ぼそぼそ呟くラジオ。

「ああ、ぼんやりしてたみたい。もうどれだけ待ったのかしら」母が言った。「私たちどれだけ待ってる?」

「私にも分かんない」

「まだ帰ってこないけど、正午過ぎに出て行ったんじゃなかった? 小学生の学校が終わるのは一時半じゃないの?」

「知らない。もしかすると学校が遠いのか、先に買い物をしてから迎えに行くのかも」

「帰ってくるまでどれだけ待たなきゃいけないのかしら。お腹空かない?」

「私は大丈夫」

「何見てるの?」

「お金」

私は適当に答えた。テーブルの上の紙幣を眺めていた。小金持ちというのは紙幣を収集して、小額紙幣を額装して飾るのが好きらしい。数十枚の東南アジア各国の紙幣があった。一リンギット、五ペソ、三百バーツ、五十万ルピア、各国の元首、国父、歴史的英雄の肖像が、どれも平らにおとなしくガラスの下に押さえられ、テーブルをいっぱいにしていた。紙幣の上の肖像はガラスの下でいつまでも重々しく微笑んでいるようだった。彼らの目は誰も知らないどこか、この部屋の外に出て、彼らが私たちを連れて行くと約束した彼方の地を見ているようだった。

母はちらりとそのテーブルを見て、「ここは寒いわ」と言った。母は肩をすくめた。あんた寒くない？　凍え死にそう、外に出て陽に当たるわ。

母は頭に白いタオルを巻いたまま、ドアを開けて出て行った。

老婦人がキッチンからリビングに戻ってきた時、美容室に残っているのは私と彼女だけだった。彼女は言った。テーブルの紙幣はどれも息子が集めたものだと。

「息子は昔いろんなところに行って、その紙幣はあちこち海外で商売をしていた時に集めたんだよ」

「じゃあ息子さんは？」

老婦人ははっと私を振り返って見た。彼女は小柄で太っていた。濁った両目には驚きと、まだ何かがあったが、私には言いようがない。

「聞いてないの？　本当に何も知らないいんだね」老婦人は急に目を潤ませた。「息子は事故で死んだんだよ、飲酒運転で、木にぶつかって」

とっさに私は何を言ったらよいか分からなかった。

「この家も、息子の保険金で買ったんだ。嫁と孫のものでもあるんだよ」

「お嫁さん？——」

「さっき髪を切ってたあの子だよ」彼女は声を低めて言った。「息子の愛人なの」

私にはそれ以上尋ねる必要がないことは分かっていた。ただ聞いていればいい。興味がないようなふうをしていたが。もしかすると彼女は単に誰かに息子の話を聞いてほしかったのかもしれない、多くの母親と同じように、胸の内から過ぎた思い出を吐き出して知らない人に聞いてほしがるのだ。誰かがその話に耳を傾けさえすれば、死者が生き返るかのように。

「息子は前にインドネシアで商売をしていた時に連れて帰ったんだ。最初の嫁はずっとシンガポールに住んでいて、何も知らずにいた。息子が死んで、嫁も急いでシンガポールから駆けつけたんだ。到着するなり、この状況を見て、わめき立てて、かんしゃくを起こしたの。ひどいもんだったよ、五十過ぎの女が、かんしゃくを起こして怒鳴り散らして、収拾がつかないくらいだった。でも誰も言い返さなかったら、愛人は追い出されてしまうところだった」

彼女はしばらく黙り、絶えずまばたきをして、涙が流れるのを押しとどめようとしていた。

「私たちがみんなでなだめたんだよ、今さら騒いでどうするの？　騒いで誰に見せようっていうの？　本人は死んでしまったのに」

うちの子は、愛人には本気で、すごく優しかったんだよ。老婦人は言った。

この広く快適な家は美容師の青春に報いるものだったのだ。あの遠い街で彼と一緒になった時、彼女はまだ若くて何も知らなかった。この家はとてもきれいだった。正午の日差しは明るくて、マゼンタ色のブーゲンビレアが柱から屋根に這い上がり、家を潰してしまおうとしているようだった。オレンジ色のストレリチアがはなやかに咲き誇り、常軌を逸した歓楽がよく育った葉と茎に潜んで、鋏に切り落とされるのを待っているようだった。

私たちは最初来たときにドアチャイムを鳴らした。老婦人が私たちを中庭の垣根の内側に沿って中に案内し、脇の通用口から美容室に入った。この小さな通用口に目を留める人はめったにいないだろう、物干しとカンナの花に遮られているのだから。たまたま近付いたとしても、塵を被った鏡のようにしか見えないはずだ。曇りガラスの表面がぼんやりと光を反射して、通りの静けさがガラス戸に流れるのが見えても、中がどうなっているかは見えないだろう。もし警察が通っても、自分の制服と警察バッジがそこに映るばかりだ。そしてそれは事実そのままでありながら人を当惑させる。誰もこういう鏡のようなドアの奥を見ようとしないし、ドアの奥には広く大きな鏡と、いくつかの空の椅子があるとは思いもしない。美容室にはいつも余分に空の椅子が並べられている。彼女はこの場所をうまい具合に隠していた。もちろんそれはごく普通で正常なことだった。住宅地では、晴れた太陽がまぶしいため、多くの家で窓をこんなふうにしている。私たちがそのドアを開きさえすれば、ぼんやりと隣の小路から葬式の読経の声が羽音のように聞こえてくる。そこでは死者への祈りが絶え間なく続いていた。きっとスピーカーが花の中に設置されて一日中流されているのだろうと思う。

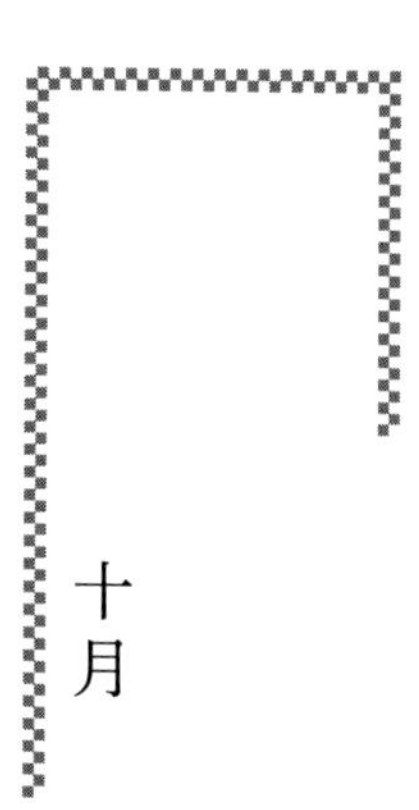

十月

夜毎にそれが彼を海の夢へと誘う

——三島由紀夫

北風が吹き始めた。

静けさは湾に滑り落ちる岸壁のようだ。

海風がキクの鬢の毛と色あざやかな花もようの襟に吹きつけた。十月のことで、季節風の向きが変わる時期ゆえ、風はあちこちから吹いていた。朝は西南の風が吹いたかと思えば、午後には東北の風になる。こういう時期に海に出るのは危険だ。スールー諸島を目指していたのが、途中でパラワン島に流されることになりかねない。太平洋に出てしまったら、もう帰りつける望みはないだろう。

静止して無風状態のはずなのだ、気球は風の中にあるのだから。しかし止まったり方向転換したりするたびに、ぬるい風がさっと吹き過ぎた。その時大地がぐるぐると眼下に回転し、屋根や帆柱や人波が輝きを放って星々のようにめぐっているのを目にするだろう。海湾は青い皿のように、ゆっくりと西から東へ回転していた。気流は感じないほど静かだったが、それによって押されているのは、たちまち海岸が足元からゆっくり後退してゆくのを見れば分かることだった。大海原は織物のように、きらめきながら熱をもって押し寄せてくる。

飛行に適した季節ではないが、北ボルネオ特許会社のサー・キムソン・ウィングズは我意を通そうとした。オランダから来たハンスがサンダカンの風がどこよりも安定していると吹き込んだからだ。

「風向きが変わった」ウィングズは言った。「大雨になりそうだぞ」

ハンスは言った。「雨は平気です、熱した空気さえ十分なら、同じように飛べます」

「落ちて来たりしないのか？　そりゃいい」ウィングズは言った。「キク、先に乗れ。女軽業師になって、バスケットの下で空中ブランコをやったら面白かろう」

ばかばかしい、キクは思った。「サー、バスケットの中に立ってサンダカンを一周するだけだと思っておりましたのに」キクは言った。「美しくこしらえたお船に乗せて下さるとも仰せだったでございましょう」

「もう少し刺激的な方がいい、見せてやろうではないか！　サンダカンを沸かせて、耳目を集めてやるのだ。ここでそのうち気球大会を開けるぞ」ウィングズは言った。

十数人の助手が芝生で気球を囲むように広がり、竹竿が一本ずつ球皮の上のネットを持ち上げた。熱した空気が漏れれば、気球はしぼんで焼け焦げてしまう。

朝の風は優しかったが、ウィングズ氏のあごひげにはきらきらと汗が滴り、背中と脇の下にも汗染みが広がっている。彼は白い筒を背中に斜めがけにしていたが、中身はおおかた望遠鏡だろう。彼は興味津々にバスケットの中をぐるりと回った。バスケットには三、四人乗り込むことができた。キクももの珍しげに首を突っ込んで、気球の下の方に小さなバーナーがあり、中には黄金色の炎が燃えているのを見た。

上るには点火すればよろしいのです、ハンスは言った。火が点けばすぐに上昇します。

ハンスは痩せた小男で、話す時目玉をくるりと上に向けるのが癖で、何やら頭の中の映写室を見ているようだった。彼は点火方法やシリンダーのつなぎ方、排気弁を調節して高度を操る方法を説明した。方向の操作に関しては、申し訳ないのですが、こういう単純な装置ではどうしようもありません。ツェッペリン飛行船でないと無理です、と彼は言った。

残念ながら、私にはツェッペリンの技術はありません。彼は申し訳なさそうに言った。熱気球しか分からないのです。

なら構わん、ウィングズは言った。誰がドイツ野郎の作ったゴミなんぞ欲しがるか！

ええ、そうでしょうとも、ドイツ人は退屈な連中です、とハンスは言った。浮くなら浮くで、純粋に大地を離れればよいのです。

キクは日傘を差して黙って聞いていた。火がシュウシュウと音をたてている。これに乗って飛ぶのはどんな感じだろう。

気球の大きさに比べて送風管は小さすぎるようで、長いこと待ったが、球皮はあいかわらずぺちゃんこのままだった。そのうち雨がザアザアと傘に落ちてきた。辺りは暗くなった。

くそっ、チュラカ、[*]ばかやろう！　サー・ウィングズは言った。

止めるには及びません、大丈夫です、ハンスは言った。続けて焚いて。

無駄なことだ。横なぐりの雨に、むき出しの足先と首が濡れて冷えた。赤い気球はだんだんしぼんできた。ついに一陣の風が気球を制圧した。気球は傾いて、巨大な影が濡れた草地に倒れかかった。

火が消え、彼らは気球を小屋に引きずっていって雨を避けるしかなかった。

ウィングズは退屈そうにうす暗くけぶる芝生に目をやっていた。

＊　原注：Celaka　マレー語、「ついてない」「不運」の意。口語では怒りや懊悩を表す意味がある。

明日は飛ばしてみせろよ、パルイ(原注：スールー語、ばかもの)、もう二週間もわしの金と時間を無駄にしくさって。

ハンスは帽子を脱ぐと、絞ってまた頭に被ったが、皺だらけでどうもみっともなく、まるで台拭きを頭にのせているようだった。この気球はたぶん、どこかに、穴が空いているんでしょう、と彼は言った。穴を見つけるのは大変です、球皮は三層からなっていますから。タフタ、紙、タフタ……。

男ならその穴をどうにかしろ。タマついてるんだろう？　ウィングズは苛立って怒鳴った。

ウィングズは黒いあごひげを蓄えており、ポスターのキリストにそっくりだった。彼は北ボルネオに三十年以上おり、キクよりもこの地には長かった。当初ジェッセルトン(別名アピ)(現サバ州コタキナバル)に駐在して、銃器と弾薬で近海の海賊を徹底的に叩き、南洋の海域に三十年以上なわばりを広げていた海賊集団「曹家幇(そうかほう)」の首領父子も肝を潰して姿をくらました。近年になってサンダカンに異動になったのだ。部隊にはセイロン(スリランカの旧称、一八一五―一九四八年イギリス植民地)とベンガル(現インド・西ベンガル州とバングラデシュ共和国を中心とするインド北東部の地域。英領インド時代にはベンガル州が置かれた)から連れて来られた兵士のほか、地元のドゥスン人もいた。彼らは地勢に通じ、もっぱら監獄からの脱走犯の追跡に従事し、粘り強さと健脚で知られていた。

さまざまな噂が彼をリヴァイアサンさながらに語っており、キクも彼の前に出るとびくびくしていた。

しかし、初めて教会で会った時、彼は膝をついて彼女の引っかかった裾を長椅子の飛び出した部分から外してくれ、その親切に心を動かされずにいるのは難しかった。会うたびに、ますます相手が捉えどころのない存在に思われた。キクは自分が同じ株から分かれ出た別人と付き合っているように感じた。彼の中には子供たち、老人たち、男たちがいて、女たちすらいるようだった。その時、彼の隣に腰を下ろしながら、キクはどうも不吉な予感を覚えた。炉の火はこめかみに燃えつくようだった。彼女は針金の上で溶けて泡立っているものの正体を知っていた。だが門は音を立てて閉ざされた。ふだん傲慢な表情で、客間の隅に立って陰気な顔をしている執事も、どこに行ったのか姿がなかった。屋敷の女中は次第に減ってゆき、彼女はついウィングズが女中たちを食ってしまったのではないかと思った。最初に足を踏み入れた時、あのにぎやかな宴席で、女料理人が食卓の前でうっかり皿のチキンを落としたが、その顔は青ざめて銃殺を待つようだったのを思い出した。

ウィングズは実際には銃を用いるのを好まなかった。彼は鞭(むち)の方が気に入っていた。しかも「マレーの古法に従って執行する」のであって、鞭打ちの後で塩をすり込み、鉄釘を打ち込み、穴という穴に泥とミミズを詰め込む。「あんな貴族連中はまったくギラ・バビだ*」、暇があれば余計なことに手を出して、法典を作るんだからな。

「惜しいことに連中はみなムスリムになってしまった」彼は残念そうに言いながら、長いきせるを取り上げ、熱した針金をきせるの雁首(がんくび)に差し込むと、黒い飴(あめ)状の小さな塊が静かに振り落とされた。

「誰かが継承しなければ」

あのくそったれの小僧はまだ生きてるが、彼は言った。あいつはわしが誰か知らんのだ。

あいつを幾つもの無人島に送って、島ごとに刑罰を与えてやる。

* 原注:gila はマレー語で「狂った」の意。Babi は豚。二語は常に連用され、ムスリムにとって強烈な侮辱となる。マレー人はそれを応用して「Cina babi」(中国の豚)と罵り返す。

それから彼は押し黙った。そして深く煙を吸い込むと、鼻から出た煙が白く広がり、まなざしは柔和で満足げになった。ややあって彼はきせるをキクに渡し、あごをしゃくってみせた。煙が顔の前にゆらゆらと立ち上る。キクは初め気が進まなかったが、なぜかつい従ってしまった。

一通の手紙に炎が飛びつき、たちまち呑み込んだ。

時間はチクタクと歩みを進める。客間には地図が掛かっていた。キクはそれが地図だとは知っていたものの、何の地図かは知らなかった。日本が描かれているのかもしれない。一度ウィングズがキクに言ったことがある。見たか？　あのズボンの股から飛び出して太平洋の隅に落っこちたちんぽこを……おまえたちの天皇はそこにいる毛ジラミに過ぎん、おっかあの腹にいた時分から女の陰毛の間に隠れて、知性も男気もないのに、山東半島を自分のものにしようとはな。

彼は彼女を妙なこしらえの椅子に押し倒した。それは牛の角のような形をしていて、開いた口に従い、彼女の両足を押し開いた。くそっ、ゲテック[*1]。彼は言った。トゥリンゴン女[*2]め。

彼女は自分がどれほど恥ずべき女かを思い知らされた。額から始まって、その欲望は潮のように両足の間に湧き上がった。彼女は不安に駆られ、同時にひどく渇望した。彼を撫でてやり、彼の不安をなだめてやりたかった。でも彼はもうあの苛立たしい小僧の話はせず、総督府の命令など眼中にないかのようだった。

手紙はテーブルの上で燃え尽きて灰になった。

天窓の最後に残った金色の余光が、彼女にミシェル教会の聖壇を思い出させた。彼女はかつて無数の日曜日に神父の長々しい祈りの文句に堪えかねていた。あの聞き取りようのないイギリス訛りと、今目の前にいる無頼漢の当地のスールー語や客家語がごたまぜになった英語を比べるなら、前者は高尚に過ぎたし、後者の発する一言一句は、聞き取れれば限りない屈辱を感じるものだった。暮れ方の霧がゆっくりと降り、客間には鴉片をあぶる豆ランプが光を発しているばかりだが、この素っ裸で彼女を見下ろしている無頼漢ときたら、ああ何てこと、主よ、どうしてこんなに似ているの……キクはまた心をおののかせた。時々、幻覚がすべてを圧倒して、彼女にはウィングズと裘守清牧師が八月によって断ち割られた二人の子供のように思われた。彼女は彼の皮膚の震えを、波紋のような収縮と弛緩を凝視し、それからその中の魂について想像した。そこに思いが至ると、焼けるような戦慄が走り、ほとんど失神しそうになった。

あなたが私を軽蔑するなら、と彼女は考えた。私にはつらいことでございます――

本当に死にたくなる。世界は二つに分かれた見えない流れの間で閉じた。ウィングズが彼女を下ろした時、二人はペルシア絨毯の上で命もあらばこそと放縦にからみ合っていた。この時のウィングズは異様に優しく花の蜜のようで、キクは孵化したばかりの虫のように彼を吸うことを渇望した。さなぎになるのはたやすいことだ、洞窟に帰って何も知らぬまま眠りこけるのはもっとたやすいことだ。だが彼女は自分がとても老いたと感じていた。これ以上恐れていては、時間の門は永遠に閉ざされてしまう。それで以前とは正反対のことをした。邪魔になる殻を削り取り、危険を顧みず体を抜き出したのだ。衣服を脱ぎ捨てて谷に飛び込むようなもので、この上なく軟らかな泥でさえ鋭い棘を飛ばし

＊1　原注：getek はスールー語で、意味はマレー語の gatal 同様、痒い、発情する、淫蕩である。
＊2　原注：telingung はドゥスン人の集落の伝説上の生物で、元は「長い幽霊」の意だが、転じていたずら者や愚か者を罵る語になった。

て来るような幻覚を抱かせる。一枝ずつ、雨後の野草が狂おしく生長するように、わずかに触れただけで骨に食い込み、体を泡立つまで攪拌（かくはん）する。

しかし九月になって、キクは決心を固めた。その棘が本物であったとしても、それを愛するのだ。

雨はいっそう激しくなり、ザアザアと降り込めた。瞬間的にどこか遠くに行ってしまいたくなった。それでもこの空は変わることなく、この滂沱（ぼうだ）の雨が降る夜のほか、どこにも行くことはできず、陸地は遠い——なのに楽園は間近にある。

天窓の溝に残る雨の跡がくっきりと見え、波状の屋根瓦も手で触れられるほど近くに思われた。

売女（ばいた）め、ウィングズは言った。栓の抜けた船のように濡らしやがって。

彼に痛めつけられると、彼女はたちまち谷底に突き落とされた。しばらくして優しくされると、またゆっくり浮かび上がるのだった。

それはもちろん偽りだ。ウィングズはウィングズ、裘（きゅう）牧師は裘牧師だ。キクは自分に言い聞かせた。鴉片の刺激が冷めたら、前の痛みがまた襲ってくる。彼女は静かに服を着て、丹念にウィングズの顔を観察した。

ある瞬間に、彼女ははっきり認めた。頬骨のせいで、両頬の輪郭を長く見せる効果があるのだ。しかも、じっと見つめるまなざしと、上がった口角が、二人の顔に神秘的なほど共通する特徴を与えているのだ。彼らは何とよく似ているのだろう。彼女は考えた。これに気付いているのは私だけだろう。

ウィングズと知り合ってまだ二か月にもならない。彼はその時通路を隔てて、彼女の反対側の長椅子に座っていた。裘牧師はもう船で帰郷しており、友人の支持を取りつけに帰るのだとおっしゃっていた。三か月後に、次の季節の船で戻ってくると。でも恐らくそれからすぐに、牧師は再びサンダカンを去り、中国同盟会（孫文らにより一九〇五年に東京で結成された革命結社）の仲間と広州に革命を起こしに行くはずだ。キクは静かにこの朝を過ごすつもりだったが、相手の顔をはっきり見てから、何かが自分を引き止めるのを感じた。教会を出た時、足元が乱れ、階段で転びそうになった。

敬虔な信仰者で、教会に来てミサに与るようキクを説得したホワイト牧師は、それがただキクとこのサーの称号を持つ無頼漢を結び付ける結果になるだけだとは予想だにしなかっただろう。

去年の正月だったか、ホワイト牧師は自らキクのカフェにやってきてイエスについて語った。彼は幾度も訪れては、たくさんの詩篇を日本語に訳して読んで聞かせた。主に申します。「あなたはわたしの主。あなたのほかにわたしの幸いはありません」（聖書の引用はいずれも新共同訳）しかしキクは心を動かされなかった。憤りのあまり笑い出さずにいられなかった一言を除いては。

わたしの魂を贖い出し。

キクは信じたくないわけではなかった。それでも、彼女はホワイト牧師に尋ねた。私はもう自分を贖い出したんですよ、神はこれ以上どうやって私を贖うのですか。

キクが南洋に来て二十年あまりになる。土地の言葉も客家語も英語も、聞き取って話すことはできたが、くだくだしいミサの説教を聞き取るのは難しかった。旧正月が過ぎて、二月の末、サンダカンにはまだ北風が吹いている頃、ホワイト牧師はまた日本街に彼女を訪ねて来ると、日本人向けにミサをあげてくれる日本語の流暢な牧師がようやく見つかったと伝えた。

その牧師は台湾出身で、ジェッセルトンに二年滞在した後、最近になってサンダカンに引っ越してきたのだという。彼は到着するや直接バーセル教会*を訪ねた。交渉して融通してもらい、バーセル教会はサンダカンの教会の厨房でミサをあげるのを許可してくれた。

日曜の朝、厨房はひっそりとして、騒ぐ者はいなかった。信者はごくわずかで、日本産業のカカオ農園で働く日本人労働者が七、八人、うち二人は台湾から来た支那人だった。キクはサキとヨシと連れ立ち、三人で徒歩か人力車に乗るかして、港に続く大通りから、シンガポール・ロードに曲がり、下駄をカラコロと鳴らしてやってきた。

襟を正して腰を下ろすと、テーブルの端につくねんと座っていた。

厨房には長いテーブルと椅子が並べられ、光は裏口から射し込み、朝の空気がひんやりと快かった。キクははっきりと覚えている。彼女がやってきた三月のあの日、牧師は立ち上がって自分の服を整えると、台所の柱に掛かった布包みから、何冊かのパンフレットを取り出した。朝早いのに、彼の脇の下にはもう汗染みが出来ていた。どうしてか、彼女は大きく広がった汗染みを遠慮なく見つめてしまい、それで彼はとうとうその異様な視線に気付き、振り返って不思議そうに彼女を見たのだった。

彼女は急にかしこまって恥ずかしくなった。

牧師の目は子供のように人に注がれる。彼は基隆（キールン）から来たと自己紹介した。あそこも港街で、山道はここと同じくらい急です。彼は黒板にチョークで自分の名前を記した。裘守清（きゅうしゅせい）。顔はさっぱりと清潔だった。知識豊かで、天文地理から先住民の神話まで、知らない事はないくらいだった。彼女はだんだんに長いテーブルの端から彼を見つめるのに慣れた。彼は純粋で、そんな空気をまとった人は他にいなかった。ずいぶん後になって、キクはその奇妙な感覚の正体に気付いた。まっ暗な部屋に窓が開けられたようだった。

キクは天草を思い出した。故郷のことはあらかた忘れていたのに、キクは乾いて硬い砂粒を思い出した。天草の土地は飢えていて、毎年大勢の人を呑み込んだ。砂を噛み締めながら死ぬ者もいた。地中の死人は生きた鼠より多かった。家の中は鼠の穴のように暗く、母は年ごとに痩せて小さくなり、地面に沈み込んでゆくようだった。何かが彼女の脚をつかんで地中に引きずり込んだ。ある年の冬、母はキクを捨てると決めた。キクは生姜湯を飲み、知らない人に連れて行かれた。キクの兄はこう言った。嫌なら船から海に飛び込めば良い。十歳のキクは海に飛び込みはしなかった。死は飢えよりも恐ろしかったし、息の詰まる木箱も死より怖かったが、甲板に出る機会はなかった。今になってキクは高い空から海に跳び込んで、何かを取り戻したい気がするのだった。だがあらかたとっくに海の底に沈んでしまっている。

いったいどうしてなのかは説明できないものの、彼女は再び捨てられたことを感じた。

他人に捨てられたんじゃなく、私に捨てられたんだ。

もともとろくでもないと思っていたものが、そうでもなかったことに今になって気付いた。それでつい感傷にふけった。この気持ちは立ち込める霧のようだった。キクはあまり字を知らず、カタカナはいくらか読めたが、漢字は牧師の説教を通じて一字ずつ覚えなければならなかった。変な話だわ、牧師は本当の日本人ですらないのに。これこそ神のお召しだといっていいだろう。矛盾することに、神聖な物語や文句は、読めば感謝の心が湧いてくると同時に、五臓六腑をかき回されるように感じるのだった。神は慈悲深いがかんしゃく持ちでもある。

ペトロの町での裏切り。鶏が鳴くまでに、あなたは三度わたしのことを知らないと言うだろう。彼は一晩じゅうどんなにさいなまれたことだろう。

＊　原注：Basel Christian Church。十九世紀末に北ボルネオに設立された最初の礼拝堂。

時には落胆し、何も知らないまま教会に座っているほうがましだと思った。そうすればいっそう辺りの神聖さと純潔さ、かぐわしさを感じられる。それでも裘牧師の熱心な姿を目にすると、すぐに希望がわき起こるのを感じるのだった。なのに残酷な箇所を聞いたり読んだりするたび、動悸を抑えられなかった。喜びと懼れがつむじ風のように押し寄せた。それでも否定してはならない、遮ってはならない。空にはおのずから道がある。

五月、彼女は初めて辛亥革命について聞いた。牧師は孫文の名を口にしたが、キクはその名を既に知っていた。このところ、人力車夫でさえ彼の名をしょっちゅう口にしていた。サンダカンの教会に付設された事務所では、客家人の理事たちも壁に孫文の写真を掛け、写真に向かって拝礼する姿がよく見られた。

この一年というもの、サンダカンはどこか混乱していた。ある時、キクはチャイナドレスを着て、下駄ではなく先の尖ったビーズ刺繡の布靴に履き替えて出かけた。それが身を隠す良い手段だと思ったからではなかった。支那の女は彼女と同じ一重まぶたと黄色い肌で、同じように年より老けていたが、ほとんど中国服の上着にズボンをはいていた。支那の女たちはプランテーションから出てきたので、全身汚れており、痩せて頰がこけ、靴すら持たず裸足で歩いている者もいた。

去年の五月のある日、彼女は港を背にして、胡椒を売る小路を通った。混雑で押し合いへし合いしていた。午後の行き所を失った雨に誰もが濡れ鼠になった。あの日彼女は差していた唐傘をなくしてしまった。北ボルネオ会社はドゥスン人とインド人の警備を差し向け、港の周囲を手始めにビラを配った支那人を逮捕し始めた。南西の風が吹いてきて、足元をすり抜け、歩き出すと風の上に浮いているようだった。キクは他の人々と一緒に魂も消し飛んでやみくもに走り、人の流れに乗って小路の反対側に出ようとした。強い雨に道は滑りやすく、壁沿いに立っていた長短の竹の棚が崩れ——元々晴れの日に胡椒を干すための棚だった——瞬時に音を立てて倒れた。混乱の中、散り散りになった人々の騒ぐ声が後ろから押し寄せる。キクはロープの緩んだ荷車にぶつけられ、小路のある扉の中に転がり込んだ。

そこも厨房だった。まっ暗でもの寂しく、山から運んできた洞窟のようだった。中には痩せ細った老人が一人硬い床に横たわっているばかりだった。その顔は骸骨のようだった。彼女は老人には構わなかった。これまでずっと鴉片によって苦痛を紛らし続けてきた苦力（クーリー）だろう。

最初のうち彼女はまったく憐憫（れんびん）の念を抱かなかった。しばらくして、キクはその横たわっている男の、彼女に据えたままの目玉が一瞬だけ輝いたのを認め、思わず心が動かされた。キクは善行を施したことなどなかった。だから誰も見ていない時にそうするのは容易だった。彼女の手にかかるとばかげて見えたが。彼女は十字を切り、小声で詩篇を唱えた。あなたは主の御手の中で輝かしい冠となり、あなたの神の御手の中で王冠となる。

彼は黄色く濁った目をしばたたかせ、相変わらず手を頭の下に入れたまま、身じろぎもしなかった。彼女は手を伸ばして、彼の額に触れようとしたが、伸ばした手を途中で引っ込め、元のようにもう片方の手で握り、焼けるように握りしめていた。

黄色く汚れてくもったガラス越しに、大雨が路面を濡らし、小路を行き交う足が泥をはね上げた。何もかもが慌てふためいていた。

雨が止むと彼女はそこを出た。

その日から、彼女はまともなことを計画し始めた。日本人専用の礼拝堂があってしかるべきだ。

裘守清牧師は日本人ではない。キクにはよく分かっていた、彼は支那人だ。牧師は台湾からやってきた信徒とよく閩南語で言葉を交わしていた。彼女にはよく分からない言葉だった。それでも時に彼女は、一種の補償のような奇妙な安らぎを覚えた。牧師がバーセル教会の客家人たちと一緒にいるのを目にすると、説明できない願望が湧いてくるのを感じた。

彼らは集会を開いて歌を歌ったり、激しく言い争ったりした。裘牧師は彼らとは疎遠らしく、寂しそうに見えた。彼は突然立ち上がってその場を離れ、自分の本をめくったり、一人でどこかに出て行ってしまったりした。中国から来た客家人たちは、二人、三人と連れ立って彼の前か後ろを歩き、彼との間に距離を保っていた。理事たちは互いに大声で言い争ったが、牧師自身は静かだった。そうして見ると、彼には誰も頼れる相手がいないようだった。彼は彼ひとりだけだった。

その嫉妬とひそかな喜びはまったく不条理で、キクにも内心分かってはいた。こんなふうに考えてはいけない。これは裘牧師のためにならないし、そんなふうに考えるべきじゃない。牧師は牧師で、日本人ではないし、本当の同郷人でもない、彼は神の民なのだ。それでも時に彼と同郷のよしみを通じたいとも望むのだった。

キクには他の人も彼女と同じなのかどうか分からなかった。時々気になってサキとヨシを注意して観察し、彼女たちもこんな感覚を持っているかと想像した。しばらくの間、彼女は自分の生活を反省し、かつて大金を出して買い求めた化粧品や装飾品は、いずれも空疎で無内容で、いずれ朽ちるものだと気付いた。自分がかつてこんなに湯水のように金を遣っていたことに驚くばかりだった。金銭と肉体を犠牲にして、借金の返済期間を十数年も引き延ばしていたのだ。

そうした変化に陶酔し、ほとんど狂喜した。聖書の説く居心地の悪い教義――原罪だの、恐怖の審判の日だのは、娑牧師のためでなければ、ほとんど受け入れられなかっただろう。

厨房で礼拝をするようになってから、キクはこう感じさえするようになった。苦難に比べたら、幸運こそ神が生存者に残し給うた神に近付く恩典なのだと。祈りのたびに心から感謝を捧げた。彼女はたくさんの聖書の箴言を暗記し、その日一日の魂の安らぎをそれらに頼った。喜びの心は良薬であり、憂うる魂は骨をむしばむ。ネヘミヤ記の第八章第十節も好きだった。悲しんではならない。主を喜び祝うことこそ、あなたたちの力の源である。知っている文字は限られたが、一言ずつそらんじると、心は次第に和らいだ。


もともとすべてうまくいっていた。静かな日々がまる一年続き、贅沢な見栄で焦躁をかき消す必要はもうなかった。彼女は娑牧師を変わらずとても尊敬していた。年が明けると、キクは懐が苦しいのも顧みず、日本街はじまって以来の壮挙に出た。日曜日は閉楼し、娼妓は休むなり他の楼で稼ぐなり好きに決めてよい。

キクは半分は資金繰りをし、半分は寄付を募り、翌年の五月になって、サンダカンの西北部に礼拝堂を建てた。屋根はニッパヤシで葺いたものだったが、木の扉は和式で、建物の下は土と石の土台で高くしていた。建物の前方は礼拝堂にして、六坪ばかりあった。厨房には大きなかまどを築き、焚き口を三つ作って、便所は別に設けた。

その地区の周囲数百里はみな日本産業の旗下にあるアブラヤシ農園とゴム園で、もう少し山間部に入ったところに、日本人の経営するマニラ麻工場があった。ミシェル教会と港の日本街からは離れたが、農園労働者にとっては、むしろ便が良かった。

ある朝、キクはサキともう一人同郷の女中を連れて掃除に行った。

キクは壁に沿って繰り返し雑巾をかけ、床板をぴかぴかに磨き上げた。窓を開けると、波のような山からの風と、蟬の声と小鳥のさえずりが耳に満たされた。

井戸水をくんで、祭壇に掛けるつもりで準備した綿布をもみ洗いしてしばらく浸し、それから絞った。彼女は麻縄に布を掛けて干した。空は青く、海面からかそれとも陸地の奥深くから吹いてくる風か、涼しく心地よかった。軒下の日陰に入り、しばらく待った。遠くの雲が船のように、山の後ろから駆けてきては前に流れてゆき、彼女を静止した影に取り残した。

しばらくして中に戻った。厨房は静まり返っている。娘たちは山に登ってマニラ麻工場を見に行った。日本から来た若い労働者がたくさんいるのだった。彼女は礼拝堂に入り、疲れ切って畳に身を横たえた。少し横になれば楽になるだろう。開いた窓から、外に黄炎木（こうえんぼく）の老樹があり、幹は緑に苔むして、花びらが光の中にそよいでいるのが目に入った。

畳の上で手足を伸ばし、全身の力を抜いた。疲労のあまり、彼女はいつものように感謝をこめて祈りを捧げたら、しばらく休みたかった。

その人のすることはすべて、繁栄をもたらす。

午後の穏やかな空気の中、樹影は木漏れ日とともに揺らめき、野草は静かに育っていた。彼女は目を閉じた――おかしいわ。キクは自分の体に驚かされた。

罪ではありませんように、主よ。

裘牧師の抑揚豊かな調子が部屋中に響き、また瞬時に静まり返ったようだった。ふとキクは彼の体と顔が、上の方に浮かび、水中の影のように身をかがめて見つめているのが見えたように思った。正午を回ったばかりで、晴れて白く明るい陽光が見えない波のようにこの建てたばかりの礼拝堂の中にみなぎった。手足をこんなに気持ちよく伸ばしたせいかもしれない。なんて気持ちいいんだろう。キクはめったに自分に休息を与えてこなかった。今こうして体を横たえ、四肢の力を抜くと——彼女は感じた。山からの風がくるぶしを上り、ふくらはぎに沿って上に進む。転がるボールのように、ごくごくかすかに触れながら、風はももの付け根をしばらくぐるぐる巡った。

静かに横たわっていると、それは楽しげに、そっと蛸のように吸い付き、両ももには奇妙な甘いだるさが波紋のように広がった。初めのうちはかすかな脈動にすぎず、彼女は太ももが少しずつ開くに任せた。そうして、すべてはゆるゆると長く続いた——腹から両の太ももにかけて淫らな快感があった。見えない手でまさぐられるように、しかも見えないばかりか、触れられない手で。彼女は激しく反応しそうになっては、我慢しようとした。だが静かに動かずにいればいるほど、体の奥は海のように痙攣し、こらえきれなくなった時、彼女はついに体の向きを変えて腹ばいになった。波濤の上を転がり、波を足の間に挟み込もうとするように、海藻の茂みをつかもうとするように。

それは収まった。

キクは目を見開いた。身を起こしてみると、すっかり濡れており、畳にはしみが広がっていた。思慕の中身が変わったことに、キクは驚きを感じた。毫も占有欲とかかわらない感謝の念が、こんなことになってしまうなんて。

太陽は西に傾いていた。頭は鉄骨で作った日覆いの上にくっついてしまったようだった。額から生えたような一本の糸が引っ張られ、車輪にまつわりついて長いシンガポール・ロードをごろごろと進んでゆくようだ。大きなカーブを描く通りの、片側は山で反対側は海だ。だいぶ経ってようやくサキの声がした。彼女は虎のようにキクの耳に口をつけて吠えていた。

キクはわけが分からず彼女を見つめた。

わたし透明人間になっちゃったのかしら。サキは文句を言った。後でパサール（原注：市場の意。マレー語のpasar）にちょっと寄っていいかしら？ 中華菓子を食べません？

いつものとおりカフェを取り仕切り、帳簿の記入も終わらず、煩瑣（はんさ）な雑務の中、人に呼ばれる声は何キロも離れて聞こえた。人々は天国より遠かった。

彼女はたまらず、他人が邪魔をせず、話しかけないでくれたならと思うようになった。

その時彼女は孤独の美点を体感した。六月に、裘牧師は船で台湾に帰ってしまった。建てたばかりの礼拝堂は二回使っただけで、小鳥たちのすみかとなった。

日曜日、彼女は掃除と草むしりに行き、昼過ぎまで過ごした。時にホワイト牧師がカフェに彼女を訪ねて来ては、教会のミサに招いたが、彼女はしぶしぶ一、二回出席しただけだった。

幸いミシェル教会では、誰も彼女の邪魔をしなかった。椅子に掛けると、心ははるか彼方に流された。読誦と歌声は、みな空（から）のサンパンの下の波のようだった。体だけが、祈禱（きとう）用の長椅子同様に静かだった。

十月、北部の南からの航路がキクの足に絡みつき、彼女をひっきりなしに港へと駆り立てた。彼女は船をすべて覚えていた。裘（きゅう）牧師が乗って帰ってこられる船はたくさんあった。アモイ航路、本州航路、淡水航路。全部逃したとしても、月末にはまだマニラ丸がある。

十月の間ずっと、彼女はそわそわとサンダカンの小路を行ったり来たりしていた。どこで曲がってどう行くか、すべては足の向くままだった。ある朝、彼女はパサールに行くつもりだったのに、いつのまにやら港に向かう通りを歩いていた。下駄の鳴る音は頭の中と同じように通り過ぎては引き返した。ふと我に返ると、また行きすぎたことに気付くのだった。長く垂れた防水布、湿っぽい騎楼（二階から上が歩道の上に突き出している建物。その突き出た部分）、木屑の埃が立ちこめる製材所、籠に入って並ぶ乾物、糞のにおいをまき散らす牛車、どれもこれも塵埃のように、舞い上がっては消えていった。

午後はよく雨が降り、唐傘は水たまりを乗せているように重かった。灰色の魚のような雲が港の上空に群れをなした。港は大変な騒ぎだった。日本人が山東半島を占領しようとしているせいで、一人の支那人が彼女に唾を吐きかけた。どうして私を憎むのだろう？　私には分からない。キクは思った。支那の男たちが大勢詰めかけて、苦力たちは拳を揮い、雨の中で勢い込んで叫んでいた。彼らが何を叫んでいるのか、キクにはだいたい聞き取れた。聞き取れなくても、二つの音節は分かった。日本。だけれど、彼らは本当に私に手を出すことはできない。彼女は考えた。

束ねられたマニラ麻が港の貨車用道路の脇に積まれたまま、雨に濡れている。支那人労働者は日本から来た貨物の積み下ろしを拒んでいるのだった。マニラから来たオランダ船の前で、人の流れは活気づいて動いていたが、本島から来た船では、乗客は船べりの後ろにひしめいたまま、木板を渡して下船させてくれる苦力は現れなかった。

誰も構う者のない船は灰色がかった水に浸かったまま、届かない岸壁のように、誰も乗り越えられずにいた。カモメが雨の中でうら悲しく大海を届け続けている。

波は長く伸びた埠頭の石にしぶきを上げている。キクは裘牧師が慕わしくてならず、体が二つあって一つはサンダカンに留まり、もう一つには翼が生えたらよいのにと思った。

影が花模様の壁紙を流れ、広間のカーテン越しに明暗の波紋となって広がった。彼女は服を拾い上げ、一枚ずつ身につけてから、壁の額装された絵画をしげしげと眺めた。彼女は読めない地図にいささかも興味はなかった。北ボルネオと海がそんな姿だとは想像できなかったし、彼女にとって、細々した物や声が伴っていなければならなかった。カラスと海鳥、船舶が入港を知らせる汽笛、雑貨店の溜まった付け、船、人力車、異なる肌の色の水夫、べたつく体液ときしむベッド。ウィングズのいうところの「こんちくしょう」な人物画についても——なかには英国国王ジョージ五世も含まれていた——やはり自分とは無関係に思われた。

ただ一枚を除いては。

それはフランスの老人が描いたものだった。みな彼をオティロンだかオディロンだかと呼んでいたように覚えている。彼女が初めてこの屋敷に招かれてパーティーに出席した時に知り合ったのだ。ディナーの後、老人は酔って、酒臭い息を吐きながらしつこく彼女の体をまさぐり、妓楼でよくやる遊戯を迫った。ウィングズと他の客は喜んで客間に腰を下ろし、二人が馬のたてがみを詰めたソファーの上で取っ組み合うのを見ていた。それから老人は木炭画とデッサンを何枚か謝礼に残した。キクは彼の絵が気に入らなかった。瞼のない巨大な眼球や、空を飛ぶ生首の気球などは、見ただけで気分が悪くなった。一枚だけが比較的ましだった。都市の上空に大きな気球が浮かび、馬に乗った人々が散らばり、夢中になって空を見上げている。空で吹き出したガスがふさふさした犬の尻尾のようだ。でも、ウィングズはこの一枚だけは飾ろうとしなかった。

これこそゲーテの生死の門だ！　総督府で秘書を務めているイギリス人が感に堪えたように言った。死であり、新生でもある……！　永遠の生！

あんたはまったくsot-sot（原注：馬鹿者、いかれたやつ。スールー地域の言葉）だ！　ウィングズはあざ笑った。ゲーテがわしに言うのも無理はない、あんたのじいさんにはケツの穴が二つある、一つは塞がって一つは開いてるってさ。

その英国人はたちまち色をなし、手元のステッキを取り上げて彼と決闘しようとした。この俺を侮辱したな。

逃げるなら今のうちだぞ。ウィングズは腰の拳銃を抜き、弾をこめた。

それが禍根を残したのだった。

それまでは、キクはいつも目を逸らし、この絵に一瞥もくれようとはしなかった。ウィングズに尋ねもした。どうしてこれを飾るんです？　それに対するウィングズの説明はこうだった。これも肖像画だ、顔が隠れているだけだ。ほかの偉人たちと飾るのにちょうどいい。

ある日、彼女はウィングズに言った。この絵があるとお化けに睨まれているような気がすると。

ウィングズは言った。だから面白いんじゃないか。

絵の中の半分だけ現れた顔とかすかに見える髭は、キクにイエスを思い出させた。イエスが身を潜めているのは円形の穴で、灯台のようでもあり牢獄の窓のようでもあった。その壊れかかった穴から外を見ている顔は、援軍の到来を待ち望む囚人のようだった。黒々とした絵は寒い冬の夜を思わせたが、片眼は灼けるように熱かった。とりわけウィングズと彼女が客間で素裸になって絡み合っている時、彼女はイエスの目がぎょろりとこちらに向くのを感じた。

後で思い出すだけでも、キクは身の毛がよだった。

これはイエスじゃない。彼女は考えた。そんなふうに考えてはいけない。あの人はイエスじゃないのだから。

厨房の扉のそばで置き時計がゆったりと時を告げた時、空の雲が晴れたように、室内はいちどきに明るくなり、カーテンの隙間からまぶしい光が入ってきた。キクはペルシア絨毯の上に跪き、自分のために十字を切った。

この人はイエスじゃない。ウィングズが裘牧師でないように。キクは考えた。

裘牧師は心の広い人だ。彼は私を愛しているのだろうか？　きっとそうだろう。彼はきっと私を愛している。私の愛とは違うけれど、もちろんそれも愛ではあるし、もしかするといっそう高い愛なのかもしれない。それにしても、私は彼の愛を得たかのようにほかの人を愛さなければならない。そうすればその人とともに栄えることができる。イエスがその大麦のパン五つと魚二匹を増やしたように。私は彼のもとから得た愛を他人に分かち与えなければならない。たとえばこのどうしようもなく好色で、粗暴でかんしゃく持ちの無頼漢を、この男を愛するだけではなく、彼と対立するかたきであっても、誰を愛しても構わない、誰であっても私は愛する、そうすれば私は彼の愛を得たのと同じだ……

そうしてとりとめなく考え続けているうち、感謝の念が再び湧き上がってくると、心は電球のように、不意に光を放ち始めた。

不思議だ、私がこんなことを考えるはずはないのに。キクは興奮して考えた。誰かが私の頭の中に種をまいたみたいだ。

時計の音が止んだ。室内にはまたカチコチと確かな響きが戻った。彼女は手を合わせてから十字を切った。アーメンと唱えた。

彼女は昇華するのを感じた。上へと伸びる一輪の花の中に座っているようだ。そして彼女は頭の中でその澎湃(ほうはい)たる喜びにふさわしく、それを揮発させられる言葉を探した。思い出したのは詩篇四篇第八節だ。「人々は麦とぶどうを豊かに取り入れて喜びます。それにもまさる喜びをわたしの心にお与えください。」そして一三九篇第一七節。「あなたの御計らいはわたしにとっていかに尊いことか。……歩くのも伏すのも見分け　わたしの道にことごとく通じておられる。主よ、あなたはすべてを知っておられる……」そうして繰り返し唱えた。彼女は満ち足りて気力にあふれ、体はすっきりとして、蒙が一度に啓(ひら)かれたようだった。

まるで宴席で美酒を注がれたようだ。裘牧師の顔と体が現れたが、今度は空の上ではなく、ペルシア絨毯に横たわっていた。彼は頬を紅潮させ、目を輝かせ、性的魅力にあふれている。アダムのように何もまとわず、素裸をさらしてキクの足の間から彼女を見ていた。

キクは熱い流れが胸から一挙に広がり、全身が焼かれたように滾(たぎ)るのを感じた。

ああ、わが主よ！　彼女は弾かれたように身を起こして厨房に駆け込んだ。

厨房はひどく汚れ、割れた皿が隅に山と積まれ、かまどの下にしまってあった薪も引っ張り出され、あたりに散らかっていた。かんなくずが枯れ葉のようにばらまかれている。彼女はかまどの上の水がめを傾けてみて、蓋を取ると、確かめもせずすぐさま汲んでごくごくと飲んだ。変なにおいがして、古くなっているようだったが、構わなかった。水は冷たかった。

それから。

彼女は肝を潰した。執事がハンマーを手に、彼女の背後、かまどの反対側から、のっそりと音もなく立ち上がった。うす暗い厨房で、男は屍人のように不気味だった。彼の顔は黒ずんで、目の周りは青く、顔の半分は赤紫に腫れ上がっている。手からは血が流れていた。その姿は生きた屍のようだった。

キクは悲鳴をあげた。太陽の下に駆け出す。

彼女は速く走り、下駄を履かない足が軽かった。魂も消し飛ぶような思いをしたのはこの十数年で初めてだ。彼女は飛ぶようにに駆けた。髪の毛は乱れ、袖は翼のようだった。頭にあったのはただ一つだった。

だいじょうぶ、あいつに傷つけられることはない、私を傷つけられるものなんてない。ただ一人だけ、あの大悪党だけが、きっと私を傷つけられる、でも私は強く彼を愛さなければ――

草地ではあの気球がふくらんでいるところだった。丸々として光を放っている。

バスケットと作業台を結んだロープが、引っ張られて張りつめた。ハンスは満足げに眺めている。

こいつは、一度飛ばしたことがありますよ、しかも長距離でね。サンダカンに浮かんでみるだけなら安全です。ハンスは柳の枝で編んだ扉を開いた。少なくとも密林に落ちて、土人に――

飛ばすなら飛ばせ、もたもたするな。ウィングズは言った。

ハンスが言葉を切るより前に、キクが鳥のように突進してくるのが見えた。背後では巨大な炎がはじけるところだった。

高貴なるサンダカンの警備監察官サー・キムソン・ウィングズの邸宅は、半分が轟音と共に崩れ落ちた。

建物は爆発し、激しい炎が噴き上がり、黒煙が空の半分を覆った。キクは気球のバスケットに跳び乗った。ウィングズも続いて跳び乗った。さっと一振りで係留ロープが切断される。

気球は熱せられた空気をいっぱいにはらみ、風が木の梢を吹き抜ける。草地が遠ざかった。人々は慌てふためいているが、どの体もたちまち目の前を滑り落ち、小さくなった。

化け物のようなひどい姿の男が、走りながら叫んでいる。そいつを捕まえろ——偽者だ——

偽者は最初の砂袋を投げ落とし、同時にバーナーに点火した。黄金色の炎が激しく上がった。ずっと遠くで誰かが発砲したが、離れすぎていた。小規模な軍隊が現れ、建物を抜けると、長いこと待ち伏せしていたように、赤の上着と黒のフェルト帽がV字型の陣形に展開した。彼らは蟻のように見えた。

列になって秩序正しく並ぶ農園を過ぎた。ゴム、ヤシ、カカオ。密集した森林は緑に覆われ連綿と起伏する山脈のようだ。キナバタンガン川の支流が野草の間を見え隠れしている。ミシェル教会は他の建物と同じく、マッチ箱のようだった。

港。キクは首を出して懸命にマニラ号を探した——今日はマニラ号が着くはずだ、今季最後の船だ。でもどこだろう？　気球は空中でゆっくりと見えない航跡を描き、たちまちまた遠ざかった。灰色のトタンと紅瓦が連なる屋根の波は、輝く太陽の下に凝固していた。

弧を描く湾に沿って、気球は海上を飛んだ。砂石のように散らばる荒涼たる島々。蒼穹は彼方の水平線に垂れ、白い泡が海と空の間から湧き出しているようだ。距離のせいで澎湃たるさまは感じられず、波の峰も見えない。白い線が繰り返し遠くから押し寄せ、散り尽くすと、また押し寄せて来るばかりだ。

小さな船が真っ青な大海原のただ中に漂っている。

俺たちの船だ！　俺を迎えに来たんだ！　この男はたちまち喜色を表し、英語を話すこともやめていた。

俺たちは南シナ海の曹家幇（そうかほう）だ。あいつがいつまでも調子に乗っていられたのは、懲らしめてやる機会を待っていたからだ。ついでに毛唐の何に使うのか知らんこの風船も奪ってやったまでさ。これでこいつも俺のもんだ。

海賊はそう言って空を仰ぐと高笑いした。

彼はそっと下に垂らしたロープを引っ張り、気球の上部についた排気弁の蓋を少し開き、バーナーの火を消した。気球は沈み、たちまち海面から百メートルまで高度を下げた。

相当にみっともない船だった。ぼろぼろで古びて、がらくたが山積みになり、男女がひしめき合っている。貨物船ではないが漁船にも見えない。

キクは海賊の残忍さに関するさまざまな噂を思い出し、身の毛がよだつのを感じた。船に近付くと、大声で呼ぶ声がした。この強盗がすぐさま返事をすると、船上から手かぎのついた縄が投げられた。空中でうなりをあげ、幾度か危うくバスケットに引っかかりそうになった。

強盗の隙をついて、キクはこっそり砂袋を投げ捨て、バーナーに点火した。気球は猛然と上昇した。船上の人々は突然の挙動に、大声で騒ぎ出した。

声は次第に遠ざかる。

「売女め！」

風が吹いて来て、気球はふわふわと漂った。だが当初の高度はない。しばらくしてサンダカンの上空に吹き戻された。路地には軍隊が走り回り、こちらに向けて射撃している。銃器の閃光がはっきり見えた。

あんたは絞首刑だろうよ。キクは言った。

そうはさせるか。無頼漢は言って、また火を点けた。午後は東北の風が強くなる。

よく分かってんのね。キクは言った。

夢贛（バカヤロウ）（原注：海南語の罵語）！　俺さまは生まれてこのかた船で暮らしてんだ！　あのくそじじいは最初からおまえのことなんかてんで知らねえぞ。捕まったらおまえも海賊の仲間として処刑だろうよ。無頼漢は言った。

どうかしてるよ。キクは日本語で言った。どきな！

この狭い場所でどけるかよ。なんで砂袋を捨てるんだ？

キクは気球の下の火を消そうとした。二人はまた取っ組み合い、どちらも相手を八つ裂きにしそうな勢いだった。キクは自分自身を抱き締めているように感じた。太陽は明るく、虹色の雲が目の前を流れ、この海賊が幻か現実か分からなくなった。この男は夢のようだった。キクは彼が姿を消し、自分ひとりでバスケットに乗っているように感じた。かと思うと、くるりと回って虹色の雲が消え、影が濃さを増し、また彼が姿を現した――彼女は疑いを禁じ得なかった――これは幻覚だろうか？　この男はいったい誰なのだ？

キクは男に噛みついた。彼は痛みに絶叫し、平手打ちをくれた。キクはそれで我に返った。元は、元はといえば？　彼女が求めたのは――感謝、幸福、愛――愛し愛されること、人と抱き合うこと、喜びと穏やかさに満ちた円満。

バスケットが揺れる時、ロープとバスケットのケーブルは乱れた。それでも気球は浮かんだまま、ロープに命が懸かっていた。夕陽が照らす頃、気球は雲の間に入り、雲海の中で浮島となった。風が島を遠方から送ってくる。空全体が青い大海原に変じたようだった。巨大な波が島を岸に叩きつけ、岸に近付くとまた波に押し流される。そしてはるかな波は島を押しやり続ける。そうして、島は岸に近付くことも遠ざかることもできずにいた。長いあいだ、遠ざかっては近付くリズムを繰り返していた。

キクは殻のない体が何に変じるか知っていた。泡を吹いて、雲になり、最後には煙になる。殻を持った硬い体にしても、いずれは煙になる。

地平線がぐるりと巨大な円を描き、斜陽が森を流れる火のように赤く染めた。

東北の風が来て、彼らを海に押し流した。熱せられた空気が足りなくなったのか、十月のせいか、時に気球はゆったりと浮かび、時に舞姫のように激しく揺れた。彼らの乗ったバスケットは高度二百メートルを浮き沈みし、海岸と陸地の間を揺れ動いていた。気球が高度を下げる時、突然がくんと落ち込んでぞっとさせられた。その瞬間は自分が失われ、高みから墜落し、海に突っ込むように思われた。ロープの下には空気しかない。

落下の勢いが止まり、気球は再び上昇を始めた。

キクは再び自分の重さを感じた。この海賊も重い。彼の骨、膝、肩、あらゆる関節が遠慮会釈なく自分の骨、乳房、肩、腰、尻、太ももとぶつかり押しつぶす。それは強い痛みを伴ったが、彼女はぶつかるたびに次を渇望した。

キクの肩はがくがく震え、頭から足までミルクセーキや麺のように泡を吹いていた。震え続けたせいか、腹が痛んでならず、耐えられなくなった。ひどいざまだが、すぐに死ぬのだとしても、彼女は今――この時――

きたねえな！

あんたの家の汚い水のせいで腹が痛くなったんだ。女中の一人も残しておかないなんて、まぬけにもほどがあるだろう！

残してどうする！　知ってりゃあの執事も豚小屋にぶちこんで、豚の一物を尻の穴にぶっさしてやったのによ――。

それだって炊事する者くらい残さなきゃ。

残したさ、全員残して、一日につき一人ずつ、用が済んだら始末して、一昨日には全員死んだから昨日は誰もいなかった――臭えな、死ぬまで待てねえのかよ？

薄い粥のような糞便がポタポタとバスケットから垂れ、下に――風に吹かれてどこに落ちるか知れたものではない。幸い雨が降り出し、無数の糸となって青い海と空を埋めた。気球は猛然と下降し、ほとんど波がバスケットを押し流さんばかりになった時、突如としてまた下降の勢いが止まった。この曹(そう)という海賊も機敏に反応し――この時彼の付け鼻と付け髭は大雨にあらかた洗い落とされており、その顔は引き裂かれたものをくっつけ直したようで、汚れていない部分はわずかに下あごのみだった――砂袋を二つ素早く投げ落とした。バーナーに燃料を加えると、気球は山に登るように斜めに上昇し、波を分けてやって来る大きな船をぎりぎりのところで避けた。

キクは目に落ちた雨を拭い、船の名前をはっきりと見た。カタカナでマニラ丸とある。

主よ。大雨の中、キクはまた熱い希望に胸を震わせた。あなたに祈ります。彼はいるだろうか?

土砂降りの雨で、甲板はびしょ濡れだった。気球は低く船端を飛び過ぎ、ほとんど甲板に着陸しそうだった。

風向と海流を予測しかねる十月のことだ。気球はゆっくりと雨しぶきの散る甲板を飛び越えた。隆起した操舵室と蒸気を上げる煙突は、位置さえうまく合えば、煙突の蒸気でバスケットの下を乾かし、気球をいくらか上昇させることもできるかもしれない。甲板では船室の切符を買えなかった乗客と、作業中の水夫が、鯨のように頭上を過ぎる影が、今にも落ちて来そうなのを目にし、土砂降りの中、波のような叫びを上げた。

小さな町の三月

彼女らは熱心にはさみを使い、型紙をこしらえていた

——蕭紅「小さな町の三月」

二年前なら翠伊（ツイイー）はすばしこく、裸足でさっと駆け出して、息も切らさず十室を回れた。部屋数は少ないのに、四階まである狭い建物で、エレベーターはなかった。二階から四階の廊下には、普段は小さな明かりが二つついているだけだった。壁紙は古び、緑色の花模様で、壁の裾と窓の下には剝がれた跡と水の垂れた跡があった。ホテルの清掃を受け持つのはマレー人女性二人だけだったが、二人ともここで二十年以上働いていた。

翠伊が来てから、おばは彼女に仕事を任せ、客がチェックアウトする前に素早く部屋に入り、タオルやスリッパ、足拭きマット、コップ、湯沸かしなどを点検させるようになった。どれもたいした品物でもなかったし、湯沸かしの中は黒く汚れており、水洗トイレと電気スタンドはしょっちゅう壊れたが、それでも電球を外して持ち去った客がいた。

どんなおかしなことだって起こりかねないんだから、本当に防ぎようがないわ。おばは言った。

ホテルはバスターミナルに近く、青字に白のブリキ看板が騎楼の下に掛かっていた。日よけの竹のすだれを下ろすと、しょっちゅう鳥の巣が卵ごと落ちてきた。

階段は古い建物の脇にあった。どの角にもよろい戸のついた大きな窓があり、ホテルの裏は市場（パサール）で、毎朝陽光に輝いていた。以前なら翠伊は下から上に灯台に登るように駆け上がり、下りる時も二段飛ばしで、踏み抜いたら最後、異世界に落ちそうなぼろぼろの床板も気にしなかった。

今年翠伊（ツィイー）は二月のうちにやってきた。頬はふっくらしたものの、体つきはやはり痩せていたが、走ってみると以前ほど速くはなくなっていた。一段の幅が狭くなったようでもあり、足が大きくなったようでもあり、一歩ずつゆっくり上下しなければならなかった。

たまにフロントに座ると足を上げ、おばのマニキュアで二十本の爪を塗った。おばのまねをして肩に受話器を挟み、調子をつけて電話に答える。はい、南天ホテルです――。手持ちぶさたになれば新聞を手に、入口に腰を下ろして新生活報（一九七二年創刊の日刊紙。現在は週刊）や民生報（一九八六年創刊のマレーシアの華字紙）の連載小説を読んだ。風水や手相占いも鏡を見たり手のひらを眺めたりしながら読み、おばも手のひらを突き出した――阿翠、いつ馬券が当たるか占ってよ。おばの指には五本のうち三本に派手な指輪がはめられていた。腕にはぎょっとするような「恨」のタトゥーがあり、りっしんべんがとりわけ細く彫られていた。

翠伊は尋ねた。タトゥーは痛くないの？　おばは言った。心の方が痛むよ。

それは三月の最初の土曜だった。翠伊はおばの豊かな髪を高々とシニヨンに結い上げ、胡燕妮（ジェニー・フー）*のようにした。ヘアピンを頭いっぱいに留める。フロントのベルが鳴った時、おばの眉はまだ片方しか描けていなかった。

まったくもう、来るに事欠いて、手が放せない時に来るんだから。おばはこぼした。

私が出るから。翠伊はくっくっと笑った。

あんたには分かんないでしょうに。おばは言った。

鏡の中で、通用門のガラスに映る影から、フロントの様子は見えた。おばの髪は大きな黒い巻貝のように見事だった。ただ彼女の尻はそれより大きく、苛立った時にはひっきりなしに重心を移し変えるので余計大きく見えた。スツールにも腰掛けず、カウンターの後ろに隠れた尻がぶるんぶるん震えている。

フロントに立った男は逆光で、曇り空より陰鬱な顔をしていた。

鏡の中で、おばが振り向いて翠伊を呼ぶのが見えた。

阿翠（アーツィ）。

おばはフロントから振り返り、ドアの後ろの鏡を見た。

阿翠――。

うん、はい。翠伊は大声で答えたが、動かなかった。彼女は鏡を通してはっきりその若者を見た。彼女よりほんの何歳か年上なだけだった。

上に案内して来るから、ここで待ってなさい。おばは言った。

翠伊は鏡を見た。フロントの前の人影はそこから離れ、ひっそり閑として何もなかった。翠伊は通用門から出て、フロントに座って番をした。隣のおばかさんがまた歌い出した。ミーミー、ミーミー、ミーミーちゃん――。おばかさんは家の中にいて、鉄格子をはめた暗い窓が通りに面している。彼はその歌をインド人にしか歌わなかった。その歌が聞こえると、またあのインド人が来たと分かるのだった。インド人は上半身裸で、ズボンだけを穿いて、髪の毛はべったりと絡まって太い麻縄のようになり、アフリカの黒人のようだった。その歌は彼を目覚めさせることはなく、翠伊もそのうち聞き慣れて耳に入らなくなった。ぼんやり座って通りを行き交う影を眺めていると、思いは蚊のようにふわ

＊　一九四五年生まれの女優。香港映画で六〇年代末から八〇年代にかけて活躍した。

ふわと動き、おばかさんの歌がいつやんだのかも気付かなかった。

おばのサンダルがぱたぱたと階段に響いた。

おばの顔が鏡の中にやって来た。翠伊(ツイイー)は鏡台の脇に頬づえを突いていた。

貧乏揺すりはやめてちょうだい。おばは言った。あんたも一緒に来る？

翠伊はゆっくりと首を横に振った。

彼女に手伝えることは何もなかった。おばは黒くアイラインを引いていた。翠伊は誰かがロビーを出て行く物音を耳にした。鏡の中に、さっきの若者がエントランスを出て行くのが見えた。彼は出かけたのだ。

おばは六時半過ぎにようやく準備を終えた。金糸で縫い取りをしたチャイナドレスを巨体にまとい、ためつすがめつ鏡を見ている。上品に見える？　彼女は尋ねた。

翠伊はにっと笑って頷いた。

夕陽が通り一面を綿のような黄金に染め上げていた。路面は魚の背のように湿っている。阿豊(アーフォン)がカウンターの中に座り、小型テレビでサッカーの試合を見ている。両手を頭の後ろに組み、ゆったりと脇の下の黒い茂みを広げていた。

誰も来ない。翠伊は退屈した。暗くなると、騎楼の下では蚊が蛍光灯に群がった。大雨が遠くから近付き、町の屋根はどれもこれも開けた山頂になったようだった。町外れに住む割れ鐘のような男の歌も雨にかき消され、途切れ途切れになった。向かいでは干していた鞄を誰かが竿上げ棒で取り込んだ。騎楼の下に積んである荷物も一箱ずつ屋内に引きずり込む。車が通ると波をかき分けて進む船のようだった。空はまっ暗で、時に稲妻が走ると瞬間的に山と積雲の輪郭線が照らし出された。

まだ十時にもならないのに、翠伊はあくびをしておばの部屋に倒れ込んだ。一晩中雨音が大きくなったり小さくなったりして、溝のポツポツという雨音が表から裏手まで建物全体を取り巻いていた。アマガエルが屋内を占領しているようで、彼女は掛け布団の下に足を縮めたが、夢はアマガエルを満載した列車のようにガタゴト揺れていた。

翌日の午前中、あの若者は下りてきてチェックアウトした。翠伊はいつものように部屋に入り、さっと中をチェックして、素早く計算した。二階の部屋だった。大きな窓は十字路に面し、網戸がはめてあり、窓辺に近付くと、中央分離帯にライトが点滅し、白い点線が途切れ途切れに遠くに伸び、建物や車とともに通りの端に消えるのが見渡せた。

鏡台の下に何かが落ちた。郵便切手くらいの大きさだ。彼女は拾い上げたが、何だか分からなかった。じっと眺めているうちに、切手より分厚く、川の流れにすり減った石ころのようだと思った。手のひらで転がすと、力をこめたら砕けてしまいそうで、ふともったいない気がして、注意深くポケットにしまった。

二階の中央にある階段の曲がり角で、背後の窓から注ぐ陽光が彼女の影をぼんやりと階段の上に広げた。

遅いわね、おばが言った。

彼女は答える気力がなく、膝の力が抜けてカウンターの裏の影の中に座りこんだ。カウンターの木材は厚く、内側には杢目（もくめ）が、長く線を引いて一定の箇所で滲（にじ）み、波紋のように木の中に固まっているのが見える。引き出しを開ける。おばが十リンギット札を何枚か出して手渡した。

あのスニーカーが戸口を通っていった。短くくっきりした足音がパタパタと去る。

午前中の日差しがコンクリートに照りつけ、目を射るようにまぶしかった。

あんた何してんのよ？　おばが尋ねた。

疲れたの。彼女は答えた。足も頭も疲れた。

おばは帳簿を開いて書き込みをし、背後の壁板に掛かった鍵の部屋番号をチェックした。それは彼女のいつもの癖だ。翠伊(ツイイー)も時々そうする。何号室が空きかよく分かっているのに、手持ちぶさたでチェックするのだ。いつか見落としがあったり、紛失があったりということも、ありえなくはない。

鶏足(もみじ)のあんかけ麺をテイクアウトして、おばと一緒にずるずるすすった。食堂はほの暗い光に浸かっているようだった。客がいない時、電気の節約のため、おばは明かりをつけなかった。翠伊は人々の顔と目がどれも希釈され、粒状になってどんよりとした午後の中に散ってゆき、ぼんやりしたテレビ画面のようになったのを感じた。雨の日には灰緑色の壁がしんと涼しげになり、彼女は自分が冬の飛べない鳥のようになるのを感じた。最低限の物音しか立てず、縮こまって耳を傾けている。おばの声は少女のように若々しく甲高かった。

あんたのおじさんは昔——

満腹になると、おばはまた昔語りを始めた。つらい箇所にさしかかると、低い声でお気に入りのあの歌を歌った。日がな一日涙をぬぐい——春の夢のように跡もなく——

入試に合格してからも、翠伊にはただぼんやりとした虚脱感しか残らなかった。

阿豊(アーフォン)は昼間ずっと寝ていて、時々目が覚めると麺をすすり、煙草を吸い、古龍(グーロン)の武俠小説をめくっては、すぐに夢の世界に帰っていった。彼は夜型だった。それはそれでよかった。昼は翠伊がおばとフロントにいて、彼が夕方に起きて交代する。入口は十二時に施錠し、鍵を持っている宿泊客は階段室の通用門から出入りした。翠伊はもう何度も李三春が龍に乗るところと観音が御利益を授けるところを繰り返し読んでおり、また前の二週間分の海辺にキョンシーを埋めるところを読み直した。それでも4D（数字選択式宝くじ）の番号予想まで覚えてしまっており、いつのまにかうとうとと居眠りした。

眠いなら部屋に行きなさい。おばの声がうつろに水がめの外から響くように聞こえた。ううん。彼女はあいまいに返事をした。

通りは潮のように夢の世界に湧いてきた。

目が覚めて彼女は首と肩が凝っているのに気付いた。おばはラジオを聴いているところだった。時刻は三時五分前です。女性アナウンサーが告げた。彼女はよだれを拭いた。入口は暗くなっている。

肉まんを蒸してくるから、フロントを見ててよ。おばは言った。

うん、分かった。翠伊は答えた。

日がまたかげった。若者が戸口から入ってきた。

彼女は顔を上げて呆然と彼を見つめた。相変わらず同じ荷物だが、傘が一本増えている。

一部屋お願いします。彼は言った。

彼女はおばを呼ぶべきだったが、呼ばなかった。身分証明書を、と彼女は言った。

相手は出して見せた。彼女は宿泊者名簿を開いて番号を写した。

昨日と同じ部屋ですか？

え？

朝と同じ――。彼女は口をつぐんだ。

相変わらず陰鬱な空のような顔だったが、鏡の中の視線はぼんやりとして不可解だった。なんだか私は隣のおばかさんになったみたいだ、翠伊は考えた。

彼女はしばらく待ったが、おばが出てこないので、引き出しに鍵をかけ、彼を階上に案内した。いつもおばは許さなかった。彼女は知らない男を部屋に案内することは禁止されていた。だが彼は彼女よりほんの少し年上なだけのように見えた。二人はあの通りの中心に面した部屋を通り過ぎた。一〇二号室、彼が昨日泊まった部屋だ。彼は何も言わなかった。彼女は一〇三号室の部屋を開け、電気をつけると、すぐに立ち去った。

階段の上から振り返って見ると、ドアの内側から漏れたひと筋の光が、徐々にうす暗い廊下に呑み込まれるのが見えた。

午後また雨が降り出した。土砂降りの雨はつぶてとなって、敷石に穴を開けることができそうなほどだった。騎楼の下も水浸しで、溝は急流のように音を立てていた。ガスの配達員は薄い黄色のレインコートを着て、素早く出入りした。おい、おかみさん、早くお代を――どの声もかすかにざらついている。折りたたんだもの、貼り付けたものは、どれもこれも雨に濡れて互いにまとわりつき、ガサガサと擦れてちぎれた。雨は長靴に入り、雨は床を濡らし、雨はビニール袋に水滴となり、あらゆる雑音がいつもよりいっそう増した。通行人は騎楼の下に雨宿りしながら、時折中をのぞき込み、おしゃべりを続けている。雨はごうごうと軒と水路を洗い流した。

午後三時半、あの若者が下りてきて、無表情に傘を持って出て行った。

喫茶室には大きな姿見が掛けてあり、おばは鏡に向かって歌っていた。ああ――霧は霧でなく、花は花でない――。彼女は歌が好きで、客が下りてきて煙草を吸ったり茶を飲んだりしていても、酔いしれたように歌っていた。その場に観客がいることでかえって我を忘れるほどだ。客はパチパチと拍手した。床には落花生の殻が散っている。

昔はマラッカのミルキーウェイナイトクラブで歌ってたのよ、インドネシアやシンガポールのファンも、楽屋に訪ねてきて花を贈ってくれたんだからね、どっさりの花で——あら——あの頃は夢の中でも花の香りがしてたわ。

おばは言った。

日本のファンも熱心だった。おばは続けた。マラッカの鄧麗君（テレサ・テン）だって言ってくれてね。

翠伊はおばあちゃんと一緒に食器棚の脇で、それぞれ低い腰掛けと籐椅子に座っていた。翠伊の履いた木のサンダルは湿っていた。彼女とおばの足の爪はみな真っ赤だった。おばあちゃんの足の爪は二つに割れて、片方は黒ずんでいた。おばあちゃんは自分で足の爪がカミソリのように薄くて尖っていると言った。おばあちゃんが行くところには木のサンダルもついて行った。彼女は三番目のおばの家に一週間滞在しただけで、それからまたそのサンダルを荷物に入れ、北にいる上のおばを訪ねた。三番目のおばがサヨナラを歌い始めても、おばあちゃんはさほど関心なさそうに聴いているだけだった。蝶が飛んで行っても、おばあちゃんはそんなふうにぼんやり見るだけだった。翠伊はいつも不思議に思った。おばあちゃんからどうしておばさんのような娘が生まれたんだろう。だがおばあちゃんの子供たちの中で、上のおば以外に、彼女に似た人は誰もいなかった。

日本人にも良い人がいるの？　翠伊は聞いた。彼女はおばあちゃんの生きた時代を知っていた。こんなに年を取って。おばあちゃんは言った。いるよ、いないわけないだろう。日本人はマレー人を追っ払って、あたしらを助けてくれたんだよ。おばあちゃんはそう大真面目に言った。

彼女は言った。昔、夜道を逃げていた時、「十六碑（マイル）（地名）」に来たところで、二人のマレー人に反物を奪われたけれど、幸い日本兵に遭遇して取り戻してもらえたんだ。
翠伊（ツイイー）が聞かなければ、おばあちゃんはそんな話をしなかっただろう。おばあちゃんは誰も知らない昔話をしたがる人ではなく、興味があるのは家族のことだけで、昔話より蟻の方が気になるような性質だった。食器棚の脚の下に入れた碗（蟻が這い上がれないように棚の足の下に敷く）は中に水があるかどうか時々確かめなければならなかった。

喫茶室には四、五人の馴染み客がいたが、彼らの顔は出がらしの茶葉のように皺くちゃで、声は燻（いぶ）されたように干からびていた。おばの喉だけが澄んで、自分のために歌っており、客はついでにちょっと耳を傾けているようだった。

八時、あの若者が帰ってきて、軒下で雨宿りしている人々をかき分けた。入って来ると窓の下のミカンの鉢植えをよけて、通用口から階段を上がった。

おもては暮れ方の雨に鯨の背のように暗く染められていた。

あと数分で八時だ。彼女は時計に目を走らせた。昼が長く夜が短い時季。母はよくこうため息をついた。きりがないけど、無理せず気長にやるしかないね。おばの家に来てこの方、翠伊は初めて母を思い出した。

一晩中雨音が響き、蛙の声があちこちから聞こえていた。

翌日の午前中、五人の客がチェックアウトし、彼女は五部屋を点検に回った。最初に出発したのは二泊した老人で、彼女が部屋に入った時、日光はまだ網戸の上の方に射し込んでおり、波紋のように天井に揺らめいていた。マレー人女性が窓を開けると、通りの喧しい雑音が流れ込んだ。枕をパンパンと叩いて、湿気と煙草のにおいを払った。

また水曜日がやってきて、民生報が配達された。

若者がチェックアウトした時、おばはちょうどトイレに行っていた。彼に待ってもらうべきだったが、不機嫌そうだったので、翠伊は彼が差し出した鍵とデポジットの領収書を受け取り、引き出しを開け、四十リンギットを返金した。部屋の点検もせず、彼を発たせた。

十二時にはまだならない。

翠伊は民生報をめくってみたが、相変わらず際限のない党争の記事だった。それからゲンティン・ホテル（ゲンティンハイランドはマレーシアの高原リゾート）の幽霊。学校のトイレの幽霊。阿豊（アーフォン）は昨夜読みさした小説を帆布の折りたたみ椅子の下に放り出していたので、彼女は拾い上げ、時間つぶしに読み始めた。

一時、麺で昼食。二時、水浴び。

三時。あのスニーカーがまたやってきた。しかも初めてやってきた時と同じ様子だった。あの若者は丹念にガラス板の下の宿泊料金を確認した。いちばん安い部屋は？　彼は尋ねた。

この人はどこかおかしいのだろうか？

そう考えながらも、口では教科書の暗唱のように無感情に答えた。デポジットが四十、バスルームなしのシングルが二十五、バスルーム付きは四十、チェックアウトは十二時。

身分証を受け取って個人情報を記入する。

何泊ですか？　翠伊は習いどおりに聞いた。

一泊。

おばはカウンターの後ろの帆布の椅子で眠っており、時に口をぱっくり開き、もぐもぐと寝言を言った。客が来ても起きなかった。翠伊は後ろを向いて壁から別の部屋の鍵を取った。一〇五号室。手に握りしめて、一段ずつ階段を上る。

　この部屋の窓は隣の建物に遮られ、うす暗かった。彼は一言も言わず中に入った。ドアが閉まる。

　翠伊（ツィイー）はフロントに戻り、また今日の民生報をめくった。ゲンティン・ホテルでは、棚の引き戸を全部開け放してはならず、幽霊の隠れられる場所を残しておかなければならない。彼女は手首が疲れ、新聞を持っていると時々震えたが、怖いからではなかった。

　おばはステージに立つのが好きで、今月末にはマラッカに行って、五月花（メイフラワー）という歌手のグループと舞台をかける予定だった。おばが出発する時には、翠伊も帰らなければならない。彼女には想像できなかった。おばの留守中、彼女と阿豊（アーフォン）が二人で顔を突き合わせることになったら、何を話せばよいのだろう。小さい頃こそ二人は仲良しだったが、二、三年前から他人行儀になった。翠伊が受験勉強のために二年来なかったところ、次に会った時には阿豊は別人のように陰気な男になっていた。毎晩戸締まりをすると外出して三時、四時まで帰ってこない。たまにバスルームや台所に出入りする時にすれ違うと、翠伊は肩まで首を縮めた。ある晩、翠伊がトイレから出ると、阿豊が粉末飲料を溶かしているところに遭遇した。どうしようかと思い、少し離れたところで立ち止まった。彼も異様な気配を感じたらしく、コップを手にその場を離れ、翠伊には一瞥もくれなかった。

　阿豊はおじみたいだ、ますます似てくる。

　三時半、スニーカーが戸口を通り過ぎた。あの若者がまた出かけたのだ。今回は傘を持っていない。陽光がよどみなく流れ、騎楼の下は海のように輝いた。

　カウンターの下の二段の棚には、客の忘れものが保管してあった。新聞や歯ブラシなどはそのまま捨て、保管するのは日記、靴、服、本、化粧品、傘などだったが、中には六、七年もそのままのものもあった。翠伊は客が忘れた小説を引っ張り出した。表紙はなく、作者が誰なのかも分からなかった。適当に開いたページからめくると、むずむずするような台詞が延々と続いていた。主人公たちは長い旅に出て、幾つもの大陸を越え、数十年もの間、旅路を繰り返し往還し、まるで南半球と北半球に暮らす鳥や魚の群れのようだった――結末はどうなったのやら、三百ページあまりから先はちぎれてなくなっていた。

このところ天気が変わりやすく、午後には前が見えないほどの雨が降るのが常だった。雨は次第に強まるばかりではなく、いきなり豪雨が襲って、この小さな町を呑み込んでしまいそうになることもあった。雨がはねて中庭の隅に干してあるタオルを濡らした。雨よけのひさしをかけなければ。翠伊は急いでロープを引き、頭上の小さな歯車が回転するのを見つめていた。

あの若者は濡れ鼠になって帰ってきた。幽霊に追われてでもいるかのようにたちまち階上に姿を消した。

木曜の朝、新生活報がシャッターの足元に配達された。おばは朝起きると、ワンタン麵を買ってきて三人で食べた。いつものように、阿豊は食卓でおばと顔を合わせるなり喧嘩を始めた。

母さんに言ったってわかんねえだろう。阿豊は言った。歌うこと以外に何もできないくせに。

おばはそれで腹を立てた。

そういうあんたはどうなのかね、ＳＲＰ*だって合格できなかったくせに、ＭＢＡだって？　バカ言ってんじゃないよ――

＊原注：初級教育修了試験、中学三年で全国一斉に行われる。

阿豊（アーフォン）はバイクに乗って飛び出して行った。白い煙が通り一面に立ち込めた。豚でも飼えばいいのに。おばは言い捨てて皿を洗いに立った。

空は陰鬱に、また暗くなった。沈み込んで、建物全体に灰色の光が流れた。

三時、あの若者がまたやってきた。翠伊（ツイイー）は彼の着たきりの服が、相変わらず塵ひとつつかず清潔なのを見た。彼女は鍵を彼に渡したが、もう階上には案内しなかった。ご自分でどうぞ。彼女は言った。今日は右手と右足が、水の中の海藻のように、ゆらゆらと揺れていた。

彼が来た。彼がまた来た。毎日正午前に立ち去る。毎日三時にまた戻ってくる。私以外に誰も目にしていないようだ。おばは時々壁に掛けた鍵をチェックして、宿泊記録と突き合わせるけれど、まさか全然気付いていないとか？　私が勝手に宿泊手続きをしていることに気付いていないのだろうか？

三月の二週目の水曜、それは民生報が配達される日だった。翠伊はこの背筋が寒くなるような疑念に耐えられなかった。それは肩から波のように足のつま先に下りてきた。相手が五十リンギット札を差し出して釣り銭を求めた時、彼女はほとんどその首ねっこをつかんで、生きた人の体温を確かめそうになった。

一、二、三、……。すみません、小銭がなくて。翠伊は言った。

五十セン硬貨が八枚、二十セン硬貨が七枚、十セン硬貨が十六枚。彼の前で数えを手にすくって渡すと、彼は下から受け、コインがチャリンチャリンと音を立てた。

それから小さく折りたたまれた三枚の紙幣。五本の指がほとんど全体を覆ってしまう。それでも彼は爪の先でつまんで持って行った。

三月の二週目の金曜。三時半、一秒も狂いなく、あの若者は傘を手に出て行った。翠伊も傘を持って出かけ、探偵のように警戒しながら尾行した。
陽光が通りに降り注ぎ、路面は明るく輝いている。三月の暖かい風が新聞紙を吹き上げる。若者は遊魂のようにふらふらと足の向くまま歩き、オディオン劇場の前で足を止めたが、チケットを買って入場することはなく、どういうわけか歩道のガードレールに腰を下ろした。

翠伊は路地の脇のコピティアムでとうもろこし茶を飲んでいた。氷が完全に溶けても、彼はまだ座っており、エビのように体を丸めていた。ああ。生理の時に冷たいものを飲むんじゃなかった。引きつれるように腹が痛む。痛みがひどくなると、手足まで震えるだろう。

彼が歩き出すと、ついて歩いた。彼も腹が減ったのか、麺を食べた。

赤い郵便ポストの前で道を渡る時、彼は立ち止まって辺りを見回した。翠伊は素早く向きを変えてウインドウの後ろを見た。傘の下で王祖賢（ジョイ・ウォン）が嫣然とほほ笑んでいる。

青い車体のバスがカーブして彼の行く手を阻んだ。巨大な文字と黄色と青の縞模様が、映った街頭の風景を引き裂く。彼を尾行していることを誰かに気付かれるだろうか？ 彼女は靴屋の前を通った時、ガラスのカウンターの向こうに同じ女性がずっと座っているのを目にして、思わずドキッとした。彼女は一日中あそこで頬づえを突いて人を眺めている。何もかも見ているのかもしれない。

雑貨店のあのおばあさんも、いつも同じ姿で、毎日籐椅子に座っているから、きっともうすべてを目に収めているに違いない。彼女は置き時計のように、扇子であおぎながら軒先に座り、行き交う人を眺め、それぞれ家の中で何をしているかを見ている。誰が何時の何番バスに乗って、何番バスで帰ってくるか、誰が自転車で誰と一緒に通ったか、誰がそこに車を止めたか、誰が駐禁を切られたか、誰が向かいで何を買っていくら使ったか——そうした些細な事柄を彼女に聞けば、機嫌さえ良ければ教えてくれるだろう。

翠伊(ツイイー)はその老婆がどう思うかは気にしないことにした。

私もよそ者なのだし。翠伊はそう思った。

あの若者は毎日同じ女性向けの洋品店に入る。歩きながらいつも内側に顔を向け、中の様子を伺って、隅々まで人の姿を探し、一人ずつ顔を見る。彼は毎日まずほとんど同じ道を歩いた。ホテルを出ると左に向かい、路地を一つ抜けて、家具屋を通り過ぎる。唸りを上げるのこぎりの音や単調なショベルカーの騒音は、あごが外れた人が身を潜めて叫びながらぶるぶる震えているようだった。人々は黙って通りを歩き、車を運転し、少しも動揺しない。彼もそれらの人々と同様に、来る日も来る日もこの通りを歩いた。

大雨がやってくるまでは。

雨が彼らの歩調を乱す。雨が降ってきたら彼は必ずそれに対応しなければならない。傘を持っていれば、話はずっと簡単だ。だが彼が売店の前でためらいながら尋ねることはもうなかった。大雨の時には彼らは店を出さないか、急いで鍋を片付けて商売を休むからだ。彼はスーパーの前の段ボールやトラックを避け、水たまりを避け、しぶきを上げて進む車をかわさなければならなかった。大雨の中、彼は歩き続けて映画館、女性向け洋品店、レンタルビデオ屋、荒物屋、パン屋に向かい、最後は必ずバスターミナルの窓口で何かを尋ね、そこに立って時刻表を見る。

傘を持っていない時は、彼は傘かレインコートを買うか、新聞か段ボールを頭にのせて飛ぶ鳥のように道路を横断するか、あるいは柱のように軒下に立ちつくす。彼はいつも前日の教訓を忘れ、この地の天気の変わりやすさを忘れるらしかった。

正午にチェックアウトすると、翠伊は彼が泊まった部屋から傘を取り出した。棚の二段目の引き出しには、もう八本の傘がしまってあった。

ある日の午後三時、十八回目にデポジットを受け取って、鍵を渡してから、翠伊は傘をまとめてカウンターに出した。長傘があれば折りたたみ傘もあった。チェック柄も、花柄も、無地もあった。

お客さんのですよ。翠伊は言った。全部。

彼は訳が分からないといった顔で傘を見つめた。

僕のじゃない。

翠伊はしばらく口をつぐんだ。彼に対する同情の気持ちがわいた。

持って行ってください。翠伊は言った。ここはよく雨になるから。

ありがとう。彼は言った。彼が目を上げて彼女を見たので、彼女はその目をのぞき込んだ。瞬き一つせず、静かだった。

お出かけの際は傘を忘れずに。翠伊は言った。

この年の三月は湿気がひどかった。夕方になって降り出すこともあれば、午後二時か三時にはサアサアと降ってくることもあった。彼は普通の人のように、日が照っているのを見ると、傘を持つのを面倒がるのだ。だが冷たい風が吹き始めると、空はにわかに曇り、黒雲がたちまち帆船のように空に立ち込める。いつも二、三軒間を空けて、その若者とは距離を取り、遠くから見つめていた。彼は身じろぎ一つせず蛾のように、騎楼の下のごたごたと物が積まれた夕闇に紛れていた。遠くから見つめながら、傘を余分に持っていたとしても、翠伊は近付くことはなかった。

傘は三月を尖った骨の間にたたみ込む。こんなに湿っぽい三月であるべきではなかった。

雨は降るたびにその日の路線を予測し難いものに変えるが、どれだけ彼のルートや途中の細部が変わったとしても——他に予想外の出来事は起こらないし、起きたとしても記憶に留まることはない——次のような些細なことを除いては。路上で一匹犬を見かけたとか、煙草銭をねだる老人に金を与えたとか。たとえば百貨店の前に足を止め、掲示板の貸間の広告を丹念に眺めたこともあった。翠伊(ツイイー)はもしかして彼はここに腰を落ち着けるつもりなのだろうかと疑った。またたとえば、古い廟の前に雨宿りして、インド系の子供からゆでた落花生を買い、占い師の男に引き止められたこともあった。ある日彼は番橄欖(クドンドン)*売りの自転車を倒してしまったことがあった。彼らは慌てて堅い緑の実を拾い集めたが、雨に流されてしまったのもあった。番橄欖売りは相当な損害を被ったかもしれなかったが、翌日戻ってきたあの若者はそれについて何一つ知らなかった。ある日、彼は劇場の外でぼんやりポスターを眺めるのをやめ、ついにチケットを買って場内に入った。実に大きな突破だ。翠伊も我慢できずチケットを買って後に続いたが、遠く離れて座った——その日は林青霞(ブリジット・リン)が縹渺(ひょうびょう)たる東方不敗を演じていた（程小東らの映画シリーズ『スウォーズマン』）。彼女は若者に付き合ってひっそりとした劇場で二回続けて観た。だが四回目の上映に入って、翠伊はどうにも我慢できなくなった。

　歩道には枯れ葉がまばらに落ちている。落ちてしまった枯れ葉は雨に潤されて息を吹き返すことはない。彼女はそんなどうでもよいことを考えながら、サイダーを買ってストローをくわえ、傘をさして劇場の外で欄干にもたれて待っていた。変な話だわ、私自身が尾行している相手と同じになってしまうなんて。これはヴァカンス、ヴァカンスなの！　これは奇妙なよそ者、よそ者なの！　何かが起こっているようでいて、実は何も起きていない……。もしかするとすべては彼が来たせいで、取るに足りないあれやこれやの方法でこの通りをぶらつくことになったのかもしれない。何か変化が生じるとすれば、きっとあれやこれやの取るに足らない姿でこの町を這っているはず。物売りのポケット、劇場の座席の位置、地面の水の跡、彼を避けて逃げてゆく蛙（もしかすると逃げたせいで雌の蛙に出くわしたり、バッタかゴキブリか小さな虫にありついたかもしれない）、そして翠伊自身のこの年の三月の記憶。翠伊は彼についてずっとこの町を徘徊し続けていた。ここは何か越え難い辺境なのかもしれなかった。長く連なる山脈に囲まれ、この小さな町は空っぽのお碗のようだった。

三時半から夜八時過ぎまで、彼らは傘を手にこの町を行ったり来たりしていた。

ばかばかしいったらない。翠伊はそうも考えた。でも何百回読んだか知れない連載小説を読むのだってばかばかしい。翠伊には彼の目的が分からなかった。彼は何を探しているのだろう？　何らかの物か、それとも誰か人だろうか？　でも彼は本当に探しているのだろうか？　かつてここに来たことを忘れてしまったのではないだろうか？　毎日チェックアウトして外に出て、一回りすると忘れてしまうのだろうか？

三月の四回目の土曜、翠伊は彼の部屋から全部で十八本の傘を回収した。彼はいつものように、フロントで清算すると、ざっと釣りを確認して、荷物を手にするとくるりと向きを変えて出て行った。翠伊はレジに鍵を掛け、鍵をおばのポケットに入れた。おばは帆布の椅子に身をもたせていびきをかいていた。

翠伊は傘をさし、強い日差しの下を遠くから尾行した。

若者は足早に漢方薬店と小規模市場を通り、バスターミナルを過ぎても足を止めることなく、マレ

＊　ウルシ科の熱帯植物で果実を食用にする。和名アマヤニリンゴ、また果実の形状からタマゴノキとも。

一人の嘛嘛茶檔（ママツ・ストール）*に沿って、小川を渡り、鉄道駅に向かった。

翠伊（ツイイー）はもう後を追わなかった。彼女は遠くからその若者が駅の窓口で切符を買い、昼の十二時半頃、柵の中のホームに入るのを見た。

彼女は相変わらず遠く木の下に立っていた。旗竿が三本立っており、一本は国旗、一本は州旗、一本は何もなく、一本の白線が単調に立ち、路傍の黄蟬花（ひめありあけかずら）（黄色いトランペット状の花をつけるキョウチクトウ科の植物）が太陽のように咲き誇っていた。

ついに立ち去ってゆくのだ。彼女はそう思った。列車がレールを圧する音が聞こえてきた。結局は去るのだ。彼女は考えた。こんなふうに終わってしまう！　なのに私にはやっぱり何も分からないまま！　彼女は鬱々と考え込み、そして駅を離れた。

電線が束になって角のところで交差しては接続され、灰色の空に震える太い筆で線を引いたようだった。町の中心部の奥では、ハンマーが持続的に辛抱強く何かを打ち続け、啄木鳥（きつつき）が遠くの森からうつろな音を響かせるようだった。

彼女は騎楼に沿って道を下った。あらゆる品物、鞄、ぶら下がった祭祀用品、一面に紙くずが散らばった宝くじ売り場、あれら派手な色彩が、雨が降る前の重苦しい午後の空気の中、どれもこれもくすんで、元気をなくして見えた。

足が縮んで、右足で綿を踏み抜いたように頼りなく歩き続けた。

ホテルに戻り、彼女はティッシュをちぎって汗を拭った。首にもあごにもティッシュの屑がこびり付き、扇風機が午後のぬるんだ空気をかき回す。騎楼の下のコンクリートの地面は白く照らされ、彼女は目を細めるとぼんやりと眠気に誘われた。

あと五分で三時だ。彼女はぎょっとして彼を見た——夢のようにまたしても戸口から入ってきた。だが彼は自分が帰ってきたのだと知らずにいる。彼は初めての客のように、うつむいてカウンターのガラスの下に敷いた値段を見ている。

一番安い部屋はいくらですか？

相変わらずスニーカーに、グレーと白のチェックのシャツに、旅行バッグ。やはり陰りのある顔で逆光の中、金を数えている。これだから雨を連れてきたんだ。翠伊は考えた。

デポジットが四十二・五リンギットです。翠伊は言った。

翠伊は硬貨を数枚彼の手にのせ、初めて彼の指に触れた。なんだ、温かい。

彼女は彼を階上に案内し、部屋に入るのを見届けて、廊下に立っていると、光が部屋からあふれ、足の指にかかった。

彼は荷物を下ろし、扉を閉めようとしたが、彼女が戸口に立っているので困惑したようだった。しばらくたっても、彼女が立ち去ろうとしないので、彼はポケットから財布を出し、一リンギット硬貨を出して彼女に渡そうとした。

翠伊はすぐに身を翻して階段を駆け下りた。

翌日の正午、彼はまたチェックアウトして出て行った。翠伊は再び彼を尾行して駅に行った。今度

＊　原注：「嘛嘛」はMamakの音訳。Mamakとはインド系ムスリムの俗称であり、嘛嘛茶檔はインド系ムスリムの経営する半露天のストールで、マレー半島の町によく見られる。テ・タレやコーヒーなど各種の飲料のほか、ロティ・チャナイやマレー料理とインド料理の軽いフードメニューも提供し、店内にはよくジャウィ文字で書かれたクルアーンの一節が掲げられている。

は彼女はホームの柵の外の隅に立ち、見送りの客に紛れて、万年青（おもと）の脇で待った。ゲートの見張り番のマレー人は尋ねた。君も見送りかい？　中に入る？

彼女は首を振った。あの若者が座った場所はそう遠くなく、目の届く範囲だった。

彼は背中を丸め、腕を組んでいた。ペンキの剝げたスチールのベンチに腰かけ、鬱々として楽しまない様子だった。でも彼はいったいどこに行くつもりなのだろう？　彼女は知りたくてたまらなかったが、もう会話する機会はなかった。彼の目には誰も映っていなかった。彼はくたびれた上着をいいかげんにバッグのファスナーの間から押し込んでおり、ぐちゃぐちゃに丸まっていた。

列車がやってきた。彼女は彼が乗り込むのを見た。

発車する時、彼女は自分が後ずさりしているのを感じた。手を振りたいくらいで、それが必要な儀式だとすら感じた。彼女は駅を出て、線路のアーチ橋の下を通った。緑の斜面には花と枯れ葉が入り乱れて落ちていた。彼女は橋を渡り、下を向いて足元の渓流を眺めた。山からの流れはここにきて、周囲はコンクリートで固められ、水渠になっていた。若い学生が山上の滝で溺死したと昔聞いたことがあるのを思い出した。彼女の死体は町まで流れ着き、教会とマレー人の屋台の間に引っかかったのだそうだ。

翠伊（ツイイー）はそれを思い出して、最初に聞いた時の悲しみがよみがえった。それから思い返すたびに、初めて聞いた時の切なさが再生されるようだった。彼女は自分の右足がこわばって、木の棒になってしまいそうだと思った。このまま木偶になってしまうのかもしれない。木の人形に！　彼女はそう考えた。最初はある場所から徐々に硬化してゆくはずだ。四姉さんのように。若すぎるうちに子供を産み、それから母体の休養も十分に取らず、一家で工場に住み込んで昼夜を問わずゴムの樹液採集用のカップを作っていたからだと人は言った。医師は彼女の脳の右足をつかさどる神経が萎縮しつつあるせいで、右足の動きが鈍くなっているのだと言った。できるだけ運動すればよくなるでしょうか？　母はそう尋ねた。医師は答えた。やってみてください。

　それでも彼女に家事はできなかった。皿洗いすら無理だった。翠伊は姉の姿を見て、行き詰まりの人生だと思った。でも四姉さんは特に気にしていないようで、苦しみも脳から切り離されてしまったようにほがらかに笑い、ひどく埃っぽい町工場で、よく響く大声で話をしていた。翠伊は時にむしろ自分が姉の肉体的苦痛を引き受けているように感じた。

　翠伊はマレー人の嘛嘛茶檔（ママツ・ストール）を通り、裏手のゴールデン・シャワーが一面に黄色い花を咲かせているのを目にした。花びらは房になって枝に下がり、影絵提灯のように、白日の下でさえ輝いていた。はらはらと花弁の散りかかる斜面は道からかなり距離があった。彼女は秋や春の様子を想像した。

　黒雲が木の後ろから湧き上がった。

　大雨がやって来た。ごうごうと雨は青みがかっている。水はまた溝をあふれさせ、激しく流れ、櫛の歯のように細かくあらゆるくぼみに流れ込み、至る所に大小の滝ができた。千万本の針と糸が額と目に落ちかかり、水滴と髪の毛を払いのけなければならなかった。風に傘が吹き飛ばされ、流れに乗って水中に没した。翠伊は自分の手が短くなり、手の骨は一本ずつヤシ葉ほうきを広げたようで、うちわのように細い骨がびっしり並び、肉は骨の間を薄く覆い、魚の鰭（ひれ）になってしまったのを目にした。洪水が小さな町を覆った。彼女の右足は凧（たこ）と魚の尻尾の混合物だったが、半分変じただけで十分だった。彼女はやっとのことで大通りを泳ぎ渡り、並んだ店の壁と窓を泳ぎ、牧場のような緑の斜面を泳いだ。彼女はぐらつきながら水にまたがった。牧場を通った時、女の子が走っているのを見かけた。

女主人のもとから逃げなきゃならないの。その女の子はとても低い場所から彼女に呼びかけた。

翠伊（ツイイー）はぐらつきながら魚の骨のようなアンテナの横を泳ぎ、自由を感じた。

そして客の指が澄んだ音でカウンターを叩いた。彼女はよだれを拭った。

部屋はありますか？

翠伊はほとんど叫び出すところだった。いや、彼女は口を開けただけで、声はすぐに肉体を離れ、扇風機が回る午後のロビーを去って行った。

いちばん安い部屋は一泊いくらですか？

列車は今どこを走っている頃だろう？　翠伊の頭はもう考えることができなかった。

どうして戻って来たんですか？　翠伊は聞いた。

彼はどうかしていると言わんばかりの目で彼女を見た。

三十分後、彼がまた傘をさして出かけた時、彼女も我慢できず後について出た。彼女は彼についてもうよく分かっていた。それなのに彼は彼女を覚えていない。彼は彼女に気付かない。不公平だがそれは構わない。しっかり後ろ姿を見つめて、よろよろと小さな町を越え、同じ小路を通り、同じ銀行街、バスターミナル、警察署と郵便局を通る。どれもこんなによく知っていて、この風景を彼女は心に留めさえしてこなかった。それらはどれも瞬間的に現れて消えてしまう水面に映った影のようで、ただ彼女に通り道を作るためだけに、意識の中にぼんやりとたゆたう水域で、一面水浸しで同時に水しぶきをあげていた。そうした灰白色の柱や、うす暗くおぼろげな店舗、商品が詰まってなまぐさいにおいをさせている箱、身の程を知って寂しく老いた人、彼女は彼らを通り過ぎながら目もくれず、無数の柱を通り、そしてまた路地を通り、遮る屋根のないところで、雨は頭上とあらゆる平面の上で大きな音を立てていた。雨は傘の縁から流れ落ちた。路面の溝は詰まり、水たまりに雨で泡が立ち、いくつもの水の泡がＵＦＯのように汚水に落ちては漂い、割れては消え、また現れた。彼は洋品店に入った。彼女は外で待った。インド屋台の防水布の屋根の下で、両足は濡れて冷え、体の右半分が少しずつ冷たく痺れているのに、逆に胸は熱く動きたくてならなかった。彼が出てきて後について歩き始めるまでに痺れが取れるよう、こすってみた。彼女は彼が誰だか知りたくてならず、一歩ごとに誰かに見破られるのを怖れていた。だが見破られたところでどうということはないかもしれない。知られたら知られただけのことだ。でも前を歩く彼には知られたくなかった。

　すべてこれまでと同じように、ひっきりなしに歩き、止まり、休憩し、雨宿りした。でもすべてはまったく同じではなかった。どこに立ち止まるか、どちらを見るか、何に近付くか、誰とすれ違うか。通り過ぎる野良犬や野良猫。目にする映画ポスター。何週間か経って、李連杰（ジェット・リー）はブルース・ウィリスに入れ替わっていた。

　それから戻ってくる。濡れて、冷えて、震えながら。

　翠伊は高熱で頭がどうかしたせいだと思った。彼女の全身は熱く、首は火傷しそうなほどだった。雨粒は高い空から落ちて、力強く窓の日除けシェードの上で砕けた。壁の内側の物音はこの耳をどよもすばかりの大雨にかき消された。廊下の黄色い明かりが霧のように、破れかかった壁紙をごまかしている。右手の指先はまだ硬かったが、彼女は指の芯が役に立たなくなったと思った。それはちょうど河面の水草のようにぐんにゃりとしていて、徐々に指一本動かすことすらできなくなりそうだった。彼女は左手でドアの鍵を開けた。その晩彼女はあの若者を最初に泊まった部屋に案内していた。一〇二号室。

彼は中で眠っていた。デスクライトはまだついていた。

言葉にならない誘惑にかられ、彼女は身を横たえた。信じられないが、こっそりと横になっても、彼は驚いて目を覚ましはしなかった。そうだ。この時間帯は彼は寝ているのだ。これは彼の夢の時間に属している。私はこの瞬間ただ通りすがっただけで、彼は私を覚えていることはないだろう。戻ってきた彼は何も覚えていない。

ねえ。

そのささやきは彼に向けられているようだった。

どうして毎日来るの？

彼は身じろぎせず、目を閉じたままだった。翠伊（ツイイー）はじっくりと彼の顔を見つめた。彼の顔は赤いチェックの枕カバーにのせられている。子供のように眠っていた。彼女には彼の目は見えなかった。それでも彼の呼吸で、微かな鼻息とともに起伏するのが見えた。すねの毛はオランウータンのように濃かった。

彼の手は半分枕の下に入っており、彼女に見えるのは縁の部分が少しだけで、残りのほとんどは岩の間に隠れているようだった。彼女は自分の手をベッドに置き、その見えない手と比べてみた。近付きすぎたようだが、間には一本の警戒線を隔てていた。彼女は従姉の秀梅（シウメイ）の言葉を思い出し、そんな感覚を想像しようとした。もし誰かの手に安心を感じるなら、それはきっとひとつの愛か、少なくとも愛をしのぶ気持ちだと。

誰を探しているの？

あなたはどうして来たの？

彼の唇の上にはかすかなくぼみがあった。彼女は彼がここに探しに来たものを想像した。どんな人でもあり得たし、逆にそもそも誰も探してはおらず、ただ分身が、習慣的にここに戻って探し続けている——探すために探し続けているのかもしれない。時に、人は生きながらにして一部分は死んでいるものだ。そしてその部分は輪廻を始める。彼女は奇妙な物語を読んだことがあった。人間は自分の輪廻転生に遭遇することがあるのだと。ペナンのバリック・プラウの葫蘆廟（ころびょう）の僧侶もそう言っていた。なぜかその話は彼女に深い印象を残した。答えはさながらたとえ外に干してあり、目にしていても解きがたい秘密のようなものだった。あなたはいったい誰に似ているの？ 彼女はそう考え、それから追憶した。その追憶はあたかも潮に密かに洗われる水道を探していて、なのに岸壁の砂と草はそれについて何も知らずにいるような感覚だった。遠方から吹いてきた風にとってすら、迷宮のような洞窟の曲がりくねった小径はやはり秘密なのだ。彼女は考えた。生活とは秘密だ。新聞だってそうだし、ホテルの各部屋の扉ときたらいっそうだ。人々が口にするどの言葉も、泣くのも笑うのも、時間も、孤独も、生存も……すべてが秘密だ。今、このこともそうだ。とりわけこのことは。

電灯の笠に一匹の蛾が止まった。光が変わった。

口に出せないこと？

それから彼女は寝返りを打ち、異様な悲しみを覚えた。あたかも冬の鳥が死にかかっているように。腹の中で、つる植物のように縮こまり、その温度と時間を持ったまま封じられて化石となった。

何か手伝いは要らない？ 彼女はまた尋ねた。声は低く、自分に問いかけているようだった。

彼女は窓辺に行って見た。雨は暗く、何も見えなかった。網戸が明るすぎる。彼女の手が伸びてデスクライトに触れた。もし私の手がこれを通り抜けるなら、私は夢を見ているのだ。蛾は飛び去った。

彼女はポケットの中のものを出してみた。それは石ころに変じていた。川底に散らばる、流水に磨かれてとりわけ滑らかになった玉石だ。表面には灰色の模様があった。文字のようでもあるが、特に文字のようだというわけでもなく、もしかするとこれから完成するのかもしれない。彼女はそれをテーブルに置いた。

私はもう家に帰るの。もう来ることはない。彼女は言った。あなたが私を訪ねてきたのでないことは分かってる。

彼女は体を起こした時、右腕にだるい痛みを感じ、危うくこの若者の上に倒れそうになった。心臓がどきどきした。彼は丸くなって眠り、子供のように自分自身の中で眠りにつき、はるか彼方の、彼女には潜ってゆけない海底にいるようだった。別に構わない。誰もが自分の海を持っている。彼女はしばらくじっと彼に見入ったが、水面を見つめているようだった。まだ遠ざかってはいなかったが、彼女はもう彼を偲び始めていた。なのにそれ以上近付くことはできなかった。

どうであれ、秘密を抱えた私は、もう子供ではないのだ。

ただこのひとときだけ、青い波よ。

三おばの声には厚みがなく、ふだん話す時の調子とは異なっていた。高音になると鋭く尖って、人にはよくない歌い方だと言われた。そのうち声帯を壊すと。三おばはそれでいつも残念に思っていた。長年彼女は歌ったりやめたりしていた。彼女は最高の歌手ではなかったが、それでもまだ歌い続けていた。

将来私に会いに来てくれる？

実家に来たら分かるけど、床板は何枚にも割れて、真ん中が盛り上がっているの。地震があったように見えるんだけど、実際は地震じゃなくて、床下に鯨が一頭いるの。
クダ州はもともと海（Laut Kedah）だった（lautはマレー語で海の意）。ある日、海水が退いて、船が落ちて来た時に鯨の頭にぶつかった。船底は割れた。それは海底で長いこと生きていた魚で、長いあいだ砂石、貝殻、コケ植物、ありとあらゆる寄生物がくっついていた。想像してみて、石のように硬く肥厚したたこを。海が去ってから、おじいちゃんは木材と泥土を集めてきて、床板を修繕した。でも、それからもやっぱりひびが入り続け、数年おきに一度は割れ目ができた。

おばあちゃんは先祖の霊が示したのを見ていた。彼女は床下の魚はもう骨だけになったと言った。うちの家族はよそとは違うんだ。祖母の話は嘘じゃない、嘘を言ってどうするの？　記憶が彼女に嘘をついていない限り。祖母に聞いてみるといい、日本兵は悪者かって。祖母はこう答える、あんなもんだろう、どこの人にも善人も悪人もいる。

翠伊（ツイイー）はさらに書いた。

私は去年試験を終えたところで、どの科目も参考書を二、三冊暗記した。一冊じゃだめなの、だって一冊だけで完全なものなんてないから、どれも大差なくて、違いはほんのちょっとだけど――説明が多くて図が簡単なものか、説明が簡潔で図が多いか――胞子の図、鉱産地図、蛙と人体の解剖図、単細胞生物と多細胞生物の断面図、重金属原子の電子雲、それらの波動が何十種類にもなる雲張図、知り得る何もかもが千万片から銀河系を組成している。一個の無限小の電子雲の雲張図が無数の雲張図を形成し、八の字型や土星型や二重土星型、または内巻きの花びらを形成する……その方程式の複雑なことといったら、昆虫が交尾の相手を探したり、助けを求めたり、戦争したり純粋な遭遇時にあいさつのダンスをするのと同じくらい。ディスカバリーチャンネルのドキュメンタリーを見たことある？　どれだけ弧を描いても描き尽くすことのできない翼の舞い。肉眼では捉えきれず、機械のレンズでのみスロー再生できる。瞬きする間に一千万回震動する。何て素早い一瞬かしら。その瞬間に彼らはいったい何を言ったのだろう？

彼女は胸の内で長いこと推敲して、考えていた。誰も信じないあの海、床下に潜むあの鯨、それからもしその鯨の腹中の沈黙を理解することができるなら、それはいったい何を意味しているのか。床板がひび割れ、家屋は揺れ、体も揺れる。そこで何かがこんこんと湧き出てくる。でも最初はまだ言葉がない。聞くことのできない叫びと悲鳴があるだけ。それはいったい何がとどろいているのだろう。

リスナーのみなさん、一時をお伝えします。

おばさん、ちょっと出かけてくる。翠伊（ツイイー）はその紙をちぎり取るとポケットに入れ、宿泊者名簿を置いた。そうすれば胸の振り子を抑えることができるかのように。それは空中の定点にぶら下がって、空気を突破し、次の運動を始めるのを待っていた。翠伊は自分がそわそわして落ち着かず、ただここに座って待つことができないのを感じた。彼女は腹の底から叫びたかった。

喫茶室の歌声は最高潮に達し、つかの間止まった。

じゃあ行ってらっしゃいな。おばは言った。

今翠伊は一人で映画館を通り過ぎる。チケットの半券や、ストロー、飴の包み紙が階段の前に吹き寄せられている。騎楼のコンクリートを打った地面は盛り上がった部分があれば、一段低い部分もあり、彼女の足は高低に合わせ、起伏しながら進んだ。阿豊（アーフォン）は言うだろう。ここは未来のない場所だから、誰もが生気を失ってここに暮らしている。

翠伊はそういうことではないと思った。ではどうなのかは説明できなかったが。阿豊の言葉にも一理あるのかもしれない。だがもしかするとこの土地の人々はとっくに出て行っているのかもしれない。もし私も明日去ってしまうのなら。彼女は時計屋の前を通り、思わずまたちらりと時刻を見た。壁には一面に時計が掛かっていた。

ゆっくりした足取りでバスターミナルを過ぎ、漢方薬店と小規模市場を過ぎた。青と白の三階建ての警察署では、二人のマレー人警察官が木蔭でリラックスして何かしゃべっている。むらのある影の外では、コンクリートの地面がコントラストをなしてまぶしく光り、翠伊は眉をしかめて目を細めた。

バスターミナルの前には、一面に黒光りする油が流れていた。列車に乗らなくては。翠伊は頭でそう考えた。彼女は線路の砂利と、ホームの上のペンキが剝げたスチールの椅子のことを想像した。雨の日には線路はとても静かで荒涼として見え、ある場所で止まって他の列車を通す。彼女はその熱された炉のようなバスターミナルに飛び込み、途端に辺りが暗くなった。反対側は相変わらず日に晒されて、光は鉄のフェンスから流れ、地面で扇のように屈折し、散って無限に重なり合う影をなした。

Aminah

あのうら寂しい猫たちの鳴き声が寮母を起こしたようだったが、風かもしれなかった。風が外の長い廊下の窓を吹き抜け、現実の中の気に障る音を夢の中に送り込んでいる。寮母は夢の中で女がひとりベッドの横にやってきたのを見る。その女の顔は暗く、目鼻立ちははっきりしない。

彼らはあなたに場所を与えて一時滞在させているだけなのに、ここは部屋ですらない、とその女は言う。ただ明かりを消せば、真っ暗になるから錯覚するだけ。

寮母は懸命にその女の顔を見ようとするものの、そのうす暗い影がベッドの横に息づいているのが見えるだけだ。彼女はその影をしばらく見つめていたが、恐ろしいとは感じなかった。冷たい風がどこかから吹き込んできて、彼女が身震いすると、その女は風の中に消えた。窓の下の猫が悲しげな声をあげ、ミミズクが山奥で鳴いているのが聞こえるばかりだ。断片的で雑音に満ちた現実が再び四方を取り囲む。それら長く伸びた影たちは壁の隅に縮こまり、青白い月の光が斜めに床に落ち、箱のような部屋と、蓋のような天井が、眼前を遮っている。風が扉をガタガタと鳴らし、彼女は起き上がり、扉をきちんと閉めに行こうとして、[*1]一列に並んだベッドを見わたすと、少女たちはなお一列の白い繭のように熟睡している。ただアミナのベッドだけが空で、カバーはめくれ、脱ぎ捨てられた寝間着がベッドに放り出してあった。彼女はぎょっとした。

彼女はそのままベッドに身を横たえ続けることもできたが、なぜかつい布団から抜け出し、外にアミナを探しに出る。廊下はいくらか涼しく、明かりはほの暗い。彼女は手探りでスリッパを履き、大きな芭蕉の葉と建物の落とす影を通り抜け、正門の前に来る。門衛所で、守衛は帆布（はんぷ）の椅子に背をもたせ目を閉じて休んでいるところだった。彼女が指の関節でカウンターをコツコツ叩くと、相手は眠そうな眼で彼女を見た。

アミナが逃げたわ、どこに行ったんだか――、彼女は言った。もし逃げ出して、万一のことがあったら、どうしましょう？

こんな時間に、どこに行けるかね？　相手は言った。彼は頭に乗せたハジ帽[*2]を整えたが、まったく身体を起こそうとする様子はない。

寮母には分かる、彼女は知っている。アミナがまたあんな格好だったら、敬虔なムスリムならみな恥ずかしさにうたれるだろう。あの期限が延長されてからというもの、アミナは異常をきたした。教師たちはなだめた。もう決まってしまったのだし、上告もできないのだから、現実を受け入れてアミナになるしかないのよ。[*3]

アミナは狂ってしまった。まず彼女は長いスカートを引き裂き、自らを露出した。スカーフを被らず、クルアーンも読まない。そもそも元から読んだりしていなかった。ある日の夕方にはなんと井戸によじ上った。厨房の炊事婦は、アミナはあの晩にとり憑かれたのだと思っていた。日が暮れると街の外の荒野では精霊がうごめき始め、とりわけ森の一帯で、それらは霧があたりに立ちこめるのにつれて意志の弱い獲物を物色するのだ。まぎれもなく古来の未開の迷信に基づくこうした説に対し、寮母は一貫して何も言わなかった。テレビで心霊番組が流れるたび、緊張感が最高潮に達すると、彼女は立ちあがって行ったり来たりし、なんでもないふうを装うが、結末はいつも拍子抜けだ。クルアーンがどんな呪術師よりも強大なのだ。しかしこのまだ暗い朝方、冷たい風が吹き抜けて枝葉がざわざわと幽霊の囁きのように音を立てる時、この上なく荒唐無稽で陰鬱な思いが朝霧と薄ら寒い湿気とともに藪から滲むように湧きあがると、一陣また一陣と寒気に襲われ、寮母は思わず身の毛がよだった。風の中のマンゴーの香りは、人を堕落させる伝説の邪な精霊のにおいのように濃く、彼女はスカーフを引っ張り、風で冷えきった鼻の頭を覆った。

雨季の間に野草の丈が伸びていた。あたりは真っ暗で、何も見えないが、寮母はあの井戸がそこにあり、あのマンゴーの木の下で、野草に覆われていることを知っている。その井戸は、今や使う者はない。長年そこにあり、昔は林の中でこの井戸に頼って人が暮らしていたらしかった。後から掘った井戸ではなく、リハビリテーションセンターが建設されるはるか以前からあった。この土地はもともと軍隊の訓練用の宿営地だったものが、後に宗教局に移管され、中庭が完成し塀が林に沿って築かれ

＊1　原注：アミナ（Aminah）はこの小説の登場人物の名前であると同時に、社会的立場や宗教と政治との関係の隠喩でもあるため、題名にはマレー語を採用した。

＊2　原注：ハジはマレー語のhajiに由来し、巡礼の意で、イスラームの五行の一つ。ムスリムにとって、ムハンマドが生まれたメッカに巡礼することは生涯で最も重要な旅であり、ハリラヤ・ハジは巡礼者の帰還を祝う祭りである。ハジ帽はムスリムが普段かぶる円形のつばのない帽子のこと。

＊3　原注：マレーシア憲法には、マレー人はムスリムでなければならないと定義されており、身分証に登録される。マレー人すなわちムスリムが改宗することは法律で禁じられ、イスラームからの離脱を望む場合、通常は宗教裁判所の許可を得なければならないが、成功例はごく稀である。また改宗に失敗したムスリムは宗教「リハビリテーション」センターに送られ、強制的に宗教教育を受けさせられる可能性がある。

ると、この井戸も一緒に囲い込まれたのだった。

柵の鉄線にはすべてトゲがついていて、塀には逆巻く波のように鉄条網が幾重にも張りめぐらされており、寮母は歩きながら抜け穴がないかと探した。まさか、まさか逃げられるなんて、抜け穴はないし、閉め忘れた門もないのに。アミナは必ずまだ中にいるはずだ。猫の群れが中庭で追いかけっこしていた。彼らは発情し、交尾し、たくさんの猫を産む。猫は多すぎる。猫は出て行ってもいいけれど、人間はだめだ。待たなければならない人々もいる。たとえば三か月、たとえば一八〇日。彼らがやってきて出て行く時間はファイルに書き込まれており、人間の生死がアッラーの運命の板に書きつけられているのと同じだ。しかし誰であれ、滞在する時間は寮母よりはるかに短い。寮母は多分ここに一番長くいる人間だ。ここはすでに彼女の家となり、目を閉じても中庭をひと回りすることができる。彼女より長く留まる者はいない。裏山から吹いてくる風の音は波濤のように澎湃（ほうはい）として、それでもあちこちから次々起こる猫の声をかき消すことはできなかった。厨房は暗く沈んでいて、炊事係はまだ眠っている。どこにもアミナの姿は見えない。

まるで神隠しのようだった。

しばらくすると、モスクの流すアザーンが響き、明瞭な声が厳粛に夜明けの山風を切り裂いた。彼女は部屋に戻り、礼拝を始めた。少女たちも次々に起き出し、絨毯（じゅうたん）に正座して、メッカの方を向き、それからぬかずいた。

路傍に凋落（ちょうらく）する者となるなかれ。寮母は心に念じた。アッラーのほかに神なし。

また長く果てしない一日、長く果てしない任務。生活と試練には際限がないが、そもそも終わりの刻限など無いのだ。命が尽き、俗世が尽きない限り。彼女は窓に向かい、窓の前には光があった。この夜の月光は窓の上の蜘蛛の糸を照らし輝かせている。風が扉の前を吹き過ぎた。扉がギイと音を立て、開く。彼女には聞こえる。

アミナが帰ってきた。埃まみれの姿で長い部屋を歩き、絨毯の列の前を通る。どの目も彼女の足の裏を見ている。彼女が歩いたところには泥と草の切れ端が残される。

アミナは天井の下を歩き、礼拝する女の前を通り過ぎる。寮母は不意に祈りの言葉が出てこなくなった。アミナの指は月の光にそぎ取られ、溶けてしまいそうに細い。その身体はごつごつと骨ばって、何もまとっていない。

ほとんど誰もが礼拝をやめ、息を詰めてこの夢遊病の裸女が通り過ぎるのを待っている。彼女らは振り返って見たりはしなかった。彼女らはアミナが後ろに回って行く音を聞く。アミナは自分のベッドに上がる。ベッドからはかすかな物音がぶつぶつと泡のように聞こえたが、たちまちモスクから流れる朝のアザーンの声に呑み込まれた。

寮母は心に激しい震えを感じた。心の中で念じていた声が途切れた。朝のアザーンが悠揚と「信仰の家」のモスクの屋根から四方に流れている。このよく響く朝のアザーンのほかは何も彼女の耳に入らなかった。少女たちは次々にベッドに戻った。彼女はまだ絨毯に座ったまま、失われた言葉を取り戻そうとしていたが、なのに額はふわふわとどこかに行ってしまったようだった。床板の濡れた足跡が光り、彼女はその形にならない足跡を見つめている。月の光は低い。月は山の向こうに沈んだ。スピーカーから流れるアザーンが厳粛に山谷の風の音と苛立たしい猫の鳴き声を呑み込む。声は高く、蒼穹を貫く。彼女にはもうコオロギの声は聞こえない。アミナやほかの誰かのベッドからももう何も聞こえない。

午後の指導の時間は臨時に取り消されたが、でなければ寮生たちが列になって神の許しを求めているはずだった。コーヒーポットが食堂のテーブルに置かれた。コーヒーがテーブルクロスに飛び散り、しみが眼に残り、心にこびりついて、離れない。カップの縁は熱かった。言いたいことが口に出せない時、彼らは音を立てコーヒーを啜り、何でも少しずつ話しながら、何一つ話さずにいた。

アミナについては、彼らはもともとごくわずかにしか知らなかった。一九七五年にクダ州バリンの新村（ニューヴィレッジ）に生まれた。祖父はアブドゥッラー・洪（ホン）で、祖母は徐小英（シュー・シァオイン）だ。父はハムザ・アブドゥッラー、母は高美美（ガオ・メイメイ）、両親はいずれも職業不詳、居住地不詳、判決が下されても二人とも姿を現さなかった。非ムスリムの男とクアラルンプールのチェラス区インダ七番街四A小路三五号に同棲していた。レストランのウェイトレス、クラブのホステス、理髪店のサービス嬢の経歴があった。一九九三年に改宗の申請を始めたが、九七年八月二十日にシャリーア裁判所でやはりイスラームに帰属するとの判決が下された。彼らが彼女のファイルに目を通しているとき、これらの資料は声に出して読み上げられたが、その声は頭の中をかすめてゆき、ファイルを閉じれば大半は忘れ去られた。忘れてしまえば、彼らが彼女について知るところは実際ほとんどなかった。ただ彼女がムスリムの子孫で、品行不良で、信仰を裏切ろうとしたことだけを覚えていた。

数か月後、彼らはまたほかのことを知った。それは書類には記されていない。アミナの野性は馴らすことができないということだ。アミナはイスラームを憎んでいた。アミナは夢遊の間に一本の針金で扉の鍵をこじ開けることができた。誰もこうした騒ぎがいつまで続くのか分からなかった。

私には何ができるのか分からない。ある教師が言った。どうすれば彼女を変えられるの？　寮母は言った。彼女を見張っているのは無理、鍵を隠しても意味がない。彼女を出て行かせては？　精神病院に入れるべきでしょう。テーブルの端に沿って、一列の頭が波のように揺れた。そこで互いに何通かの手紙や、山になった公文書をコーヒーカップの傍らで回覧し、できるだけ目立たぬよう処理しようとした。電話の向こうで言い含める声を再現して、言った。外に出してはだめ。ほかの人が何と言うと思う？　私たちのせいで彼女が異常をきたしたって言うんじゃない？

　彼女は異常じゃない、ただ夢遊病なのよ。ある教師が主張した。夢遊病は私たちのせいじゃないでしょう。

　いったい何がいけないの？　いったいどうすればいいの？　悲痛かつ重苦しく、コーヒーカップの縁の唇は引き攣（つ）れた。明らかに私たちには思いやりが足りないのよ。テーブルはかすかに揺れ、一本の指がテーブルの上を一言ずつ打ちつけた。私たちが何を反省しなければならないか考えてみては。

　そこで、続く二時間というもの、彼らは互いに耳慣れた言葉を繰り返した。「アッラーの前に隠し事はできない」、「迷える者を正しい道に戻してやらねば」、「できるだけアミナに思いやりを持って」、「彼らに愛を与えなければ」、「そうすれば彼らは正しくアッラーを認識できるでしょう」。

　それが神が我々に与える試練なのです。ある教師が言った。

　彼らは同意し、ビスケットを食べ始めた。雀（すずめ）が地面をちょんちょんと跳んではビスケットの屑を探し歩いている。この中庭では時間の流れに遮られることはないかのように、目新しさの消えた光景が親しいものに感じられた。灌木の茂みが太陽の光を浴びて静かに成長している。

　食堂の周りには塀がなく、光は四方から飛び込んで、眩しさにハミッドは目を細め、盲目であるかのように感じた。海の波に浸かるときは両目を閉じなければならないように。

私たちは神ではない、彼は言った。私たちにはあらゆることを知るのは不可能だ。ああ、そうだ。もうひとりが言った。私たちは神ではない。

これまでのところ、アミナが裸になるのは夢遊の時だけだった。目覚めている間は、いつも服をまとっており、時にひそかにすすり泣き、時に平静に話をした。ただ夢遊が始まると、一糸まとわぬ姿で中庭をふらつくのだった。彼らはアミナが逃げ出すことを心配していたのではなく、彼女がどんな姿で目の前に現れるかを気にしていた。周回の塀にはびっしりと鉄の鉤(かぎ)が立ててあるのだから、彼女はどこにも行けるはずがない。鉄条網の外は林と荒野だ。荒野の中を道路が一本ひっそりと通り、半島西岸の南北高速道路と内陸の奥地をはるかにつないでいる。道路に沿って歩けば鉄塔が荒野にたたずむ姿が眼に入り、まばらな電線を引いてうつろな梭(ひ)が空を横切っているようだった。夕闇がまもなく訪れようとしており、暗雲は風に吹き散らされ、地平線は最後の反射光の中で霧のごとく海の彼方の島のごとくかすんでいる。

アミナは道々こうした景色を眺めながらやってきたが、ずっと眼をみはっているうち、電線が見えなくなり、木々が見えなくなり、彼方の山脈が姿を消し、林は窓の外にかき消え、天地を覆う黒い霧が辺りを呑み込んだ。

アミナはやってきた頃、手足は軽くなり、ほとんど立っていられないほどだったのに、心は石のように重く、ごろごろと首にのしかかり、道を歩こうとすれば、両足が地面に引きずられた二袋の石のように感じられた。昼間は我慢して口に合わない食事を飲みくだす。夜に身を横たえても、眠りにつくことはできなかった。礼拝に用いる白い長衣を手渡されたとき、彼女は激怒してそれを投げ捨て、唾を吐きかけて、死んでしまえと罵っては目の前を通った者をひとり残らず呪詛した。日が経つにつれ、彼女はそれをベッドの足元に置かれたままにしておくようになった。人々が彼女のことをあきらめてから、彼女はむっつりと手持ち無沙汰に横たわり、ひとりごとを言ったが、それはここにいる誰にも理解することのできない言葉だった。ひとまず彼らを見えないものとし、空気だと思うことにした。

どいつもこいつもゾンビだよ。アミナは言った。豚め。

その白い長衣は完璧だったが彼女はそうではなかった。彼女がかつて自分を捨てた恋人や、そもそも役所に届けることのできない関係、そしていつか流産して失った胎児のことを思うとき、亀裂が膝の間から彼女の身体を走り、二つに引き裂くのだった。ブーンブーン。額の奥から砕ける音が聞こえ、耳の中に密封された。

顔を枕に埋めると、枕は柔らかだった。力をこめて、ふかふかの綿が鼻を押し返すまで押しつけた。あたしの名前は洪美蘭(ホン・メイラン)だ。枕に向かって言い、声はひだの中に沈みこんだ。人々は言うだろう。それは今では無効だ、おまえには二度と自分が洪美蘭だと証明することはできない。それははっきりと法廷で読みあげられたばかりか、しかも、もう控訴は不可能だから——すでに行き場もなく、何もかも決まってしまい、二度と変えることはできない。

アミナ。

髪の毛がしだいに伸びてくると、彼女は自分の髪の後ろに身を隠した。髪の毛を除いてほかに何もなかった。

来たばかりの頃、アミナはまだ他人と話をしようとしていた。彼女は時に他人の質問に怒りをあらわにし、または出してくれと寮母に哀願し、あるいは不意に流暢でないマレー語で自身についてできるだけの説明を試みた。彼女もほかの人と同じく、いらいらと教室を出入りした。昼の灼けつく太陽と退屈な寝室を避けるだけのため、彼女はみなと一緒に移動し、場所を変え、そのほかも他人と同じように、本を読むのを嫌い、図書館には足を踏み入れなかった。実際そうした本をめくってみる者はたいしていない。ふしだらなふるまいや、教義への違反、性別の混乱やイスラームへの反抗という名目で強制収容され学習させられる者は、誰ひとりとして図書館に入って正しいことの書かれたパンフレットをめくってみようとはしなかった。

ある人の体内にムスリムの血が流れていれば、死んでもムスリムなのです。

寮母はそう言った。ハミッドはそう言った。鉄条網の内側で、ほとんどあらゆる教師がそう言った。

アミナ・ビンティ・ハムザ！　アッラーを信じることは、そんなに難しいかね。

ハミッドは困惑して尋ねた。寮母もかつて困惑して尋ねた。鉄条網の中で、同じ疑問は一つの口からまた別の口へと移動した。

灼熱の午後、風はのろのろと牛のように遅滞している。扇風機の下の空気が皮膚に張りつく。

ハミッドは汗みずくになって滔々と例を挙げて説明した。クルアーンがいかに完璧であるか！　彼は言った。一字たりとも余分なものはなく、また一字たりとも欠けてはならない。作者は凡夫ではなく、万能のアッラーだからだ。

アミナは心ここにあらずで、暑さのあまり全身が痒くてたまらなかった。スカーフを被らず、髪の毛をふり乱し、むき出しの首には一面に引っ掻いた痕がある。ほかにはイスラームを離脱しようとして不首尾に終わった数人の先住民（オラン・アスリ）が椅子に座って舟をこいでいた。

スカーフはどうしたのかね？　ハミッドは礼儀正しく尋ねた。

アミナは答えず、泥のようにテーブルに伏せ、その髪の毛は雑草のように乱れていた。

ハミッドは同僚の言葉を思い出した。彼らはアミナは爆発すると火山のようだと言っていた。そこで彼は慎重に言葉を選んで口を開いた。

もし恋人がきみを愛しているなら、こんなことできみを捨てたりしないだろう。ハミッドは言った。でも、彼はもう来ないじゃないか。

アミナは何も言わない。

もしお母さんがきみを愛しているなら、ほったらかしにはしないだろう。分からないんだが、誰もきみを愛していないところに、どうしてわざわざ戻ろうとするんだ？　私たちのほうがきみを愛しているのに、どうして受け入れようとしないんだ？　ハミッドは言った。

雀が軒下を跳ねまわってにぎやかにおしゃべりをしている。命あるものはじっとしてはいられない。椰子の樹の落とす影もとどまることなく揺れ、木漏れ日はときに明るく、ときに暗くなった。

最初はハミッドは風のせいだと思っていた。しばらくしてからアミナが震えているせいだと気づいた。髪の毛の下に隠れて自身を吸っては吐き、何かが乱れた髪の中に潜んで、我慢しながら爆発を待っている。アミナのマレー語はぶつぶつと途切れながらも、この上なく明晰だった。

どうしてあの死んだ豚野郎のことを言わないんだよ？　金なんか一銭もくれたことないのに。おまえらは、どいつもこいつも、マレーの豚だ！　悪魔（シャイタン）だ！　歯が痛かろうがアッラーが必要だろうが、自分のことだろう。他人の服の裾にまで口出しするんじゃねえよ。

ハミッドはショックを受け、自分の耳が信じられなかった。シャイタンだって、このわたしをシャイタンだって！　彼はその場を行ったり来たりして、全力で彼女を説得しようとした。

そんなふうに言ってはいけない、父親を恨むからといって神を憎んではならない、アッラーはきみのお父さんに対してもほかに用意があるのだから。アッラーがきみに用意したものがあるように。ハミッドは言った。ふしだらな関係を持ち、異教徒と一緒になるのは、間違ったことだ。きみは幸福にはなれるわけがなく、堕落を続けるばかりだ。もしアッラーの御心にかなうものでなければ、そんな人生には何の意味もない。

アミナの眼は黒い前髪の隙間から彼を睨みつけた。彼女は落胆と嫌悪をこめて口元を歪めると、手で耳を覆った。

彼はそれ以上アミナの目を見ることなく、視線を落とし、アミナの襟ぐりの上の鎖骨のところにやったが、そこにはいつついたのかわからない傷痕がかすかに見えた。

アッラーの真の恩寵は死後にあって、今目にしているものより豊かだと知らなければ……彼はまた言った。

彼女は受けつけなかった。彼はつらい気持ちになり、この娘はアミナという名前を無にしていると思った。その名はひたむきな忠実を意味している。この名を持つ者はアッラーに仕えるべきだ。ハミッドはこうして迷いの中にあるアミナを救わねばならず、彼女を沈淪の深淵から救い出さねばならないと感じた。

アミナはもう希望を抱くことはなかった。誰も来ない。外の世界は遠く去り、彼女は叫びも泣きもせず、一五〇日が過ぎてからというもの、同時に来たほかの入所者も押し黙り、ただ雀だけが高く遥かな空でチュンチュンと鳴き交わしていた。木々が風の中でざわざわと鳴っている。蟻が草の鋭い縁を歩き、縁は歩みにつれて身体に食い込んでいる。

法廷から延長令が下された。終点の見えない一八〇日だ。もしきみがさっさと従うなら、一八〇日まで延長する必要はなくなる、と彼らは言った。

白い布は寮母の手の中でかすかに輝いている。それは洗濯されて、清潔そうに見えた。おとなしく中に潜りこみ、自分を頭から足までくるんだが、大きすぎ、頭をすっぽり包むと、呼吸につれて震えた。身体にくっついたもう一枚の皮膚のようだった。これからはここに暮らし、この皮膚の中に暮らし、この中で目覚め、そしてこの中で死なねばならない。一八〇日の間。一八〇日の後にはまた別の一八〇日。

黒い洞窟が彼女らの顔を隠し、それぞれの背後に長く影を引いた。長い影は彼女の背後にも引かれ、あごの中、胸の前と、夜になると、誰かが自分と他人の間に横たわり、二つのベッドの間に灰色の人がいるようで、ある声がそのうつろな身体を通してベッドに跳び乗ってきた。

アミナ。アミナ。

もう一度生まれ出よ。

これは幻覚だろうか？　幻覚だ、はるかに隔てられた歳月と以前の。新たに始められねばならない、判決の小槌がすでに振り下ろされた以上、二度目が下されることはない。なぜアミナになることを受け入れられないのだ？　以前の位置はおまえにとって何の利点がある？　あんな過去がおまえに何を与えたのだ？

白い長衣は彼女らの身体の上でさやさやと音を立てた。絨毯を広げ、正座すると、それから地面にぬかずいた。

夕方の礼拝の後、ハミッドはすっきりとした気分で、外廊下でコーヒーを啜り、小さじ一杯の砂糖をすくった。雲は低く垂れこめ、ほとんど屋根に触れんばかりだ。ハミッドはぼんやりと手すりに這った緑の、くるりと巻いた蔓を眺めている。葉の表面はつややかに光を反射し、感嘆の念を禁じ得ない。長く並んで植えられた水仙は黴菌に感染し、庭師が手当てしたものの次第に枯れかけている。彼は痛ましく思わないではなかったが、同時に世界は確かにこうしたもので、アッラーの思し召しがあらゆる細部に顕現し、森羅万象はアッラーの無限の慈悲を示しているのだと感じた。

万物にはすべてふさわしい場所がある。

彼は廊下の明かりを点し、そこに腰かけて寮生の課題に目を通した。

彼はすべての寮生の経歴を覚えているわけではなかった。一人はインドネシア帰りで、隙を狙っては他人を説伏しようとする。シティ・ハジャの呪文を唱えさえすれば、地獄の罪から救われると。それから数人の若い宗教学校の教師は、クルアーンの解釈がまったくでたらめだった。彼は人々がどうしてここまで愚鈍になれるのか、こうした実現の可能性がないことを信じられるのか、理解できない。

愚かな心には真相を弁別できない。ハミッドは考えた。なんと悲しむべきことか。

ハミッドは読めば読むほど嘆かわしく感じた。新しい物語などどこにもない、歴史は自身を反復し続けている。寮生の週報にはこう書かれたものがあった。宇宙とはアッラーの夢である。夢だって？シティは夢の中で啓示を受け、自分以外のこの世のすべては夢の幻影であり、幻影は「我」から生まれ、そして「我」とはアッラーであると妄言した。まったく荒唐無稽だ。ハミッドはここにこうした謬論を信じる者がいることをいぶかしく思った。一切がみな幻影であるなら、天国も何を根拠に信じられるのだろう?

「彼らは何も信じていない。神を信じず、義務を守らず、天国だけを信じている」ハミッドはノートに書きつけた。「信仰を持たない者が、確かな信仰を持つ者よりずっと弱く、天国の幻想に寄りかかって生きなければならないことが見てとれる」

書き終えると、また不適当だと感じ、黒く塗りつぶして書き直した。「天国はアッラーを畏れ敬う敬虔な魂の帰依するところである」

月が昇ってきたが、しばらくすると月は暗くなった。

黒い影がノートに落ちた。顔を上げて、アミナの姿を見た途端、コーヒーをひっくり返しそうになった。

アミナの眼は鼻の両脇に収まっていて、二つの瞳は見ひらかれていたが、視線は定まらなかった。彼女が眠っていることはひと目で分かった。彼女の身体は空の船さながらだ。彼女は夢遊のさなかにいたが、座礁して、前に障害物があることを感じたように、前に進みもせず、後退もせず、衣服を身につけず、何ひとつ覆い隠すことなく目の前に立っていた。

おお、アッラーよ。彼は思わず心の中で真の主に呼びかけた。

息を詰めて彼女を見守りながら、その身体に対して当惑せずにいられなかった。

彼女の肌には、乳房の上にも、胸にも、腹部にも、どこでつけたのか傷痕が葉脈のように走り、暮れ方の光が溢れ、長いこと欄干のところに息づいていたが、空のようにうす暗く、なぎのように静止している。

ハミッドは動悸が止まらず、アミナのその裸の身体の不可思議な傷口に憐憫を感じ、ほとんど手を伸ばして触れたいとすら思った。シャイタン、その敵の名がふと頭をかすめ、瞬時に警報が鳴りひびいた。絶壁で馬の手綱を引き締めるように、ただちに視線を卓上のクルアーンに移した。アミナは何を夢みているのだろう？　ある混沌とした考えが脳内で鮮明になろうとしていたが、同時にあるようなないような煙のようでもあった。おお、アッラーよ。彼はまた呼びかけた。胸苦しさに、クルアーンを手に取ったが、持ち重りして、はたと足もとに取り落とした。

ハミッドは女子宿舎に通じる小径を歩き、黒く湿った木の枝が頭上の夜空を区切り、胸元には苦痛が焼けつくコインのように張りつくのを感じた。私はかつて異教徒をシャイタンと呼んだことなどなかった。シャイタンはシャイタン、異教徒は異教徒、同じものではない。なのに結局やはりごっちゃになってしまった、と彼は考えた。そしてまた自己弁護した。いや、負けたのではない、アミナがでたらめを言うから、耐えられなくなっただけだ。アッラーが私たちを通して語りかけるように、シャイタンも常に機をうかがって人間を利用しようとしている。急にまた安堵した。幸いさっきはムスリムの尊厳を守ることができた。心に邪念が生まれたら、戒律を犯すことと変わらない。しかし、言ってしまえば、思いが何だ？　現れてはすぐに消え、痕跡を残すこともないのに、どうして頭で何を考えたかがわかるというのだ？　実際のところ私は何も考えていない、そもそも真剣に考えたことなどないのだから、たまたま疑念を感じたからといって、それだけのことではないか。誰もが裸体に対して警戒を抱くべきだ。彼は心に念じた。人は入浴と、排泄および妻と同衾（どうきん）するときを除いて裸になるべきではなく、妻以外の裸体に心を動かされてはならない……ああ、アッラーよ、憐れみたまえ。何であろうと、心を基準にしてはならず、行為こそが尺度であるべきだ。自分を抑えることができ、欲望にうち勝ったのならば慶賀に値するのだ。

心は戦場だ。

夕暮れの風が吹き過ぎ、枝葉から水滴が雨のように降りそそぎ、襟元に滴って首筋を冷やした。彼は落ち着きを取り戻した。寮母に会うと、容儀を整え、簡単に説明し、二人は急いで教師の宿舎の前に戻ったが、アミナはすでにそこにはおらず、どこをふらついているのか、ただ廊下に泥だらけの足跡があるばかりだった。

寮母は興奮して言った。ほら、これが性根の腐ったあばずれなのよ、強情は直らない、本当に恥ずかしい。

ハミッドは腰をかがめて風に吹き落とされたノートを拾った。階段の下の穴に落ちていたのだ。人間には一つの本性しかありません、彼は言った。アッラーに頼り仰ぎ見ることです。

寮母はそれ以上言わず、しばらくしてぶつぶつつぶやきながら立ち去った。空気は湿って風の音がざわざわと、テーブルの上のノートを吹き乱したが、辺りは以前と同じようにもの寂しく、彼はぼんやりと籐椅子に座り、さっき書きかけていたページに向かい、ページが一面に黒く塗りつぶされて書き直されているのを見て、思いが乱れ、何を考えていたのか分からなくなった。あたかもアミナは本当に現れたのではなく、ただうたた寝の間に横切った夢であるかのようだった。

クルアーンの表紙の金文字がほの暗い光の下でかすかに輝いている。

以前恋人と密会したときも、慎重にクルアーンのページを閉じて、引き出しにしまった。留学してマドラサに学ぶ前のことで、それが最後の放埒の機会だと予知していたようだった。あの何年も前に別れを告げた黄昏、窓のカーテンの影が身体に落ちて揺らめき、彼らは激しく抱き合い、短い歯形が互いに深く食い込んだ。今あの迷宮はまたはるばると十年を飛び越えて、このテーブルに陣取り、乱れたノートのページはぱたぱたとひるがえっていた。明かりが夜風に揺らめく。

彼はクルアーンを開き、過去の悲しみと懐かしさに耐えながら、祈禱を始めた。

漆黒の空には永遠に守るに値する純潔があるようだった。しかし、万象が流れてゆく中で誰かを探し求めるように、彼は痛みを感じはじめた。そうだ、こうして持ちこたえなければならない。間違いない。守らねばならないのは、俗世に抗することのできる純潔な心で、アッラーの愛する敬虔さだ。

考えてみるといい、泥に埋もれて腐爛がどうやって始まるか。この泥は酸性で、慣れない人が触れると痛みを感じる。洗い流してから、都会から来た女たちは泥が皮膚を蝕み赤い斑点を残したのに気付く。少し痒いが、かすかな不快はすぐに消える。彼女らはまだ若く、すぐに快復するからだ。だがもしさらにもっと老いた身体なら、死はそこで予定された一幕を先に演じるだろう。

大雨がやってきて、花は散ってしまったが、若い蕾(つぼみ)は傲慢に枝についていた。水が流れて大地を潤す。彼方の山の中腹に雲が濃くめぐっているのが見える。湿った雨季だ。胞子は風に従って落ち、素早く繁殖し、木には幾重にもきのこが生える。鳥が一羽あお向けになって草むらの中に身体をこわばらせ死んでいる。蛙が逃げ出し、雄の蟬が力を振りしぼって鳴き、枯葉には白斑がはびこり、腐蝕は土に黒さを与える。風が吹き散らす。

新しい苗が黒い泥から芽ばえる。

少女たちは山のふもとに面した庭の草むしりをしている。雑草の根茎は土の下に網のように蔓延している。オオトカゲが垣根のそばを通り過ぎ、彼女らに悲鳴を上げさせた。何であれ、こうした日々にも稀に楽しいひとときがあるものだ。束縛と規則に取りあわず、心にかけなければ、素行不良でふしだらだと見なされるこうした女たちは、現実的な楽しみを見つけるすべを心得ていた。見張りが気を緩めたとき、彼女らの放埒な笑い声と叫び声は山谷にこだまし、鳥の鳴き声や、樹木のざわめきと交錯して海となり、宿舎の反対側まで届き、やがて風に飲まれて消えていった。

泥土が耕され、みみずは鉄のシャベルから逃げて土の中に潜る。ハミッドは寮生に道理を説いた。もしただクルアーンを読んでいるだけでは理解できないだろう、自分の身で体験しなければならず、自ら植えたことのある者だけが悟ることができる。人間は弱いものだが、アッラーは偉大な力を持っている。はるか昔からそうで、もしアッラーの思し召しに背いていれば、人間は何も得ることができなかっただろう。

ハミッドは言った。

陽光が後ろから照り付け、男子宿舎の平屋の建物は地面に大きな影を落とした。彼らはその空き地を耕し、肥料をまき、泥を重ね、新聞紙を敷き、その上にまた肥料をまき、また泥を重ね、幾重にも層をなした。

インドネシア帰りのあの少年は、シティ・ハジャの呪文を忘れたようだった。自分が刀にも槍にも傷つかないと思っている彼は、今はおとなしく地面を耕している。ハミッドは彼らの呪文が効果を発揮しているのを目にしたのではないかと思ったほどだった。

山側の方では、少女たちがあれこれと瓜や豆、野菜を植えていた。宿舎の裏手に、少年たちはバナナや胡椒、芋を植える。ハミッドはしゃがみこんで木の苗の周りの土を固め、祖母の葬式を思い出した。植物を植えるのと死者を埋葬するのはどちらも tanam といい、種子は芽ぶき花を咲かせるが、人間は死んだらただ魂が残るばかりで、死後にどこに行くことができるかは、自分の短い一生のうち、成したことがアッラーの思し召しにかなうかどうかで決まる、と寮生たちに話した。

自然界において、万物は死の後に再びよみがえる。数週間後、この農園も収穫できる。その時には彼らは新たな生を得ることができるのだろうか？　そうすれば救いが得られるのだろうか？　ハミッドはぼんやりと考えた。終了の前に、彼はいつものように寮生たちに諄々と説ききかせた。少年たちは手を泥だらけにして、互いに目くばせし、にやにやと含み笑いをしたり、ふて腐れた顔をしたりして、誰も真面目に聞こうとはしなかった。彼はつい苛立ち、その場で相手を罵りたくなったが、やはりこらえた。これら救いを待つ迷える者たちを見て、憐れみを感じた。まったく彼による救いなど必要ないと彼らが明確に態度に表していようとも、彼はやはり慈愛を持って接したかった。

アミナ。後ろにしゃがんでいた少年が突然大声で叫んだ。

彼は虚をつかれたが、その少年の眼がまっすぐにこちらに向けられたまま、彼の背後を見ているので、やっと振り返った。だが、傾きかかった陽光が照らし、宿舎の前は光と影がまだらに、廊下はがらんとして、何も異常はなかった。木の影が揺らめき、雀が風の中を滑ってゆき、肉厚の大きな葉が波うちながらひるがえって舞っている。彼の視線は上から下まで探ったが、しばらくして彼は自分がこの雑多な世界でアミナを探していることに気づいた。あの可哀想なアミナ、彼女は全身に傷がある。彼は放心したように眺めていた。このよく知った風景の中に、よく知っていると同時に異常な何かが草むらと花樹の間に身を潜め、暗がりの中、限りなく空の下に眠り、静けさがたちまち辺りを包んだ。

彼はアッラーの慈悲と厳粛な完璧さが確かにそこにあり、あらゆる事物に降臨しており、同時に神聖と堕落が紙一重であることを感じた。彼はすべてが汚れないものであることを望んだ。どこから来たのか分からない思いと渇望が、水のように胸中を揺れ動き、あふれ出しそうだった。

彼は口に出したかったが、誰にも言えず、どこにも伝えられず、寂しく向き直って、目の前の農園にしゃがんだ迷える者たちを見た。彼は目にした、これらさまざまな年齢と背景の寮生たちのどの目も、伝説の裸のアミナを探し求めているのを。

ここまで来ると、例のでたらめな話がますます噂されるようになった。夢遊病者が縛めを解く不思議な能力について説明できる者はなかった。炊事婦や清掃婦と一部の寮生には、そうした見方を信じる者もいた。緊張し、脅え、興奮し、だが言いかけてはすぐに口をつぐみ、言葉が邪霊を招き寄せるのを恐れた。しかし、かすかな怯えの中で、この話の流布は加速し、あたかも人々がより渇望を持って聞くことに触発されて作り出されるようだった。事務方と教師たちの会議の中、彼らは信仰の毀損(きそん)という問題に気付いた。彼らはそれを完全に排斥することはできなかったし、その能力もなかった。この類の迷信的な考えはマレー人の民間と伝統的な習俗に残存し、しかも深く人心に入っていたので、根絶することはできず、数えきれない人々がそれを信じることで不安を和らげていた。そこで彼らは会議で話し合ったものの、まる一週間かけて、何ら結論を出すことができず、クルアーンから文句を探して解読しても、意見が分かれ、この様子では討論を続ければ、みなの自信と団結をも揺るがす事態に至りかねなかった。誤解を招かぬよう、彼らは最後には院長が休暇から復帰してから話し合うことを決議するよりなかった。これまで若手のホープとみなされてきたハミッドは、興味を失って、ひとことも発さずに席を立った。

アミナが帰ってきた。遠くまで出かけて疲れきったかのように、戻るなり深い眠りについた。それからの数週間というもの何ら変化はなく、寮母にはアミナの喜劇がこんな形で幕を下ろそうとはとても信じられなかった。

幾夜も続けて、寮母はやはり明け方に目を覚ました。いつも寝つけず、屋根にざあざあと雨が降っているのを耳にした。雨滴はばらばらと木の葉を叩き、窓を濡らし、辺りは静まり返った。ぼんやりと彼女はいくつかの黒い影がアミナの空のベッドをこそこそと取り巻いているのを目にし、たちまち眠気も吹っ飛ぶと、抜き足差し足で近寄り、北部から来た三姉妹が、また病を治す例のお祓いの儀式を始めたのを見つけた。彼女らは足を組んでベッドの脇に座り、手のひらに痰を吐き、息を吹きかけながらぶつぶつとつぶやき、しばらくするとまた手のひらに息を吹きかけ、小声で呪文を唱えていた。

寮母は低く抑えた声で彼女らを叱りつけた。最初はできるだけおだやかで親しみやすい様子を作ろうとしていたが、しかしその女たちは迷いから覚めようとはせず、相変わらず空中にしなやかな動作を繰り返していた。彼女は思わず癇癪を起こし、胸から鋭く尖った声を押し出した。

その声は三人の女を止めることはできなかった。このとき寮母は彼女らが別世界に浸り切っていることに気づいた。彼女らの目は見開かれていたが、何も映っていなかった。絶えず空中に円を描き、手を振り、引っ込め、唾を吐き、ぶつぶつつぶやき、息を吹きかけ、また外に腕を開き、円を描く仕草を反復し、さながら魔物に憑かれたようだった。

寮母ははっと息を吸い、身の毛がよだった。彼女らはみな魔物に憑かれたのだという考えが頭にひらめいた。彼女は辺りを見まわし、突然いくつかのベッドが空になっており、三姉妹のベッドのほか、何人もの姿が見えず、数枚の掛け布団が床に引きずられているのに気づいた。彼女は数歩後ずさりし、失望と恐怖にかられ、たちまちこっそり扉を開けて逃げ出した。

なんということかしら、アッラーのご加護を。

彼女は雨夜の中に飛び込み、顔を上げて四方を見たが、ただ涙を流す空と木が目に入るばかりだった。木は夜の深みを貫き、虫の声とミミズクの鳴き声が迷宮の網を織りなし、ささめき声のように目につかない地面の穴から吹き出している。彼女は内心身震いした。傘をさして湿った小径を徘徊し、爪先が濡れて冷え、肩と背中も傘から垂れる水で濡れるのを感じた。彼女は明かりの下の光の輪をひとつずつ通りぬけ、早足で暗がりを通り過ぎ、正門の前の守衛所に小走りに向かった。

彼女は指の関節でカウンターを叩いた。

守衛はいつものようにガラスの向こう側にぽつねんと座っていた。

いないのよ。彼女は言った。逃げたわ――。

何だって？　彼は尋ねた。

わからないわ、どうしましょう、彼女は咳きこんで言った。みな取り憑かれて――。

守衛は彼女が予期したような大きな反応は見せず、あくびすることなく、ただぼんやりと彼女を眺めていた。

寮母はぶるっと身震いをし、数歩下がった。守衛はじっと目を据えて奇妙なまなざしを彼女に投げかけた。彼の奇怪な表情に不安を覚えたが、彼女にはなぜか分からなかった。外と対話するガラスの円形の穴が、彼の口もとをぼんやりと見せていた。

彼女はとり乱して道に戻ると行きつ戻りつした。猫が中庭で鳴いている。ときに固い実がコンと乾いた屋根に落ち、すぐに静まりかえるのが耳に入った。枯葉が落ちては、かき消えるように沈黙する。それは不思議なほど深い闇の夜で、月は爪のように弓なりに輝き、彼女は木の階段に腰かけ、一列に並んだ狭い扉を背にしていた。彼女は扉の向こうから聞こえる音の正体を知っていた。中に残っている少女たちは、しばしばベッドの上で寝言や歯ぎしりの音を一晩中響かせる。夜中に目覚めたときには鳥肌が立つ。彼女はそんな音を二度と聞きたくなかった。階段の前の、コンクリートを敷いた空き地に、風がちょうど地面の枯葉を巻き上げており、枯葉がカラカラと地面を引っかいている。

彼女はくたびれて目をつぶった。

しばらくしてからまた開いた。

まぶたは乾いて瞬きの音が聞こえるほどだった。傘はまだ手に握られており、乾いていた。コンクリートには雨の跡はない。寒気が頭から足の裏へと波のように下りていった。彼女は立ち上がろうとしたが、尻と両足は痺れて動かすことができず、手すりにもたれたままとっくに数時間が経過したかのように、肩は痛み首はこわばっていた。彼女は自分のスカーフに触れた。ふわりと柔らかく、すべすべしている。彼女が決して身につけたことのないものだ。

アミナ。彼女は考えた。あのいつも夢遊しているアミナ、彼女の身体は何かによって服の中から吸い出され逃げ出したかのように、服だけが寝室の床に落ちていた。

風がどこからか吹いてくる。満天の星が落ちてきそうだ。彼女は風の中で寒さに身を震わせつつも、我慢して、立ちたくなかった。実際のところは立ち上がれず、階段に座って、痺れが解けるのを待つしかなかった。

弓形の月が傾き、しだいに山の後ろに沈んでゆくのを見ながら、彼女は内心悟っていた。今はまさに夜明け前のいちばん暗い時刻だ。

庭のいくつかの街灯と、守衛室とモスクのまばらな明かりを覗けば、辺りは茫々たる暗闇だが、しばらくすれば、モスクの夜明けのアザーンが響くだろう。それは強い力で山中の名も知らぬ獣たちと虫の奏でる調べを呑み込み、汚れなく神聖に、この川の上流の奥まった内陸の土地に響きわたるだろう。

クルアーンの文句を心に唱えようとしたが、彼女にはほかの句は思い出せず、頭にはこの文句だけがあった。敬虔な心は水のごとく流れて大地を潤す。次の句はなかった。月影は暗かった。彼女は地面を見つめていた。黒い地面は底知れぬほど深かった。

風がパイナップルの葉と
プルメリアの花を吹き抜けた

電球が軒下で揺れている。

ふと浮かんだ考えに、動悸が激しくなった。アミナ*に逃げるように言いたかった。でも彼女の頭はどこか別の場所に逆さになっているみたいだった。頭の中では砂が脳天に流れてゆく。蛙のような人間が（仮に棲（チー）と呼ぼう）現れた。でもまず棲に砂時計に逆らって上に泳いでもらわなければ、アミナには棲の存在を意識できない。シャイマがちょうどそこに近寄ってきた。アミナは苦いコーヒーを飲んでいた。両棲人が現れた。夜明けの夢。アミナはそれから先は覚えていない。彼女が部屋のドアを開けると、水かきのついた足が見えた。

シャイマは彼女と仲良くなろうとして、ノートを持ってきて見せた。シャイマがノートをアミナの手に持たせるのを私が手伝ってやった時、アミナはまだぼんやりしていた。彼女が一ページずつめくるにつれ、文字はさらさらと目の端に流れ去り、午後の土砂降りの雨の青白い光へと流れ込んだ。

イマ（シャイマの愛称）は母さんと父さんと、弟たちにすごく会いたい。母さんはいつになったらイマに会いに来てくれるかなあ。もう新しい人もたくさん入ってきたのに。母さん、怒ったりびっくりしたり

＊　原注：この小説のアミナこと張美蘭（ジャン・メイラン）は、前の「Aminah」の主人公とは異なる人物である。

しないでね。イマは相談したいことがあるんだ。イマは結婚しようと思うの。また学校に戻りたくてももう無理だよ、停学になったんだもん。

テーブルの脚のそばにアマガエルの死骸があった。アミナがそれを見た時には、もうぐちゃりと潰れていた。アマガエルは花びらより小さく、生まれて間もないのかもしれなかった。片方の前脚が黒い床に平たく貼り付いている。死ぬ前に何かを手につかんだみたいだった。死んでしまった水かきは平べったくてどす黒く、妙に大きかった。

アミナはシャイマを見ていた。シャイマは彼女より二歳も年下だった。

本当に結婚するの？　アミナは尋ねた。

シャイマは恥ずかしそうに答えた。違うの、イマはただ言ってみただけ、アイダが家に帰ったの。一昨日アイダの両親がフェンスの前に来て、アイダの代わりに結婚の申請をしたって大声で言ったの。それから証明書をロニおねえさんに見せて、それでアイダは帰ってよくなったの。イマもうちに帰りたいよ。

アミナはイマを見つめた。シャイマは彼女より二歳も年下なのだ。シャイマは片手でお腹を押さえ、もう片方の手で腰を支えていた。シャイマが入ってきたのは四か月前で、その時はただちょっとふっくらしているようにしか見えなかった。両親は彼女をここに置き去りにしたまま姿を見せなかった。数か月のうちに彼女の体は炊き上がったご飯のように急にふくらみ出した。昨日寮母が彼女を検査に連れて行ったが、看護師は、結果は陰性だと言った。寮母は診療所で狂ったように叫んだ。ありえない、ありえないわ！　そんなわけありません、何かの間違いに決まってます。

シャイマは結婚した方が良いのかも、でも誰と結婚したいんだろう。絶対に彼女を強姦した警察官じゃない。イマはあいつのことを父なし子の人でなしだと罵っていた。シャイマは時々夜になると一人で激しく泣きじゃくり、憎しみのあまり自分の髪の毛を引きむしったりすることもあった。でも歌声を耳にすると、彼女は次第にすすり泣きをやめて落ち着いた。それでアミナはまた自分のことを考えた。彼女はもうここに四か月いる。ハリラヤ・ハジ*の前日に、新しい裁判所命令が下り、さらに四か月の入所を命じられた。四か月。アミナは数えてみた。一一二日、二六八八時間。溝に落ちる雨音がトプントプンと聞こえる。彼女は駐車場へと駆け出した。

戻りなさい、と寮母が叫んだ。

面会を待つんです、彼女は言った。

誰も来ませんよ、寮母は叫んだ。土曜日でもないのに。

二週間に一度、アミナは駐車場で母と面会した。母はいまだに彼女を出してやることができずにいる。誰かと結婚するのは確かにうまい方法で、ムスリムの夫以上にアミナがアッラーを信じ続けることを保証するものはないだろう。でもそれを望むくらいなら、アミナはとっくに問題とされていない。アミナは誰かと結婚したいとは思わなかった。彼女は死んだ方がましだった。

棲が流砂の中から浮き上がってきて、ちょうどシャイマの字をつかまえた。アミナは誰もがあちこちにシャイマに温かいメッセージをあれこれと書いているのを読んだ。愛するイマへ、いつも楽しく過ごしてね。大小の誕生祝いのメッセージが、何ページにもわたって書かれていた。だが定規のテン

＊　イード・アル・アドハー。メッカ巡礼月の最終日を祝い、また羊や山羊、牛を屠って親戚・友人や貧者に分けるイスラームの祭日。

プレートをなぞって書いたかのように、どの筆跡もそっくりだった。アミナは困惑を覚えた。アミナは考えた。誰もイマにメッセージを書いてくれる人がいなければ、イマは自分で書くのだろう。

あるページまでめくった時、アミナは青のインクの筆跡が乱れ、鋭くノートの中央の綴じ目を突き抜けているのを目にした。

憎い、わたしのバカさが憎い、どうしてあの警官なんかの言うことをきかなきゃいけなかったんだろう。どうして。家族に手出しするんじゃないかと心配だったからかも。偉大なるアッラー、どうかわたしの苦しみを取り除いてください。

アミナは胸が締め付けられるように感じた。目がまたかすんだ。空は明けてなんていないかのようだ。どれだけ掃除しても、窓格子の間には埃が溜まっている。水かきのある足が音もなく壁際を通り過ぎた。水かきのある手は霧のようで、アミナに方向を示すことはできなかった。霧が窓から浸み込み、床板ににじみ、アミナは霧が膝とテーブルの脚を呑み込み、あの死んだアマガエルを呑み込むのを見た。

冷めたコーヒーがテーブルに置かれている。女子の午後の休憩時間はもう終わる。ここの生活で私たちはもう時計を見る気になれなかった。指は目よりよく分かっている。コーヒーが冷めはじめたら、男子が入って来る。

男子は西側に座り、女子は東側に座る。男子は西側の扉から出入りし、女子は東側の扉から出入りする。私とアミナの目は西側に向けられたことはない。十七歳のズナイダはいつも真ん中でもぞもぞしていた。彼女のヘッドスカーフは胸まで垂れ、鋭く胸元を隠していた。

風が地面に落ちたノートをぱらぱらとめくった。

もともと薄いノートだが、半分はシャイマが自分で破り取ったのだろう。残りもあちこちが脱落していた。彼女の文字は不揃いで、とても汚かった。そう、シャイマは勉強嫌いだし、それはアミナと私も同じだ。ここに比べて、学校にしたって別に大して良いところじゃないけど、ただ渓(シー)に会って一緒に暗がりで話をしたい。夜明け前で明かりはない。私たちは二年間語り合ったのに、何も口にすることはできなかった。知りたいこともあったし、私からは言えないこともあったが、絶対に耳にしたくない言葉もあった。

私は何年も水洗トイレのレバーを引いて本当にアミナを流してしまいたかった。

蟻が食物の屑を担ぎ、テーブルの脚に沿って下に這ってゆく。彼らの目にも水平線の向きが変わるのが分かるのだろうか？　一本の道が真っすぐに頭から延びている。アミナはまた砂がずしりと頭の方に流れてゆくのを感じた。首を曲げる。水かきのついた指が力を込めて砂をかき分けている。土に苗を植えようとするように。

雨によって誰もが屋内に閉じ込められていた。屋外活動は一時停止となり、誰も出ることを許されず、ほとんど何もできない。できるのは経文を唱えること、山積みになったカードに経文を筆写して、セロテープで壁に貼ることくらいだ。貼られたカードは壁を埋めつくしそうだった。できるのは床と窓を繰り返し拭くことだ。できるのは『マリアの正義』や『タイ南部闘争記念日』のような説教臭い映画を見ることくらいだ。夜になると女子はベッドに腹ばいになり、与えられたノートにあれこれ書きつけた。

最初のうちアミナは一字も書こうとせず、頭を完全に枕にうずめていた。彼女はノートの中の情熱的な友情を信じていない。誰だってこんなひどい場所のことを二度と思い出したくないのだ。入所者が出て行くたび、ノートは置き去りにされ、空き缶やペットボトル、ビニール袋とひとまとめに、ごちゃごちゃに詰め込まれて放り出された。雨に濡れ、インクが滲んだ。

アミナにはどうして寮母がノートをとっておくのか分からなかった。一冊ずつ、図書館のソファーの後ろの棚に重ねられていた。

誰か読む人がいるのだろうか。ウスタズ（男性のイスラーム教師）は真心から祈ってくれるのだろうか。それとも万能のアッラーだけがご存じなのだろうか。いったい誰の瞳が敬虔に見つめているかを。この谷は仮の場所で、彼らはもっと大きく美しい信仰の家を建てるため、まだ別の土地を探しているのだそうだ。私たちはここを去り、彼らもここを去る。誰であれ、いずれこの谷を忘れ去り、長い長い雨季を丸ごとここに残し、この馬糞と泥がぐちゃぐちゃになった坂道を大またに下りて、振り返りもせずに去って行く。

道につむじ風が吹いている。

この馬は失明したよ。私はアミナに言った。光が強すぎて、馬には何も見えない。手は灯火の前に寄せられた。横向きの木の床板に、一頭の影が何ひとつない光の中を疾駆する。すぐに突き当たりに来てしまう。馬の目はひとつの穴だ。ろうそくの光に照らされた手は白く見え、影は黒く、大きく広がって壁の隅を呑み込んだ。

馬はとても深い場所に駆け込んだんだ。アミナは言った。彼女の目はまだ影の後を追っていた。馬には頭と首しかなく、脚で駆ける姿は見られなかった。

聞こえる？　私は尋ねた。

何が？

馬のひづめの音。

私たちがやってきた時、二人ともあの馬たちを目にした。暮れ方の雨が馬の姿を半ば隠していた。一頭の馬が草地を走っていたが、頭を上げることなく、首をたわめており、灰色の雲がうずたかく地上に達し、馬は雨の中に囚われているようだった。

もし夜だったら、馬が立ったまま寝るのを見られるんだが。運転手が言った。つないでおく必要もない、馬はおとなしく囲いの中に立ってるんだ、みんな良い馬だよ。

車は小径をカーブして山を登り、囲いの前に来ると、監視係の一人が車を下りて門を開けに行った。門はとても重く、さびた耳障りな音が路面を引っかいた。その時に車のドアを開けて逃げ出すこともできそうだったが、私たちは死んだように車内に座っていた。横にはもう一人いて、アミナの腕を堅くつかんでいたからだ。その腕は鉄の箍（たが）のようだった。

車は門扉を通り、牧場を通り過ぎて山の上に向かった。この道では、信仰の家の鉄扉にたどり着くまでに車のタイヤは馬糞の山を押し潰さなければならなかった。良い馬たちは毎日朝から主人に追われて山に登り、鉄扉を迂回してさらに高い頂上を目指して走ってゆくのだった。馬のひづめの音が消えた方向も分かる。灌木の茂みと石ころだらけの山道に沿ってずっと登って行くと、上の方で楽しいドラムパーティーが催されているみたいに、パカッ、パカッと短く響いて山の裏側に消える。

馬はみんな寝たよ、この時間に出てくるわけない。

私は言った。出てくるよ、あんたは運転手の話を信じすぎ。馬はまだ外にいるんだから。パカッパカッパカッ。

　きっとその馬は悪い馬だよ、アミナは言った。じゃなきゃ目の見えない馬、昼と夜の区別がつかないの。


　風が頭の中で渦を巻いている。

一時的（スムンタラ）

　いったい一時的とはどれくらい？　いったいどれだけ過ぎれば一時的じゃなくなるのか？　時間は硬貨のようだ。目覚めて、寝て、また目覚めて、くだらない、私は言った。くだらなくありません、先生は言った。

　神の愛は規律です。あるウスタズが言った。

　神への愛は、神を喜ばせることです。別のウスタズが言った。もし自由が低級な欲望（ナフス）を満足させるだけなら、そんな背徳的な自由は諦めなさい。

　風が祖父の墓を吹き抜け、パイナップルの葉に震えている。
名前（ナマ）
　天井板と壁の間に、折りたたみ線がある。建物は何度も解体されてまた組み立てられたかのように、元の家屋ではないようだった。
　こういうゲームがある。誰かの名前を読み上げる。他の人と名前を交換する。元の名前に執着してはいけない。もし誰かに新しい名前を呼ばれて、返事をしなかったら、または誰かに元の名前を呼ばれて、間違って返事をしたら、そこで「アウト」だ。このゲームには二度目のチャンスはない。アウトはアウトで、その場でおしまいだ。

あなたはアミナという名前を受け入れなければなりません。ウスタズは言った。それは忠実な心という意味です。

壁には束ねた針金の輪が回っている。判決の小槌は振り下ろされ、四月に長いひびを入れた。外から呼ぶ声がした。

アミナ、アミナ。

もう一度生まれ出よ。

一本の手が私の頭を通り抜けた。朝五時のベルが鳴った。スピーカーから流れるアザーンが大音量で空を圧した。声は割れ鐘のように私の後ろから覆い被さった。私はそれに従ってアミナの毛布の中に体を丸めた。

風が叫び声を千里の彼方のゴンバック川*に届けた。

私はアミナを引っぱって歩き回ったが、重い小槌を引きずっているようだった。辺りをめちゃめちゃに叩き壊したかったが力が出なかった。視線がいっせいにこちらに向けられ、私は中庭に立って切れたように叫んだ。何見てんだよ！　あんたにだってマンコついてるくせに！

最初のうちは私の肘は石のように硬かった。私は誰にも頭を下げたりしない。背後で減らず口をた

＊　クアラルンプール市内を流れる川。クラン川との合流点がクアラルンプール（泥の河）の地名の由来。

たいている者もいたかもしれないし、いなかったかもしれない。もしかするとこう言われていたのかもしれない。アミナときたら、マリアより気の毒ね。言いなよ、言えばいい。そういう台詞で憐憫を味わうことが、彼女たちには気休めになるのかもしれない。

　カーテンは重苦しく下がっている。針金に干されたタオルからは水が滴っている。ドアの脇の柱は黒ずんでいる。マリアという名前が矛のように鋭く私の前に投げつけられた。七〇年代。ある白人の少女をめぐって、二つの家族が争った。養父母はムスリムで生みの父母はカトリックだった。オランダとシンガポールの法廷で争われた。傍聴席は二つに分けられ、片方が男で、片方が女だった。テレビの光が一つ一つの顔を明るくまた暗く映し出す。叫び声は後で吹き込んだものだった。彼らは涙を流して無念を訴えた。愛と尊厳が奪われそうだったからだ。ナレーションの声は沸騰し、さながら熱せられた炉のようだった。かつて熱せられただけではなく、今でも火にかけられてたぎっている。

　マリアという名前が矛のように鋭く投げつけられ、ほとんど足の指を切り落としてしまいそうだった。もしかするともう切り落とされてしまったのかもしれない。私は自分が消えてしまうように思われ、足がもう自分のものではないようだった。私の背後で、誰かが炒った種の殻のように一言ずつ吐き捨てていたのかもしれない。アミナはマリアよりもひどく砕けていて、偉大なるアッラーだけが彼女を完全にできる。もしかするとマリアの物語は半分しか語られていないのかもしれない。私の物語もまだ半分残っているのだ。

　風が扉に吹き付けてカタカタ鳴らした。

　これから（ハリ・ドゥパン）

アミナは書いた。私は彼女が書くのをじっと見ていた。時計のぜんまいは巻かれた。カチコチ。砂はまた重苦しく流れる。また一日。また一週間。昨日であり明日でもある。

アミナにはいくつかの単語しか書けなかった。これは私が慣れている字じゃない。でも皆はそれが彼女に一生ついて回る字だと言った。誰に分かるだろう、長い一生が何年あるか。長い一生を礼拝着やベールに包まれて過ごさなければならないのか、それとも垂らした髪を露出して過ごすのか。長い一生では自由に奮起し続けるべきなのか、それともこの自由ももう一つの幻影にすぎないと達観すべきか。長い一生では水平線の上下を逆さにしながら逃げ続けなければならないのだろうか。長い雨季の間、私たちは一緒に退屈しながらブラウン管の四角い光を見つめていた。草がどこまでも生える無限の土地、弱肉強食のアフリカの荒野、一匹の蛇が籠に入れて与えられたひな鳥を丸呑みにする。一頭の鹿が風のように走って逃げ、南半球の雁の群れは北に移動し、雁の声はしだいに遠ざかる。アミナは目を見開いたまま、言葉のいらないほとんど誰も足を踏み入れることのない広い世界に見入っていた。もし可能なら、アミナは書いた。それは再生の彼岸だろう。

アミナは半分目を閉じて筆写していた。

緑色の黒板には白いチョークの字が書かれていた。ジャウィ*がくるくると丸まった。文は短く、時間は長く、時間の流れが止まったように、永遠は永久にここに鬱積する。今日聞いたのは小さな罪に

* アラビア文字によるマレー語表記法。現在ではマレー語はほぼローマ字で表記されるが、マレー・イスラーム世界の文化要素としてなお重視されており、二〇一九年には公立小学校のカリキュラムにジャウィ習字を組み込むことが決定された。

ついて。昨日聞いたのは大きな罪について。アミナのノートでは、罪たちはばらばらに引き離されて、抜き取ったオジギソウの束のように、両手が痛くなるとちりとりに投げ捨てられる。時間は手押し車のようにごろごろと柔らかい泥土を押しつぶし、斜面を転がり落ちてゆく。

クルアーンの読誦が口たちを縫い付けてしまい、彼らは発音を間違えるという罪を犯した。こっそり何ページか飛ばすという罪を犯した。嘘をつく罪を犯した。そっと相手の手を握るという罪を犯し、相手の髪の毛を自分の膝に広げるという罪を犯した。罪の味が唇にたゆたい、口角が深くくぼんで二つの小さな尖った穴になる。

全部大きかった、蟻が引きずる食物の屑のように大きかった。

横殴りの雨が吹き寄せ、服を斜めにした。服はほとんど乾くはずもなかった。

憂鬱（ムラム）

ハリラヤ・ハジの前日、みな家に帰った。アミナだけが残った。一時間ごとに、寮母のペンチのような目ざとい視線が隅々まで彼女の姿を探した。アミナは何かを呑み込んだように空しさで重苦しかった。どんぶりいっぱいの石。たくさんのとげのついた果物一つ。うつろな部屋が堅く肺と心臓と胃を貫く。そこで、ハリラヤ・ハジの日、朝五時に時計が鳴り出すと、彼女は自分を庭いっぱいの大きさに広げた。あるいはより正確に言えば、その日一日、彼女は行く先々に広がった。頭は四つに裂け、一つは枕の上で眠ったまま、一つは洗面台に落ち、一つはテレビの前に忘れ、一つはミシンの上に残した。

舌はコップの中に残した。足の指は敷居にのせた。肘は食堂のテーブルに突いたままだ。口は筆箱に入れ、平らにして蓋をした。目はガラス窓の後ろに置いた。手の指は門のかんぬきの間に挟んだ。膝は曲げて、フェンスからくずおれた。肋骨は花の茂みに落ちた。

それ以上遠くは無理だ。外は指から百歩の距離があった。一面にアミナが落ちていた。

アミナは目を覚ますとそれがすべて夢だったと思った。夢と幻想の違いは、後者には詐欺的な成分があるが前者は違うということだ。ハリラヤ・ハジの日の夜、棲は塀のところに放り出された。夜中に目覚めると、林がざわざわと鳴っていた。名前のついた音もあった。フクロウ、窓、バケツ、枝葉、風。でも名前がないものもあった。脅えながら耳を傾けたが、それらの音が本当にこの世のものなのか分からなかった。

そういう音に比べれば、それは馬のように聞こえた。パカッパカッパカッパカッ。それは胸の中を並足で歩き、塀を突き抜けて入ってきたようだった。

私は最初に棲を夢に見た。棲の手の指の間には皮があった。その皮はとても柔らかく、切る時は痛かったが、どうしても完全に取り除くことはできなかった。切り取ってからもまた生えてきて傷跡だらけになった。棲の水かきはそっとハーモニカの後ろを叩き、扇子のようだった。それは調子外れの曲だった。間に固いかさぶたが挟まっており、厚く、重く、曲に合わせて拍子を取っていた。カタカタカタカタ。

風が髪の毛を真っすぐに吹き流し、ジャケットのポケットを膨らませた。

幸福（ババギャ）

お兄ちゃん元気？　ちゃんと食べてる？　水も飲んでる？　体の調子は？　私がいなくて寂しい？

その筆跡は細く長く、前のものとは違った。ノートには何ページもあった。シャイマには彼氏がいるの？　シャイマにはいない。シャイマが書いたんじゃないの。長い雨季の間中、少女たちは思慕を書きつづった。でもそれを読めるのはいつも何の関係もない誰かだった。他人がノートを点検する時、彼女らは恥ずかしそうに壁の方を向いていた。壁に鎮静作用でもあるかのように。雨は壁の外に降っている。何を書けばよいか分からない時、ペン先は歌詞を書き写していた。

もし愛を知らなかったなら、存在したことがないも同然。もし天が分かって下さるなら、私の心を雨にして降らせ、大地を潤してください。

張美蘭（ジャン・メイラン）様。

七月、母が私に一通の手紙を持ってきた。渓の手紙はこう始まっていた。美蘭、元気ですか。雨は二週間やんでいた。世界はほぼ透明になり、山壁も後退したかのようだった。私は一面の色とりどりの光の中に駆け込み、口を開けて風に向かって叫びたかった。声は高くはるかな空に吸い込まれる。馬のように疾走したかった。でもそれは私に走ることが許されている時間ではなかった。男子たちが芝生でボールを蹴っていた。この時の芝生は彼らのものだ。この時の私たちは菜園のものだ。ひらりと一跳びで樹上に逆さにぶらさがることができる。ぶらり、ぶらり、頭の中には植えたばかりの水仙の花が一輪ぱっと咲く。ああ、ああ。枝の間に青色が生まれた。私の足は舞い上がり、狂ったように躍った。

名前のせいだけではない。

七月が過ぎ、八月の谷に再び湿気がやってきた。アミナは駐車場で仰向いて雨を見ていた。雨は高い空から針のように降っては、いちどきに砕けて轟音を響かせる。身ごもった猫が腹を引きずるように重たげな足取りで歩いている。かわいそうに。こういう天気は退屈極まりない。

こんな退屈極まりない天気に、待ち人も来ず、アミナは頭の中の砂が全部反対側に傾くのを感じた。それは長いこと元に戻らず、アミナは枕に腹ばいになり、一画ずつ、一字ずつ書いたが、最初はどの文もかわいそうかわいそうかわいそうかわいそうとすすり泣くばかりで書けそうになかった。二本のろうそくが、アミナに二つの影を与えていた。私たちはどうしてあんなに変なの。彼女は私の指を噛み、長いことじっと壁を見つめていた。蜘蛛がアミナの定まらない視線を横切り、墓碑の上を這っているようだった。ハリラヤ・ハジの三日後、朝五時、風が扉を押し開けた時、棲(チー)が入って来た。

絨毯の前で、私たち二人は初めて同時に棲(チー)を見た。ぬかずいてから、私たちが顔を上げると、同時に目の前の床に湿った泥だらけの足跡と、棲の水かきのついた足が見えた。棲はまるで天が私たちの祈りに応えてよこしてくれた贈り物のようだった。棲の見た目は骨ばっていて、痩せて干からびて、うろこがほとんど体より大きいくらいで、砂漠から帰ったばかりのアマガエルみたいだった。棲はどうしてこんな変なかっこうなんだろう。ろうそくの光を背にして、私たちは棲の消えた場所を見つめながら、暗くなった鏡を見つめているようだった。この問いは蛙の卵のように砂時計に隠された。誰が棲をこんな姿で生まれさせたんだろう。それこそが私とアミナの呼び出した答えだと知ると、私たちは心が乱れ、どうしたらよいか分からなくなった。ぼんやりと昨日と一昨日を過ごしてついに――時間は圧縮機のようにすべてをカード状に押しつぶし、飛び去り、果てしない暗闇に消えてしまった。アミナと私はむしろこう信じたかった。棲は空から降ってきた、まるで雨が空から落ちてくるように。その道はどれだけ遠いことだろう。

風が傘を吹き飛ばした。傘はくるくると草の上を飛び、塀のところまで転がった。脱走（ラリ）

分かつのは難しい、この物語はいったい私が書いたのか、それともアミナが書いたのか。時に私はアミナの代わりに物語を作り、時に彼女が私の説明を訂正する。でも私たちにはこういう文章がいったい誰の考えなのか分からないことの方が多かった。棲（チー）がどこから来たかのように、棲の先祖がどこから来たのか、もはや探り得ないように。どちらにしても最初はきっと水の上に下りたのだ（海はこれだけ広いのだから）、それからゆっくりと陸地に移動した。先祖は海岸線沿いに、ずっと歩き続け、沼から沼へとすみかを変えた。あらゆる沼は足跡と名前を呑み込むのに長けていた……。

それはロマンティックに過ぎるようだ。私たちが棲について想像したことはぜんぶ間違っているのかもしれない。結局のところ、私たちはこれまで本当に両棲人になることは考えていなかったのだから。棲どころか、アミナや私だって、できるだけ考えたくなかった。何よりめちゃくちゃなのは、私が棲を私たちの守護天使だと思いすらしたことだろう。私はウスタズから聞いて、守護者というのは西洋の概念で、クルアーンでは相手にされないことは知っていたし、他にも天使はアッラーのしもべだと言った人もいて、それならわたしたちの水かきを持つ友人は無関係になる。それでも私はやはり想像を止められなかった。両棲人は私たちの傍らに眠っている。重なり合ううろこと、一枚ずつ硬化したかさぶたをつけて。この夢は私たちに寄り添って、濡れて冷たかった。

疑いようもなく孤独がこうした幻想を生み出す根本的な原因で、本当の棲は痩せて小さかった。でも私の幻想の中で、棲は長身でたくましく健康だった。私はいつも無意識のうちに幻想に頼って傷口をなめており、晴れた日でも雨季でも、孤独を消すことができない以上、幻想はとどまるところを知らなかった。もしかすると、孤独も人を強くすることができるとあなたは言うかもしれない。でもそれは結局のところ終わりのない回転木馬だ。孤独、脆弱、幻想、幻滅。幻想が負荷に堪えなくなって、あなたはようやく現実がどういうものかを知ることになる。幻想は煙と消えてしまい、ほかに選択肢もなく、習慣となるまで孤独に耐え続ける。だがそれは決して本当に癒されることはない。弱さが襲いかかる時、すべてはまた繰り返される……こんなふうに繰り返しやってくる試練に、こんなふうに耐え忍ぶことが人を強くするのだろうか？　もし私が神を信じるなら、独力でこの問題を担う必要はない。しかし自ら神を信じないことを選ぶのなら、孤独は自分自身の岩となる。では憐れみは？　餌を乞う老犬？　私は憐れみとは人として問うことができないものだと思う。どう問うべきか知らないのなら、あなたはむしろ遠くに立ち、自分で自分を慰める言葉を信じる方がましだ。

正直なところ、私にはアミナのことを語るのは本当に気が進まない。彼女はいつも憐憫の念を起こさせる。でも嫌だといって済まされないこともある。この物語の中で、アミナは私の知っているアミナよりずっとおとなしい。何といっても、私は逃亡が得意なのであって反抗が得意なのではない。逃げるために、私の視線は少しずつ外に移動し、ほかの場所に投げかけられ、もう明るくなることのないあの蛍光灯を見すえ、壁のクロスがよれてできた皺のように見えるこの灰色の太い線を見すえる。私が自問自答している間、アミナは姿を消し、棲も一本の隙間に変じて逃れていた。もしかすると棲は水の底深くに帰ったのかもしれない。私は棲にこんなすみかを想像した。辺りは蛍のかすかな光ばかりで、黒光りする河水が苔むした石にしみ通り、穴の上にこんこんと湧く渦が棲の耳を打つ。こんこんと、こんこんと、次第に遠ざかり……敵から逃れた先祖のように、棲は重い足取りで先祖のさまよった夢の世界にはまり込んでいった。

陸地にやってきた先祖はひどく脅え、刃物を持ち出した。彼は畑で角の生えた巨大なものが、自分に向かって凶暴に突進してくるのを見た。彼は畑の泥道をひた走り、牛を殺された村人は鍬と鎌を振りかざして彼を追いかけた。野は広々として遮るものがなく、彼は動転して庇護を求めた。彼は懸命に逃げ、最後に王宮に駆け込んだ。花園で、スルタンはちょうど散歩しているところだった。スルタンはほうほうのていで逃げてきた棲の先祖と、その後ろの怒り狂った人々を目にした。そこで彼は、私が守ってあげよう、その代わり私の子供になりなさいと言った。

生まれて間もないアマガエルが道を跳びはねている。大きさは雨粒ほどもない。道はゆがんでつぎはぎになっている。爪先立ちになって、水たまりを越える。長いスカートの裾が上下に持ち上げられてはまた広がり、白いのは靴下で、黒いのは靴だ。

風が道行く人のコツコツという足音を吹き抜ける。

逃げた人が二人いる。宿舎の女の子たちはみなそう言った。彼女らの声は洗面器とタオルの間を行き来し、鏡の前でもたもたしている。電球は壊れて長く、もう三か月になっていた。みなろうそくの光を見ていた。寮母たちは夜はここでは休まない。まだ十時なのに、門は閉ざされた。

彼らは一日中探し続け、東西南北どの道も捜索した。

逃げるのは難しくない。門をよじ登るのも難しくない。問題はどこへ逃げるかだ。

マクドナルドでも、ケンタッキーでも、と一人の少女が言った。どの店で働いたって、飢え死にすることはないでしょう。

私はアミナの肩をすくめ、アミナ、と声をかけた。彼女の胸元をひっかいた。

アミナはうつむいてつま先を見つめた。まるで私が彼女のつま先に住んでいるかのように。あの人たちには簡単だけど、私には難しい。彼女は言った。あの人たちは自分から進んで入って来たけれど、私は違う。あの人たちは見つからなければそれまでのこと。でも私が姿を消したら、裁判の時みたいに、全国の警察とテレビが騒ぎ出す。

アミナの手はろうそくの光の前で丸められた。彼女の馬はほとんど盲目だった。光が明るすぎ、光の海に向かうと、何も見えなかった。棲の水かきのある手が私たちの間に挟まれていた。棲が作る影絵には目がないので、棲の影絵はそれらしくなかった。影絵はほとんどが目のあるもので、少なくとも一つは光を通す穴が必要だ。壁を見つめる。影が一つぼんやりと舞ったが、何だかよく分からない。棲の影絵はいつも目を閉じていて、光の中で脅えたように駆けて行く。時には私にもはっきり分かる。棲は私たちの守護者ではない。もしかすると棲は私たちにとってトーテムに近い存在なのかもしれないが、トーテムに喩えるのも違う。私が前に言ったように、棲は真実の存在で、棲は私たちととても親しい。彼は光に当たることができない幽霊のようではあるけれど。しかも棲を夢に見たのは私とアミナだけではない。棲がもし集団的な盲目をもたらす存在でなければ、目に入った砂だ。棲は私たちが共に宿らねばならない家のようであり、私たちが歩まねばならない道のようでもあり、私たちの絨毯や荷物、服のようでもある。棲の声は低くしゃがれて、直接私の頭からアミナの頭へと流れ込む。これからきみは十分に機敏でなければならない。完全な自由を得ることはできないが、いくらかの自由を手にすることはできる。

もちろんある程度幸運であればの話だが。

棲がくれたのはわずかだった。ただこれだけだ。

風が山頂から街全体を見下ろす。

逃げ出した時、棲は自分の腹から飛び出すかのようだった。棲（チー）の服は網のようだ。棲は夢から逃げ出し、生き生きと通りを歩き回り、生き生きと立入禁止の門をくぐり、禁止されていることをした。棲には二つの顔があり、その二つの顔が彼を救った。

この土地はもともと軍営に属していたのだそうだ。塀の片側からはいつも銃声が聞こえ、雨季でも彼らは演習を続けていた。兵士のかけ声が林から聞こえてくる。私はその長靴についた泥を思い浮かべた。こめかみに当てられた指を思い浮かべた。

水かきのある足ではこんなに高い塀を飛びこえることはできない。でもアミナは知らない。アミナは水かきのある足が二本、空中に浮かび、軽々と舞い上がり、水かきを広げたのを目にした。長いこと滞空してようやく落ちてきた。

梢からふくろうが出現した。ふくろうは飛び去る時も声を立てなかった。

大きな水路に、青々とした草木に覆われた小径。向かいのフェンスは針金の網一枚しかない。針金の網の裏には一本の小径がある。左に行けば山の軍営で、右に行けばふもとに通じる大きな道に出る。道の近くにはバス停があり、黄色いミニバスに乗れば首都の北駅に直行することもできる。そこではどの通りのファーストフード店も求人ポスターを貼り出している。

私は他人がどう言おうが構わないし、他人も私が何を考えているか知りはしない。私は他人が私のことを何と言おうが構わない。アミナは怒りを込めてノートに書きつけた。私は私だ。

まず自由を得なければ。鼻先が言った。憤怒は長くは保たない。鼻腔が塞がれてしまえば、海に放り込まれたも同様、心臓も肺も胃も塩にやられてしまう。ノートは折り返され、肘と胸の下敷きになり、熱く湿って皺だらけになっていた。棲の水かきはぱたぱたとハーモニカを叩き、棲の鍵盤ハーモニカは胸腔の中に吹き込まれた。やや震えて、えらを冷たくぱくぱく動かす。

私には愛が必要。鼻先が言いながら熱くつんとなった。もし憎しみのせいで愛するのをやめるなら、まるで牢獄にいるのと変わらない。

風が鳳仙花を吹き抜けた。

子供が生まれそう。シャイマは言った。中で私を蹴ってる。

人間の形は人の手でこねて作ることはできない。どんな手にもできない。人間をこねて作り出すことはできない。それは神の専売特許だ。

立ち上がれば見ることができる。ろうそくが人の影を大きく映し出している。風が吹くと、アミナには棲が壁の上で踊り出したのが見えるようだった。後ろで女の子が歌っている。声は最初のうちは低く抑えられていて、歌は一曲だけだった。

夜のとばりが低く垂れ込める中、私はたったひとりです。どうか私に時間をください。罪を洗い流して帰依させてください、寂しい夜に私はひとり自分の身を清めます。私の欲望を持つ心にふたたび光をともせるように。

時たま歌詞を忘れても彼女らは笑ってごまかし、笑いが済むとまた歌い続けた。あなたはどうして雲や霧の影のようなの、私はどうして餌を求める魚のようなの。空気は重くよどんでいたが、窓は少ししか開けられなかった。風が強いとろうそくが消えてしまうので、手でかばって消えないようにしなければならなかった。季節風はもう過ぎたのだから、海辺で空しく待つことはない。望みを夢に託してはいけない、夢が覚めれば空しくなるのだから。ろうそくの影は屋根の上でゆらめいていた。屋根の梁は骨のように夜空を支えている。ある女の子がずっと顔を覆って涙を流している。ごめんなさい、ごめんなさい。長い長い雨季をすべて費やし、彼女らは再生を待っていた。再生。再生したら、私は二度と以前の私には戻らない。ある少女はそう書いた。

草が屋根の上に伸び、音もなく壁の隙間にひびを入れた。白い水仙はみな七月に咲き、九月になってようやく雨に打たれて朽ちた。

アミナ、ハミッド先生をどう思う?

シャイマは小声でアミナに尋ねた。

毎晩ウスタズが祈禱所でクルアーンを読む時、イマは翼があればそこへ飛んで行きたいと思った。

アミナはそれを聞いて、頭が真っ白になった。彼女はシャイマのお腹を見て、またシャイマの顔を見た。それからまた視線を落としてシャイマの足を見た。

アミナ、お願いだからイマを笑わないで。ウスタズは知らないの。シャイマは言った。イマは愛がほしいの、どうしてかハミッド先生を愛してしまったの。

またぬちゃくちゃなことを言って、私はアミナがそう独りごつのを聞いた。あの人たちが私たちにアッラーを愛するよう強いるから、みな頭が混乱してしまった。アミナは困惑してシャイマと向き合っていた。彼女は口に出すのをこらえた。それでも彼女の困惑は私を刺激し、それで私はまたアミナの目にもぐり込み、その鼻の上からシャイマを見た。シャイマは何かに耐えているようでいて、ほほえんでいるようでもあり、唇をゆがめ、小鼻をふくらませて、ベッドに寄りかかり、胸に手を当てて大きく息をついていた。イマも思うの、こんなふうに妊娠するのはみっともないって。シャイマは言った。ミナ（アミナの愛称）はウスタズのことが嫌いかもしれないけど、でもハミッドは違うの。アミナ、ねえミナ、お願いだからイマを軽蔑しないで、イマは笑われるのが怖いの。イマは自分が妊娠していて、もうじき子供が生まれそうだってことも忘れちゃうの。

私が忘れるたびに、この子は私を蹴る。シャイマはまた自分のお腹をなでた。

アミナは固く口を結び、コオロギがコロコロと鳴いていた。歌声が天井の下のあちこちで起こる。ああアッラー、わが苦しみを取り去り、安らぎを与えたまえ。私もアミナもめったにマレー語の歌は聴かなかった。あいまいな音節で、コオロギの鳴き声と変わらないと思っていた。しかし急に歌詞が聞き取れるようになった。神の歌だと思っていたのが、たちまちどれもラブソングに変わった。いや、もともとラブソングだったのかもしれない。私は彼の姿を求める、霧のかかった黄昏に。暮れがかった空の色に、どこからか潮が満ちて、たちまち胸元に押し寄せる。目を水に浸ければ、信仰の家が見える。伸びた頭髪のように野草が私たちの間に眠る巨人を覆い隠すのが見える。巨人の夢の中でこれらすべては、他人の窓をのぞき込むようにはっきり見えた。私はアミナを引きずり、アミナを嫌い、別の子供を生むことでアミナを薄めようとすらした……。でもそう簡単じゃない。永遠にアミナを捨てることもできると考えるたび、私はまたためらいを覚える。すべてを決めようとするのはこんなにも難しい。万一いつか私がアミナを取り戻したくなったら？　はるか彼方に逃げてもよいのならば。アフリカ大陸、南米の草原、ロッキー山脈のふもと、そういう夢のような場所、しかも行って後悔もせず帰って来ることもない場所。

颪が母方の祖母の墓を吹き抜け、プルメリアの花弁の上で震える。*

十四日ごとに、私は母と駐車場のあずまやで面会した。母はいつも時間通りに現れ、しかも一度も休まなかった。私はサインした時に数えてみたが、母は合計九回訪れていた。父は一度だけだ。私には父自身が来たくないのか、それとも彼らが父を通さないのか分からない。面会者は少なく、駐車場には雀(すずめ)が低く飛んでいる。守衛の影は遠くのマンゴーの木の下に縮み、煙草を吸っている。白い煙はふわふわと木の後ろからゆったり上昇し、その木は雨に濡れて黒々と見えた。

これまで何年も私は馬鹿な夢を見ていたわ。母は言った。結局目を覚ます時が来たのよ。でもあの人が私を見る目には耐えられない。私が何か申し訳ないことをしたとでも？　私が無理強いしたわけでもないのに。

それで私はいつ帰れるの？　私は母に尋ねた。

母の表情が崩れると、その顔は年老いて皺だらけで、歳月によって徹底的に絞って干されたようだった。

ここを出たら、転校の手続きをするからね。ややあって母は言った。好きな学校に行きなさい。

そんなことといいよと言おうとしたものの、長いこと考えて何も口に出さなかった。私のような者にとって、もしかするとどんな学校でも似たような鋭い矛が向けられているのかもしれない。彼らはとにかく私にここで九か月過ごさせたいのだ。私の時間がほかの人より丸一年遅れてもどうでもいいかのように。私はここを出てから行きたい場所を考えた。ずっと昔からの願いだ。ウスタズや寮母に頼らず、私を愛していると言い張る誰にも頼らず、私はどこか遠いところで子供のように生まれ直したい。自分で自分を生みたい。

また手紙は来てる？　私は尋ねた。

来てないわ。母は言った。

母は私を見つめていた。その目はハンカチのように私の顔に落ち、私は自分の表情がひどいものだろうと思った。湿っぽくて狭いあずまやで、白くほとんどすべてを透明にしてしまうような光の中、私たちは互いに顔を見て、母の差し入れを食べるほか、ほとんど話すことはなかった。みな私たちが鏡のようだと言う。私たちの間には二十数年遅れの鏡があるのだ。私はできるだけその鏡の教訓とそれが示すところを読み取ろうとしたが、それは謎のまま、私にも母にも見抜けなかった。


風が日に干された靴を吹き過ぎた。

永遠に不運が続くわけではないだろう。二匹の猫がそう遠くないところでわめき声をあげている。二匹はもう両耳から血が流れるまで格闘していた。果実が一つ屋根に転がり、ぼとりと落ちてきた。熟す前にだめになってしまった。鳥が両脚を空に向けて地面に死んでいる。アミナはあちこちに吉兆を探したが、何もなかった。だから私はこう言うしかない。ここには凶兆の方が多いから。

いずれにせよ手紙はもう来ないのだ。すべては私にとって耐え難いものに変わった。世界は私を軌道の外に放り出して飛ぶように回転した。隔離にも意味はない。あなたの名前が私のはらわたから剝

＊　原注：マレーシアではプルメリアは主人に不幸をもたらすとの俗信があり、住宅の付近に植えられることは稀である。ただしイスラーム墓地にはよく植えられる。

がれ落ち、叫んで吐き出そうとしたけれど、潮が痛みを伴って胸を満たした。私は木を眺め、前方の何もない道を眺めた。風が木を吹き抜けるとざあっと雨が落ちた。欄干の前に立ち、あなたは谷全体に水滴がしたたるのを感じられる。雨はすべてを黒ずませる。窓格子、木の幹、屋根、柱。鳥が屋根の下に空いた穴に巣をかけている。大虐殺の後で、生き延びた蜘蛛がまた長い足を伸ばして天井板の下で休んでいる。庭には猫の糞尿の悪臭が鼻をつく。

シャイマは出産しに行った。寮母は病院に行き、今は二人の不精な守衛だけが残り、マンゴーの木の下にしゃがんで煙草を吸っている。彼らは二、三時間煙草を吸ってから巡回に立つ。

雑巾を欄干に干し、欄干の下の靴を取り込む。靴はまだ湿っていたが、二本の靴ひもを結び合わせ、肩にかけた。

風がぱらぱらとノートをめくる。

「棲(チー)の水かきのついた手が私に夢遊する馬を連れてきてくれた。目を開かずにふらふら歩いている黒い馬。馬は足音も静かで、地面に落ちた影のように音を立てない。私がまたがると、馬はタイムマシンのように私を連れて出て行った。二人の守衛は私たちが彼らのすぐそばを通るのにさえ気付かなかったほどだ。せいぜい一陣の風を感じ、何かが庭から通っていったと思った程度だろう。それも一瞬の後には、何も感じなくなる。すべては正常で、誰もアミナという者がここにいたとは覚えていないだろう。記録の中のアミナは空白になり、彼らはそれに首を傾げながら、罫線の上の空欄には何が書かれていたのか、キャビネットのいっぱいに字が書き込まれた資料はどこへ行ったのか考えるだろう。もっと時間が経ってから、通りかかる人は考えるかもしれない。ここにいた人はみなどこに行ったのだろう、そしてこの谷は、ここに残る瓦礫はいったいかつて何だったのだろう、そしてこの廃墟のような空き地は、一面に割れたガラス、建物の跡を覆う緑に茂る草……疑念はきっと瞬間的なひらめきで、心に長く留まることはないだろう。誰かが探す努力をしない限り。もしかすると誰かが思い出すかもしれないが、彼らはそんなことをするだろうか？　マリアに比べれば、私たちはただの失敗した話題にすぎず、思い出せない夢にすぎない」

「裸足で鐙（あぶみ）に足をのせ、しっかり手綱をつかみ、両足で馬の腹を挟む。放り出されないようにしなければ、盲目の馬を御す方法を覚えなければ。もしかすると実際には私も盲目なのかもしれない。自由は山を駆け下りる時に埃とともに舞い上がる花のようなもので、立ち止まればすべてが消えてしまう。私は遠くに去って、誰も知る人のいない見知らぬ土地で、欲望を持たずに暮らしたい。私は恐れていないわけじゃない。できるかどうかは誰に分かるだろう。過去の痕跡を消し去り、この場所から姿を消し、彼らには二度とどんな知らせもつかむことができず、私のいかなることも知ることができないようになんて」

「これからは俊敏にならないと。私はアミナに言った。どちらがどちらを連れているのか分からないけれど」

「アミナは静かに、黙っていた。彼女はしばらく黙ったままだろう。……今、どこに行くべきだろう？　どこに行けば真に平穏で何の痕跡も残らない暮らしができるだろう？　どこに行けばもう孤独におびえずに済むのだろう？　もし孤独におびえるなら、他人にほだされることを避けられない。隣人、友人、愛情を手にしたら……欲望の旋風がまた私に襲いかかり、私を再びこの悩みの網へと連れ戻してしまう。そうなったら逃げ出して別人になることはできないだろうし、世に背いて身軽な人生を送ることもできないだろう。それなら誰になればいいのか？　アミナ？　張美蘭？　どちらでもないのかもしれない。どちらでもよいのかもしれない。それでも、その時の私がいったい何なのか誰に分かるだろう？　だがもし誰だって構わないのだとすれば、今のうちに己を放逐し、この場所で、アミナであり続けてはどうか」

「いや、選ぶ方法はあるはずだ。もし誰かを愛したら、私はその人と同じになるか否かを選べる。いつか私はアミナに戻るかもしれないし、戻らないかもしれない。それは全部、あらかじめ知ることはできない。どうして分かるだろう。私にはいつ出発して、この谷を出られるかも分からないのに」

「いちばんの行先はやはり大草原なのかもしれない。それでも、そんな徹底した忘却は私には耐えられない。もしかするとそれ以外に、私たちは本当に逃げる方法はないのかもしれない。それで私たちは楽になるのか、それとももっと悲しむことになるのか」

それが徹底的な消失だと考えると、涙があふれてきた。ゴンバック川はどこまでも流れる。どうしてこんなに悲しいのか、どうしてこのすべてがこんなに名残惜しいのか。

「何がどうあれ、私たちにはこの盲目の馬しかいない。海のようにざわめく林を通り、ゴンバック川に沿って下ってゆく。馬の耳を撫で、裸足で鐙を踏み、私は盲目の馬の御し方を覚えなければならない。アミナと私は、互いに厚いかさぶたのように、鼓動する心臓に寄り添っている。太陽は梢から炸裂して私の両眼をくらませる。アミナ、私は彼女に呼びかける。彼女は静かに私の中に息づいている。これから、私たちは互いに否定を許さない秘密となる。馬は音を立てず、石は滑りやすく、林はうっそうとして、海岸は遠い」

ある瞬間私は一本の草を見つめ、身じろぎもせず、ひと筋の震える光の欠片を眺め続けていた。あなたが何も言わず何も考えない時、何かが土の中に沈んでいったようだ。すべてが徹底的に消滅しようという時になったら、私は心の中から空気に語りかけるだろう。私の思いを風に乗せてください。この斜面を滑り降りて、外の高速道路に沿って、野原と地衣類に覆われた農園を越えて、コンテナが上下する港を通り、斜面を上り、ごうごうと通り過ぎるトラックを越えて、金属的な音をたてる列車の欄干を越えて、道ばたの草をなぎ倒し、枕木の間の砂粒を一粒ずつ転がし、それでも埃はたてずに、彼の家の外へと、フェンスを越えてミカンの木を吹き抜ける。もし蒸し暑かったら、彼はすっきりして気持ちよくなるだろう。

しばらくして、樹海が叫び出した。風が空の高みから飛びかかり、私の上に落ちた。

雨は二日間止み、葉がガサガサと地面を進むようになった。私とアミナは静かに座ったまま、日の光に足を乾かしていた。

フックのついたチャチャチャ

最初のこの質問にちょっとうんざりして、ペン先は便箋の最後をしばらくぐるぐるした。

胸につけた名札。名簿の氏名。

おばあちゃんに呼ばれる愛称。クラスの友達がつけたあだ名。何かのドラマの、夢中になった役名。

いらいらすると額が空っぽになった。あまりうっとうしいと、私は自分が別人で、答えに詰まっている相手をよそから眺める幻想に浸るのだった。私はしばらく眠っていたのかもしれない。うっすらと誰かの声が聞こえた。ほら、私たち何だか誘い合わせて昼寝しにきたみたい。

変なの、私はもうメエメエの家から帰ったと思っていた。

同じ青い便箋。いつも三回折りたたむ。

彼のこと好きになった？　メエメエは私に聞いた。

まさか、まだ会ってないのに。私は答えた。

階段で手紙を書いている時、私は集中していて、自分が完全で、少なくとも完全になりつつあると感じていた。私は熱心に陶酔しながら書いていた。膝を胸に抱えてみると、大人の女性の盛り上がった胸のようだった。シャツをめくって、すっぽり包んでしまえば。

書き終わった。ごきげんよう。元気で楽しく過ごしてね。

波線を引いた。

私たちは祖母の家に引っ越してから文通を始めたのだ。私は階段にしゃがんで手紙を書くのが好きだった。ここは明るいから。誰にも邪魔されないのはここだけで、時間は膜のように薄く、書いているうちに過ぎ去った。ほとんど寝食を忘れて、ご飯の時間も誰かが何度も呼びに来なければいけないくらいだった。学校での些細な出来事から、将来の計画まで、全部吐き尽くして、次の手紙にはもう書くことがないんじゃないかと思うほどだ。書いた後の気分は空のお碗のようで、ぼんやり屋根を見つめていた。屋根は鉄灰色で、高く空を支えていた。階段の脇には窓があった。窓はブリキ板に開けた四角い穴だった。空は灰色に汚れた猫が、ポリ袋に身を寄せて顔を洗っているようだった。

それはもともと米が入っていた袋で、緑色でマレー半島の地図が描かれていた。祖母はそれにはさみを入れて、下に木の棒を巻きつけ、重みで垂れ下がるようにしたのだった。掛けてから何年にもなる。ほこりやもみ殻ですすけていた。

窓からの光の柱には埃が舞っていた。

やあ。

過過（グオグオ）から君とペンフレンドにならないかって聞かれたんだけど、かまわないかな。

「過過」は碧桜（ビーイン）のことだ。碧桜の受け取る手紙は多すぎた。彼女は文通相手をメエメエと私に分けてくれた。メエメエはそのままメエメエだ。美蘭（メイラン）は何て名前にする？ メエメエが訪ねた。あんたはとろいから、古代人とか「古拝女（グッド・バイ）」にすれば。やだよ。私は言った。最初からグッド・バイはないでしょう、縁起でもない。「空碗」がいいかな。それが私に合ってる、腹がふくれて暇だから、あんたの質問に答えてあげるってね。

どうしてこの世界には闇夜があるのかな？　星が見えるように。どうして人は死ぬの？　死があるから生がある。一番好きな色は？　青。どんな靴が好き？　きれいで履きやすい靴。もし一年に四季があれば、どの季節がいい？　秋。いちばん好きな歌手は？　張雨生（ジャン・ユーション）（台湾の歌手・プロデューサー、九七年没）。どうして月は地球の周りを回るの？　地球も太陽の周りを回ってるから。人が生きるのになくてはならないものは？　地球。愛と美ならどっちを選ぶ？　愛。食事の時に何を使う？　口。人はどうして言葉をしゃべるの？　孤独と寂しさに耐えられないから。悲しみはどうすればやり過ごせる？　忘れればいい。人はどうして夢を見るんだろう？　人生が夢だと分からせるため。この世に神はいる？

この世に神はいる？

彼に返事出した？　メエメエが聞いた。

出したよ。私は答えた。

彼はうるさいのよ、質問ばっかりで。碧桜が言った。

大丈夫だよ。私は言った。私の質問の方が多いから。

変人だね。碧桜は言った。

彼にもう言った？　メエメエは聞いた。

言ってない。私は答えた。

話したら、きっと逃げられる。

この世にはどんな変なことも起こり得る。草丫（ツァオヤー）は言った。Aちゃんが文通相手に会いに行ったんだって。二人とも最初は行儀良く麺を食べてたの。Aちゃんが食べ終わる前に、その男子は、食べ物を無駄にするなよとか言って、いきなりAちゃんのお皿の残りの麺を全部食べちゃったんだって。気持ち悪くない？　でもAちゃんは彼のそういうところが好きだってさ。
サイダーの表面の笑い声は落花生の殻のように一面に散らばった。私はスカートを払った。
会うのが問題だよ。碧桜（ビーイン）は言った。続くかどうかがかかってる。それでお別れになるかも。
文通相手と会うことに関しては、本当に怖い話と笑える話がたくさんありすぎた。近くに隠れてのぞいていたとか、写真を送ったら音信不通になったとか。私はまともな人に会えればいいと思った。まともな人に会えればいいとは言っても、じゃあ私自身はまともなのか？　だといいけど。私はまとも。

夢の中で、自分が幾人にもばらばらになるように感じられた。だからといって一人一人が薄くなるわけではなく、みな針のように細くて鋭い感情を持っていた。現実には、私たちは他人もそうなのだとはなかなか感じられない。でも同時に、周囲の至る所に、どこから現れたのか鋭い針が潜んでいるようにも感じる。だけどもし心を鈍感にして、気にせずに済ませればそれでいい。私は自分に言い聞かせた。

そうできれば何よりだ。

たとえば、私の母みたいに。母の愚痴は私に言わせればどこにでもあることだと思う。母方のおばあちゃんの家では、色々決まりがあって、ほめられる服装や体の隠すべき部分があるけれど、それだけで私は苦しくて、窒息しそうになる。胸骨が折れた鳥みたいに。私には両親がどうして愛し合うことになったのか、見当もつかない。

きみの家族は何人？　上にきょうだいは何人いるの？　家族とは何でも話せる？

私も正直にこれらすべてそのまま答えればよかったのだ。でも私はためらった。友人にも秘密は必要だ。ちょっとした秘密があって、いくらか距離があってこそ、友情は続く。もし私と会えば、分かることだ。私は母にそっくりだから。肌も、眉毛も目も母親似だ。それについては、どうしようもないことだ。

私は手紙の一通ごとに少しずつほのめかしてもよかった。もし彼が変に思って質問してきたら、答えればいい。でも知った後で、私を「返信不要」のグループに入れてしまうかもしれない。もちろん、選択の余地がないわけじゃない。私も彼を説得しようと努力してみればいい。自分とは違う相手に分かってもらえるなら、対立する世界に自分を理解してもらうのと同じようなもので、素敵なことでしょう。それか、自分が理解してもらえるかどうか、私は気にしてないしすっかり孤独になっても構わないんだと気付くことになったら、気が楽になる。スーツケースが空になったみたいに、気軽に母のところに帰れるし、じゃなきゃ母方の祖母のところに帰ることもできる。

私はどこにも行かない。

私は大声で笑える。私は遠くに駆けてゆける。拒絶されそうになった時、私はそうして、ばかみたいに笑いながら外に走ってゆく。野原の向こう、ジャングルの入口まで。しゃがんで透明な草を抜き、茎を口に入れて噛んだり吸ったりする。足元の草は弱々しかった。光は昼のように、やはり弱々しかった。私は気にしてない、私は気にしてない。

それでもやっぱり心の奥ではあの虎が森から帰ってくるのを待っていた。

だが私の物語は私の物語だ。誰もが私と同じだというわけではない。私とは違う人もたくさんいる。私とは違う人たちは、問題になることはない。分かるでしょう、この国では、長いものに巻かれれば、何にしても大きな問題にぶつかることはない。

母は時々愚痴った。あんたはあの人たちと親しすぎるのよ！　こうなると分かっていたらあんたをあっちに同居させるんじゃなかった。このままだと、将来苦労することになるわよ。お母さんは教えたからね、後になって早く教えてほしかったとか文句言わないでよ――。母は言った。

今この相手と文通していると、何だか不思議な感じがした。互いに熱心なのに、纖細な卵膜を隔てているようで、互いの距離と疎遠さを慎重に保たなければならない気がした。彼は私自身のようだったけれど、実際には私ではない。もちろん違う。彼はいったいどんな人なのか、この筆跡で、この文体で、毎回予想もつかない答えを返してくる。話題は尽きず、やりとりのペースは早く、時には一週間のうちに二回手紙を往復するくらいだった。二人ともまめに書いた。

私は正直じゃない。私は言った。

考えすぎだよ、メエメエが言った。

最初その床板は乾いていた。上にベビーパウダーを撒いたら裸足で滑れるようになった。スカートを波のように翻して、みんなは私にチャチャチャを教えてくれた。チャチャチャは、体を揺らして、左右に腰を振りながら前に出たり後ろに下がったりするダンスだ。楽しいし頭を使わない繰り返しだ。

ダンスはしたことある？　踊れる？

私が質問し返す番だった。

ダンスは好きじゃない。彼は言った。おとなしい性格なんだ。

きみは活発な方？　そんな感じがするけど。

私は活発で冗談好きだよ。翌日、私はすぐ返事を投函した。

たくさん食べる人？　太ってるの？　どうして「空碗」ってペンネームに？

私は象みたいに太ってるの、そう返信した。飯櫃（めしびつ）いっぱい食べても足りないくらい、どう、怖くなった？

怖くないよ。うちのトウモロコシ畑はよく穫れるんだ。次のお正月に遊びに行っていい？　この住所はきみの自宅？

来た。

来てしまった。

近くに住んでいる相手とは文通しない方がいい。メエメエは言った。もっと親しくなりたいと思わない限り。

近所の相手を選ぶと、すぐに会えちゃうから。

もしすべてがそんなに順調なら。

もしすべてがそんなに簡単なら。

みんなはテーブルとソファーを外に移動させた。電灯は色つきセロファン紙でくるんだ。黄色がかった光がぼろ屋の梁をごまかし、何もかも夢のようだ。みんなは私に手招きした。メエメエはふわふわのレースのスカートを穿いていた。メエメエの両親が彼女に向ける目はいかにも嬉しそうで、膝丈のサーキュラースカートが彼女の姿をすらりと引き立てていた。両親はサイダーを一箱届けてくれて、その上熱心に尋ねた。叉焼包（チャーシューバオ）はいらない？　みんなお腹空いてない？　いらないよ、メエメエは大声で言った。もういいから、早く行って。

幸福って何？　私は尋ねた。

彼は言った。平凡なことが幸福だよ。

平凡？　平凡か。

もしかするとそれは相対的な問題かもしれない。ある人にとってはすぐに手の届く平凡が、他の誰かにとっては難しいこともある。ひと筋の影がそこにとどまっている。時間が来ると、越えられなければそれきり別れてしまう。自分で引いた線と、他人に引かれた線では、絶対に違う。メエメエは言うだろう。それの何がおかしいの？　女は結婚して子供を産んだら、どうせ同じでしょ？

違う、同じじゃない。私は言い張った。もしその線がこっちにずれて来て、もしその線が越えられるものじゃなくて、他人が自分を拒む高い山だったら。

そんなに大げさなこと？　メエメエは言った。自分で引いた線でも、越えちゃったら何かまずいの？　彼女は私に嫌がらせを言っているのではなく、本当に分からないのだった。彼女は尋ねた。あんたが言ってるのは、一本の線があって、もしそれを越えたら、大人になるってこと？　そしたら強くなれるってこと？　他人が引いた線じゃ無理なの？　それはどういう線のこと？　どんな山？　ジェライ山（クダ州にあるマレー半島北部最高峰）？

私には答えられなかった。

そんなふうに言われると自分が馬鹿になったみたい。私は言った。

私の方があんたのせいで馬鹿みたいだわ。メエメエは言った。

でも彼女の心はここになかった。今夜の彼女は打ち明け話をする気分じゃなかった。その時部屋は太鼓のように、打ち鳴らされるのを待っていた。私も待っていた。今夜何かが起こるのを。私はいちばんきれいなスカートを穿いて、女の子たちと一緒に歩いてきた。何か月も前から、彼女たちがパーティーをすると言って、私を招待した時、私はもう待っていた。何かが起こるのを。でももし何かを起こせる人がいなければ、夜が明けると一本の箒になってしまう。

何人かの男子が窓の外に集まって、中をのぞき込んでいた。最初のうちホールでダンスしているのは女子ばかりだった。

度胸があるなら一緒に踊りなさいよ、メエメエが彼らに叫んだ。

しばらくして彼らはペアを作って度胸を見せ始めた。彼らは進んだり下がったりして、腰を振った。チャチャ、チャチャチャチャ。

私は誰にも誘われなかった。私は椅子にだらっと座って、一人でにやにや笑っていた。男子はみなダンスがあまりできなかった。手をまっすぐ垂らしたまま、木材のようにしゃちこばった子もいて、すごく笑えた。

その笑い方不気味だぞ。

変な男子がいつのまにか入ってきて、私の隣に座っていた。膝が私にぶつかりそうだった。私は硬くなって座り直した。彼は私を見て、それから振り返ってダンスしている子たちを見た。

なんだ、こんなふうに踊るのか。ああやって腰を振ったら楽しいのかな？　彼はひとりごとのように言った。

私は間を空けて座り直した。

彼はまた言った。美蘭（メイラン）、今日の服はフランス人形みたいだな。

私は彼の方を向いた。なんだか気まずかった。だんだんに思い出した、最下位クラスの男子の誰かだ。

つんとしやがって、彼は言い、自分の顔をなでた。俺のことが嫌いか？　怖くないぞ。

このことは手紙には書かない。私が他人を嫌うことなら、それは他人が私を嫌うのと同じだ。

私はベンチに置いたサイダーを手に取って、冷たい飲み物で胃を冷やした。照明はそれほど暗くなくなっていた。中の一つの電灯に貼ったセロファン紙が剝がれてきたからだ。でも照明がこれ以上明るくなったら、雰囲気が出なくなる。みな恥ずかしがっているのが見えてしまう。ほとんどの子はうつむいて黙ったまま体を動かしていたが、そのうち何人かが盛り上がってきて、熱狂的にリズムを無視してでたらめに踊り始めた。

時々私はわざと半透明の紙に手紙を書いた。チョコレートやキャンディの包装紙に、罫線の入った紙を敷いて、透けて見える罫線に沿って字を書いた。丁寧に書いた。彼はいつもすぐに返事をくれるから、彼はもしかすると好きなのかも——少なくとも、私の手紙が好きなのかもと思った。私は工夫して便箋を探した。字の練習をした。私は四年間華語小学校に通い、毛筆の練習をしたこともあった。ただ、手紙は時間をかけて準備することができるけれど、人間はそうはゆかない。私がどんな人かは、一目で分かってしまう。見えない力があらかじめ私を準備している。

この間の武俠小説はすごく面白かった。初めて中国の武俠小説を読んだ。あんなにたくさん書けるのね！　成績は良いの？　きっと華語の成績は良いんだよね？　私は中の上くらい。武俠小説は、ちょっと難しいところもあるけど、書いてくれたのは面白かった。先が知りたいな。

私もお話を書いてみようとしたけど、まだ書き終わってないの。一部分だけ写して送るね。下手かもしれないけど、笑わないで（笑）。私は中国語があんまり上手じゃないの。

「彼らはたくさんの人を捕まえて宝物を掘りに行きました。インド人、ミナンカバウ人、華人、タイ人、みんな捕まって連れて行かれました。ぼくたちは遠い砂漠を越えました。インドから越えて行きました。アラビアの砂漠にはサボテンしかありません。太陽が強く照りつけ、この先に待っているはずの宝物も見つからず、ぼくたちはのどが渇いて死にそうでした。ラクダに乗った人はぼくたちと一緒に来たくなくて、十万人の奴隷が、三万人がぼくたちを捕まえて、誰もが疲れ切って、うんざりしていました。どの目も力なく他の人を見ていました。そして誰も口を開こうとはしません。なぜならみんなほんのちょっとしか水のない中で歩いていたからです。これ以上待っているなら、誰も銃殺されないでしょう。誰も人殺しにはならないでしょう。みんなひとりでに死ぬのです。太陽が沈んだ時、ぼくたちはみんな止まって、ぼろぼろの網のように、砂漠を覆いました。ラクダも四本の足を広げ、主人を下ろしました。ラクダの主人たちはしっかり銃とクリス（マレーの短剣）を握り、落とさないようにしていました。料理人が火を起こし始めました。」

新年に遊びに来たい？　いいよ、二日の朝に来て。これはおばあちゃんの家の住所。私はおばあちゃんの家でお正月を過ごすから。

しばらく歌の時間が続いた後は、ゲームの時間だった。

こういうゲームがある。誰もが一時的に他人の名前に変わる。みんな自分の元の名前が別の人のものだと覚えておかなきゃいけない。もし新しい名前を呼ばれて返事しなかったり、元の名前を呼ばれてうっかり返事してしまったりしたら、そこで「オーバー」。このゲームに敗者復活はない。「オーバー」したらそこで終わり、その場で淘汰される。

すぐに誰かが「オーバー」になった。二十人以上いるクラスのうち、数人だけがばらばらと残った。私は淘汰された子が後ろで感嘆しているのが聞こえた。すごいな、美蘭。またはすごいね、アミナ。アミナ。私は聞こえないふりをした。バカが何人か笑っている声がして、別の何人かがもっともらしく「しっ」と注意した。

私はつまらなくなった。騎楼の下では一人、二人と椅子に座っておしゃべりをしていた。誰かが彼らと離れて、バイクに寄りかかって煙草を吸っていた。煙草の火が明るくなったり消えたりして、闇の中で星が砕けて舞い落ちるようだった。

おい。彼がまたへらへらと私を呼んだ。美蘭。彼は歌い出した。美蘭、美蘭、愛してる——。[1]

アミナって呼んで。私は言った。アミナ・ビンティ・アブドゥッラー。

ふうん。彼は言った。アミナ、アパ・カバール？[2]

私は言った。全然。

アミナって名前の方がいいんじゃね。彼は言った。おまえのばあちゃんがおまえを呼んでた時、なんか悪態ついてるみたいに聞こえたぞ。

私が元気かどうかなんて誰も気にしない。でも私は思わず笑った。冗談は人を笑わせるものだ。いらいらしている時なら、多少きつい冗談でもいいものだ。別にアミナって呼ばれたっていい。大声で呼べばいい。私は気にしない。たかが名前だもの。これまでもずっとそうだった。私にもう一つの名前があることを知った人は、私と友達になれる。それはいいことだ——それは接着剤のように、物をくっつけて、少なくとも私たちに何かを引っかけてくれる。

おうちのことを教えて。私のうちのことはそのうち話すから。お父さんは何をしてる人？　お母さんは働いてるの？

うちは安順（Teluk Intan ペラ州の市）の旧市街の公営住宅に住んでる。あんまり裕福じゃないんだ。犬を二匹飼ってる。もともと三匹だったけど、二週間前に死んじゃったんだ。ばあちゃんと一緒に向かいの未舗装の道に埋めた。別にタブーはないから。少なくともまだそばにいるような気になれる。けっこう悲しかったし、ばあちゃんもだった。

父さんはタクシー運転手で、母さんは専業主婦。ぼくは勉強ができないから、試験が終わったらイポーの専門学校に出願すると思う。華人は大学進学が難しいから、あんまり期待してない。きみは？

きみのお話はすごくユニークだね。どうして死について書くの？　きみは暗い人なのかな？　そうでもなさそうだよね。きみの文章はとても上手だと思うよ。謙遜しすぎだよ。

旧暦の正月二日の午前中に遊びに行くね。ぼくは背が高くなくて、見た目は普通だし、けっこうシャイなんだ。花を贈るのは勘弁してもらっていいかな、花束を持ってバスに乗るのは恥ずかしいから（笑）。お土産にタンゴールをいくつか持って行くよ。君の家に行くのはどのバスに乗ればいい？

＊1　『玫瑰玫瑰我愛你（ローズ・ローズ・アイ・ラブ・ユー）』の替え歌。
＊2　原注：apa khabar　マレー語で「元気？」という意味。

訳者あとがき

最初からクイズで恐縮だが、これから上げる著名人について、その共通点が思い浮かぶだろうか？　ミシェル・ヨー、蔡明亮（ツァイ・ミンリャン）、ジェームズ・ワン、ジミー・チュウ、ショーン・タン、レイチェル・クー……

答え合わせをしよう。全員マレーシアにルーツを持つ華人やその二世である。アジア系で初めてアカデミー賞主演女優賞（二〇二三年）を受賞したミシェル・ヨーは衆知のとおりハリウッドで活躍するマレーシア人。台湾映画の監督というイメージのある蔡明亮もサラワク州クチンの出身で、高校まではマレーシアで華語による教育を受けている。『SAW』『死霊館』シリーズのジェームズ・ワンは幼い頃に両親とオーストラリアに移民したが、実は蔡明亮と同郷のクチン生まれである。靴のブランドでおなじみジミー・チュウもペナンの出身だ。日本でも高い人気を誇る絵本作家のショーン・タン、料理番組で知られるレイチェル・クーはいずれも父がマレーシア華人。

映画界ではミシェル・ヨーや蔡明亮は華人として知られるが、ジェームズ・ワンが監督・製作したフィルムはいずれも英語作品で、華人どころかアジア系として話題にされることもほとんどないかもしれない。ジミー・チュウやショーン・タン、レイチェル・クーについても同様だ。しかし、彼らの名前を並べてみると、マレーシアを出た華人の活躍の場は、香港や台湾のようないわゆる中華圏のほか、英語圏にもわたっていることが分かるだろう。

かつて英国植民地であったことから、世代にもよるが英語教育を受けた華人が多いことと、華人コミュニティでは並行して華語による教育を守る努力が営々と続けられていたことが背景にある。「華語」という用語について少し説明しておこう。教育の文脈ではいわゆる「標準中国語」を指すが、ここでは話しことばとしての漢語諸方言も含め、広義の「華語」に統一したい。

マレーシアについては、東南アジアの国であり、日本と距離的にも近い上に、英語が通じやすく観光資源も豊富なことから、旅行先として親しみ深いだろう。さらに多民族・多言語国家の例として、社会の授業で扱われる機会も多いようだ。とはいえ、マレーシアの文学については、今このページに目を通しておられるような海外文学の積極的な読者にとっても、必ずしもなじみが深いとは限らないだろう。衆知の事柄も多く含まれるだろうが、少し紙幅を割いてマレーシアの輪郭を象った上で、馬華(まか)文学すなわちマレーシア出身の華語作家による文学について紹介したい。

一、マレーシア文学としての馬華文学、華語文学としての馬華文学

馬華文学には、二つの側面から光を当てることができる。一つは言語を問わず、マレーシア人による文学の一部としての見方。もう一つは国境を越えて華語の文学空間から捉える場合である。

マレーシアは多民族・多言語国家として知られるが、民族としてはマレー人、華人、インド系の三つに大別されることが多い。後述するように「ブミプトラ政策」とも呼ばれる民族に基づいたアファーマティヴ・アクションがとられているが、「土地の子」を意味する「ブミプトラ」は、マレー人にオラン・アスリと総

称されるマレー半島の先住民と、東マレーシアのサバ州とサラワク州の先住諸民族を加えた概念である。各民族の人口比はマレーシア政府による二〇二〇年の統計データ[*1]によると、ブミプトラ六九・四パーセント、華人二三・二パーセント、インド系六・七パーセントという構成だ。

民族構成が問題となるのは、一九五七年制定のマラヤ連邦憲法に「マレー人の特別な地位」が定められているためである。[*2]マレー人と先住諸民族を対象としたブミプトラ政策とも呼ばれるこのアファーマティヴ・アクションは、特に①公務員職への優先的割り当て(クオータ:quotas)(憲法第一五三条、第二、第三項)、②奨学金およびその他の教育に関する援助の優先的割り当て(憲法第一五三条、第二、第三項)、③特定の商業活動または事業に対する認可証およびライセンスの優先的割り当て(憲法第一五三条、第二、第六項)の三点が挙げられる。

しかし、民族をいったいどうやって定義するかについては、常に問題がつきまとう。マレー人の定義とは、憲法第一六〇条によると、イスラーム教を信仰し、日常的にマレー語を話し、マレーの習慣に従う者である。ちなみに、マレーシアでは連邦の宗教としてイスラーム教には特別の地位が与えられている。ムスリムの全員がマレー人であるわけではないが、イスラームに改宗することを俗に“masuk Melayu”、直訳すると「マレーに入る」と言うように、マレー人とムスリムはほぼ等号で結ばれるものとして認識されている。サラワク州のマレー語作家 Jong Chian Lai(楊謙来)[*3]による、華人移民一世の内面を表現した短篇小説 *Dunia*

*1 https://open.dosm.gov.my/kawasanku

*2 以下の記述は、金子芳樹『マレーシアの政治とエスニシティ——華人政治と国民統合』(晃洋書房、二〇〇一年、八三-八五頁)による。

*3 一九六〇年英領サラワク生まれのマレー語作家で、華人とサラワクの先住民ビダユ人の血を引いているという。Jong Chian Lai「Dunia Orang Tua」荘華興・張錦忠編『Perjalanan Malam Kumpulan Cerpen Pilihan Taiwan-Malaysia 夜行:臺馬小說選譯』(國立臺灣文學館、二〇一七年、三四四頁)の作者紹介参照。

Orang Tua（「老人の世界」、一九九七年）[*4]の例を見てみよう。華人であり続けることにこだわる主人公に対し、子供たちは相手の民族にこだわらず婚姻関係を結び、土地に根付いてゆく様子が描かれる。ここでもムスリムと結婚するために改宗することを、主人公は繰り返し非難を込めて〝masuk Melayu〟と表現している。荘華興による中国語訳では「入馬来番」と訳されていることは注意に値する。華人の主人公からすると、「馬来（マレー）」に入ることとは、「華」の外の「番」の世界に同化することなのであろう。

宗教に関する統計を参照すると、二〇二〇年のデータでは六三・五パーセントがムスリム、一八・七パーセントが仏教徒、九・一パーセントがキリスト教徒、六・一パーセントがヒンドゥー教徒と示されている。本書所収のアミナこと美蘭（メイラン）を主人公とする連作には、改宗華人の子女を取り巻く問題が描かれているが、統計に現れる華人ムスリムは約四万二千人で、これは華人人口の〇・六五パーセント、ムスリム人口全体の〇・二四パーセントに相当するという。[*5]華人ムスリムは華人としてもムスリムとしても極めて少数の存在であることがうかがえよう。マレーシアでは、ムスリムのみを対象とするイスラーム法、イスラーム行政、イスラーム裁判制度が州ごとに設けられており、出生時に登録された民族と宗教に基づき、ムスリムか否かによって異なる制度が適用されることになる。[*6]改宗華人の娘であり、制度的にムスリムに区分されるアミナこと美蘭は、その狭間に陥っているのだ。

言語については、マレーシアではマレー語を公用語とするが、英語使用者も多い。また、公立小学校では華語（中国語）とタミル語による教育も行われている。公立中学校ではマレー語教育をベースに、「国民型中学校」では華語とタミル語もカリキュラムに組み込まれている。華人の場合、華語を主な教授言語とする小学校に子供を通わせるケースが多いが、中学校から先は公立の国民型中学校（華語もカリキュラムには含まれるが、教授言語はマレー語）を経てマレー語教育のシステムに乗るか、私立の華文独立中学校に通わせて華語を主体とする教育を受けるかということになる。華文独立中学は政府の補助を受けず、華人社会の寄付によって経営されるため、公立に比べて経済的負担は重くなる。また、マレーシアの国立大学はマレー人受験者に定員のクオータがあることに加え、マレー語で受験することになるため、華文独立中学からの進学にはハンディが大きい。従って、華文独立中学校の卒業生は海外の大学に進学するケースが目立つ。冷戦期には反共政策もあり、台湾留学が大きな流れとなっていた。九〇年代後半からは中国の大学に進むケースも増えている。そのほか、英語圏に留学するケースも少なくない。

こうした状況から、マレーシアの作家は、おおむねマレー語、英語、華語、タミル語のいずれかを主な創作言語とする（人によっては複数の言語で書く）。二〇二一年から二二年にオンラインで公開された「アジア文芸プロジェクト"YOMU"[*7]」（国際交流基金アジア文化センター）のマレーシアのコーナーでは、四つの言語による四名の作家のショートショートが掲載され、それぞれ作家による朗読の短い映像を視聴することもできる。マレーシア文学を概観する入口としてぜひご覧いただきたい。民族と創作言語が重なるとは限らず、英語で書くマレー人作家やインド系作家もいれば、マレー語で書く華人作家もいる。華人に関していえば、

＊4　「老人世界」の題で荘華興による中国語訳がマレーシアと台湾で刊行された二冊のアンソロジー『回到馬來亞——華馬小說七十年』（張錦忠・黃錦樹・荘華興編、大将出版社、二〇〇八年）および『Perjalanan Malam Kumpulan Cerpen Pilihan Taiwan-Malaysia 夜行：臺馬小說選譯』（荘華興・張錦忠編、國立臺灣文學館、二〇一七年）のそれぞれに収められている。本稿では中国語訳に基づいて論じる。

＊5　篠崎香織「華人のイスラム教への改宗（一九五〇-六〇年代）に見るマラヤ地域の社会と国家」『CIRAS discussion paper No.68：「カラム」の時代 VIII——マレー・ムスリムの越境するネットワーク』（二〇一七年、六八号、三五-四〇頁）

＊6　多和田裕司「現代マレーシアにおける棄教——「制度化」されたイスラームの一断面」（『人文研究』大阪市立大学大学院文学研究科紀要、第五八巻、二〇〇七年）に詳述される。

＊7　https://asiawa.jpf.go.jp/culture/projects/p-yomu-malaysia

マレー語、英語、華語のいずれにも作家がいる。もっとも、これら四つの言語による創作が、マレーシア国内で均等に受容されているというわけではない。華語とタミル語による創作はそれぞれ華人、インド系の作家に限られるといってよいだろう。読者に関しても、翻訳を介さない限り民族の境界を越えることは困難だ。マレーシア国内の市場が限られることもあり、華語で書く作家はほとんどが別に仕事を持つ兼業作家である。

なお、華人と華語との関係については補足が必要だろう。海外在住者も含むマレーシア出身の華人作家では、英語を創作言語とするケースも少なくない。マレーシアの英語作家では、一九七一年生まれのタッシュ・オー（Tash Aw, 欧大旭）が英語で書く理由について興味深い発言をしている。彼は台湾生まれでクアラルンプール育ち、英国在住の作家だ。家庭内では中国語（Chinese）を話し、マレー語による教育を受けたが、マレーシアでは英語が教育を受けた中産階級のリンガ・フランカとなっている。華語やマレー語で書くと、誰に向けて書くのかが決まってしまい、それ自体が政治性を帯びる。それを避けるために英語で書いているのだという[*8]。

他方、同様に国際的に注目される英語作家のタン・トゥアン・エン（Tan Twan Eng, 陳団英）は、一九七二年にペナンに生まれた海峡華人（Straits Chinese）で、英国、クアラルンプール、ケープタウンと各地を移動している。海峡華人とは、海峡植民地と呼ばれるマラッカ海峡に面したマラッカ、ペナン、シンガポールの三つの港町に早い時期に移民したクレオール華人で、ババ・ニョニャ、またはプラナカン（peranakan）とも呼ばれる。著名人ではシンガポール初代首相のリー・クアンユーもその一員だ。植民地下で英語教育を受け、家庭内でも英語を話すこうした華人の家庭に育った場合、読み書きの言語としてもっともなじみ深いのが英語であるだろう。タン・トゥアン・エンの二〇一二年に刊行された長篇小説 *The Garden of Evening Mists*（邦訳『夕霧花園』宮崎一郎訳、彩流社、二〇二三年）は、日本占領期マラヤで強制収容され、妹を失った海峡華人の女性が、戦後にキャメロン・ハイランドで日本庭園を造る庭師のもとを訪ね、日本兵によって心身に刻まれた傷を自分の意思でなぞることで癒してゆく物語だ。[*9] 華人が多く参加したマラヤ共産党ゲリラを他者として描き出す視点から、海峡華人の自己認識の一端を垣間見ることができるだろう。

米国在住のヤンシィー・チュウ（Yangsze Choo, 朱洋熹）も英語作家だが、彼女はドイツや日本などを転々として育ち、ハーバード大学を卒業したことから、英語で教育を受けたサードカルチャーキッズと呼んでもよさそうだ。『ハーバード・マガジン』のインタビューによると、母は華語学校の教師であったというから、マレーシアで育っていれば華語とのつながりもより深いものであったかもしれない。[*10] 作品は戦前のマラヤを舞台にしたファンタジー長篇で、二〇一三年の *The Ghost Bride*（邦訳『彼岸の花嫁』圷香織訳、東京創元社、二〇二二年）、二〇一九年の *The Night Tiger*（邦訳『夜の獣、夢の少年（上・下）』圷香織訳、東京創元社、二〇二一年）のいずれもマラヤの伝説を素材にしている。

その他に、移民先の言語で書く華人作家もいる。ノルウェー語で書かれた『きのこのなぐさめ』（枇谷玲子・中村冬美訳、みすず書房、二〇一九年）のロン・リット・ウーン（龍麗雲）は、ノルウェーに暮らす文化人類学者だ。長くともに歩んできた伴侶の突然の死から、きのこ狩りを通じて喜びを感じる心を取り戻す過程を綴ったネイチャーライティングでもある。

＊8　二〇一四年三月六日の東京国際文芸フェスティバルでの英語での発言を要約したもの。YouTube にアーカイブ映像があり、以下から視聴できる。https://youtu.be/VJQM1bcuy70?t = 1063　なお、オーの作品は未邦訳だが、手に取りやすい日本語での紹介には *We, the Survivors*（二〇一九年）を取り上げた藤井光による「『生き延びる』とは何か、『俺たち』とは誰か」（『現代アメリカ文学ポップコーン大盛』書肆侃侃房、二〇二〇年所収）がある。

＊9　二〇一九年に台湾の林書宇（トム・リン）により映画化され、阿部寛と李心潔（アンジェリカ・リー）、張艾嘉（シルビア・チャン）が主演したことでも話題になった。

＊10　Profile of novelist Yangsze Choo　https://www.harvardmagazine.com/2020/03/montage-wild-dreams

こうして見ると、多言語に翻訳され、国際的に注目を集めるのはマレーシア国内より海外在住の作家であることがうかがえる。英米の出版社から作品が刊行される方が注目度が高まるという事情もあるが、マレーシア華人の「再移民」の潮流が文学にも反映されているという見方もできるだろう。

華語作家についても同様に、マレーシア国外の文学的資源との関係が指摘される。華語作家には華文独立中学の卒業生が多いが、その中でも台湾に留学した経験を持つ作家がかなりの数を占める。卒業後も台湾に定住した作家では、李永平（一九四七-二〇一七）、張貴興（一九五六年生まれ）、黄錦樹（一九六七年生まれ）が代表的だが、いずれも人文書院の台湾熱帯文学シリーズで邦訳が刊行されている。

留学以外に、台湾の文学賞も馬華作家にとってはステップとなるし、台湾で著書を刊行する作家も少なくない。女性の馬華作家で国内外の知名度が高いのは黎紫書（れいししょ）（一九七一年生まれ）だが、やはり台湾の文学賞を多く受賞し、また台湾の出版社から作品を刊行している。こうした潮流の背景には、台湾の学術界や出版界において、マレーシア出身者が地歩を固め、馬華文学が様々な層の読者の目に触れる機会を増やしてきたこともあげられる。

二、著者紹介

賀淑芳（Ho Sok Fong）もこのように、マレーシアの内外を行き来しつつ創作を続けてきた作家である。プロフィールをたどってみよう。

一九七〇年、マレーシアのクダ州の華人家庭に長女として生まれる。九〇年代にペナン州のマレーシア理科大学（ＵＴＭ）応用物理学科に学ぶ。専攻に物理学を選んだのは、家計を助けるため将来を考えてのことだったという。高校時代に創作を始め、大学時代にはマレーシアの文学賞も受賞しているが、卒業後はエンジニアとして就職した。マレーシアの華語作家では、先述のように華文独立中学の出身者が多く、台湾など華語圏の大学に進学した後に華語作家となるケースが目立つ中、マレー語で教育を行う国民中等学校のコースをたどって理系の大学に進んだ賀淑芳の経歴はやや異色といえよう。もっとも、エンジニアの仕事は関心からかけ離れており、鬱々とした日々だったらしい。

四年後、勤務先の電子工場が金融危機と集積回路の技術改革の煽りを受けて倒産したため、退職することになった。こうして意に染まない業務から「解放」された二〇〇〇年、マレーシアの華字紙『南洋商報』に転職、文芸欄の特集を担当する。この間、創作では〇二年に短篇小説「別再提起」（邦訳「思い出してはならない」豊田周子訳、『白蟻の夢魔』、人文書院、二〇一一年所収）により、台湾の中国時報文学賞審査員賞を受賞、作家として広く注目されることになる。改宗した華人の葬儀で、道士による葬儀を希望する遺族と、ムスリムとしてイスラーム式に葬るべきだとする宗教裁判所との間で亡骸を奪い合うが、突如として遺体が大量に脱糞するという落ちで読者の度肝を抜く。この悲喜劇は高く評価され、その後もいくつかのアンソロジーに収められている。

ところが、ようやく満足のできる職場で仕事にやりがいを見出していた矢先、華人政党であるマレーシア華人協会（ＭＣＡ）の投資会社による『南洋商報』と『中国報』の買収が始まった。政党による大手華字紙二紙の買収に対し、報道の自由に介入するとの懸念の声が高まったが、社員も含めた抗議運動も空しく、結局二〇〇一年に買収が合意された。その後、最終的に〇六年には星洲日報グループによって二紙ともに買収され、マレーシアの華字紙はほぼ独占市場となった。社内の風気も大きく変わり、多くの退職者が出たという。将来の見通しが立たない中、賀淑芳もほかの道を求めることにし、〇四年に奨学金を得て離職し、台湾に渡った。

留学先の政治大学中国文学部で〇八年に修士号を取得。本書所収の「夏のつむじ風」は、同年に台湾聯合報小説賞を受賞している。マレーシアに帰国し、ペラ州カンパルのトゥンク・アブドゥル・ラーマン大学（UTAR）中国文学科講師として教壇に立つ。しかし三年後、大学側から博士号の取得を求められ、シンガポール・南洋理工大学（NTU）の奨学金を得て再び離職。同大中国文学科博士課程に学び、一七年に博士号を取得した。

この間に台湾で『迷宮毯子』（一二年）、『湖面は鏡のように（湖面如鏡）』（一四年）の二冊の短篇小説集を刊行している。また、一六年には台湾・九歌出版社から刊行される年度小説選（童偉格主編）に「初始与沙」（未邦訳）が収録され、中華民国暦一〇四年度のベスト小説に選ばれた。一七年、台湾国家文化芸術基金会から馬華長篇小説創作の第一期助成を得て、二〇年までマレーシアの小さな街で執筆に専念した。二〇年夏に台湾に渡り、台北芸術大学准教授を務める。二三年八月、マレーシアに帰国し、初の長篇小説『蛻』を台湾とマレーシアで同時に刊行した。

「別再提起」と「湖面は鏡のように」は日本語、韓国語、マレー語、ポルトガル語に翻訳されている。単行本としては、短篇小説集『湖面は鏡のように』のナターシャ・ブルース（Natascha Bruce）による全訳 *Lake Like a Mirror* が一九年に英国の Granta より刊行されており、同年 English PEN Translates awards を獲得したほか、The Warwick Prize for Women in Translation 2020 のショートリストに入ったことでも注目を集めた。

本書収録作品には、背景についてやや補足を要すると思われる作品もあるので、各篇について簡単に紹介したい。

三、作品解説

①湖面は鏡のように（原題：湖面如鏡）

主人公はマレーシアの大学で英文学を講じる華人女性。授業でE・E・カミングズの詩を取り上げ、マレー人の男子学生に朗読させたところ、後に彼がインターネットを通じてゲイであることを公表したことから、学内で問題にされる。

マレーシアではソドミーは今なお犯罪であり、一九九八年には当時マレーシア副首相であったアンワル・イブラヒム（現首相）が職権濫用と（同性愛を含む）「異常性愛」の容疑で逮捕されている。[*11]「異常性愛」容疑については二〇〇四年に棄却されて無罪が確定、釈放されたが、法廷には証拠としてマットレスが持ち出されるなどスキャンダラスな関心が煽られることになった。ムスリム指導者に対する政治的追い落としの手段としてセクシュアリティが利用されうる社会状況が、この作品の背景になっている。なお、マレーシア出身の映画監督・蔡明亮の『黒い眼のオペラ』（黒眼圏、〇六年）の題名は、この時アンワルが目の周りに黒い痣をこしらえた姿で出廷したことを想起させるほか、マットレスのモチーフもこの裁判を連想させる。馬華文学でも、翁弦尉（おうげんい）「天光」（〇九年）、許通元（きょつうげん）「我的老師是恐怖分子（ぼくの先生はテロリストだった）」（一九年）（いずれも許通元主編『号角挙起　馬華同志小説選2』有人、一九年所収）などにアンワルの逮捕事件の衝撃が描

＊11　マレーシアの近年の性的少数者をめぐる状況は、伊賀司「希望連盟政権下のセクシュアリティ・ポリティクス――『新しいマレーシア』の下でも進まなかった性的少数者の政治・社会的包摂」（日下渉ほか編著『東南アジアと「LGBT」の政治――性的少数者をめぐって何が争われているのか』明石書店、二〇二一年）に詳しい。

かれている。

賀淑芳が社会問題を取り上げてマレーシアの現実に切り込む作家であるという印象は、本作によって強められるかもしれない。ただし、社会的背景を読み込んだ上で、「湖面は鏡のように」に描かれる他者との遠さ、一見睦まじい親子のようだがひと皮めくれば現れる深い断絶、警戒線を踏み越えてしまったかとおののいても、実は安全地帯で振り回されていたにすぎなかったと気づかされるところ、湖水に近づくことすらできないのに街にも帰れない、中途半端なラストに至るまで、主人公があらゆるものから疎外されてどっちつかずの状況にあることを考えるとき、そこに見えてくるのはマレーシア社会に限られたものではなく、日本語でこの作品に触れるわたしたちの日常でもありうる。薄氷を踏むような思いで「湖面」に映る影を読みとろうとする経験は、むしろ極めて親しいものではないだろうか。ちなみに、これまでに訳者に「あなた自身のためなんですよ」とありがたい忠告をくださった方々には、一々お名前を列記することはしないが、いくつかの台詞を日本語に移すに際し、賜ったお言葉を無断で拝借したことについて海容を乞うとともに、深甚なる謝意を表したい。

主人公と一緒に試験監督を務めた同僚がかつて勤務したMARA学院大学とは、国民信託評議会（Majlis Amanah Rakyat. 略称MARA）によって運営される高等教育機関を指す。MARAは「貧しいマレー農村の子弟に各種の専門知識や技能技術を教えることにより農業以外の雇用機会を得させる目的で設立された」[*12]機関である。

なお、本文中に引用されるE・E・カミングズの詩句は *spring is like a perhaps hand* および *i like my body when it is with your* で、「（そして）何もこわさない」とは前者の最後の二行、“）and/without breaking anything.”を踏まえている。藤富保男訳編『カミングズ詩集』（思潮社、一九九七年）より藤富保男氏、ヤリタミサコ氏の訳を参考にさせていただいた上、中国語原文から訳出した。

②壁（原題：墻）

高速道路の防音壁が建造され、裏口が塞がれてしまった家。細く開けた戸の隙間からは猫が入り込んでくる。築いても壊しても別の危険をもたらす壁だが、もともと見ないようにしていたものが可視化されただけだともいえる。子供の視点と「おばさん」の視点が入れ替わり、夢幻的な結末を迎える。

ウツボカズラは捕虫袋をいくつもつける熱帯の食虫植物で、愛好家の間では学名のネペンテスの方が通りがよいかもしれない。馬華作家の小説にはよく描かれるが、捕虫袋の形状が豚を運送するのに用いる籠に似るところから、華語では「猪籠草」と呼ばれる。なお、時代劇ではしばしば姦通した男女や、貞節を守らないと目された女性を「猪籠」に入れ、身動きが取れないようにして川に沈める私刑が描かれる。「おばさん」がウツボカズラに呑まれたことは、夫の言葉によって「わたしたち」の夢の中で事実になる。女性に対する残酷な刑のイメージが重なっているようでもある。

③男の子のように黒い（原題：像男孩一様黑）

語り手の友人の蘇愛(スー・アイ)には美しい姉がいるが、成績不振で退学しており、家に閉じこもったまま、食べ物に異常な執着を見せている。姉の内面については描かれず、語り手の目には豚や牛のような動物的存在として映し出されている。様々な形の性暴力に囲まれた環境で、語り手の少女はその正体をおぼろげに感じ取りつつも、蘇愛の姉の声や彼女がたてる音を無視し、その姿を視界から消そうとする。

＊12　坪内良博・村田翼夫「社会と教育」、綾部恒雄・石井米雄編『もっと知りたいマレーシア　第二版』（弘文堂、一九九四年、二〇九頁）。

過食と性暴力被害については、アメリカのハイチ系フェミニスト、ロクサーヌ・ゲイが二〇一七年に発表した回想録 *Hunger : A Memoir of (My) Body*（邦訳『飢える私――ままならない心と体』野中モモ訳、亜紀書房、二〇一九年）を参照されたい。

作中にはアメリカ人建築家の殺害事件に言及があるが、二〇〇三年に在米マレーシア人女性がクアラルンプールのショッピングモールで駐車場から拉致され、暴行の末に殺害された現実の事件を連想させる。被害に遭ったのが公共の場であったこと、証拠隠滅のために遺体が激しく損傷されていたこともあり、この事件が社会に与えた衝撃は大きかった。

なお、校内での女子生徒への性加害について、マレー系男性教員を加害者として描いていることや、主人公の母親たちの台詞として、マレー人に対する差別的な表現が見られる。これは〇六年の発表当時に至ってなお、華人社会で少女に注意を与える際に、他の民族に対する偏見を強化するような言辞が用いられていたことを反映している。その背景には、華人がマイノリティであることに加え、上述の事件の犯人がマレー人であったことや、被害者の華人性が新聞の見出しで言及されたり、被害者の顔写真を大きく取り上げてその容姿を強調したりするような報道の影響も考える必要があろう。この小説では性暴力そのものと、報道や家族、知人らによる二次加害、さらにそれをめぐる言説において民族的偏見が強化される状況があぶり出されている。

④箱（原題：箱子）

夫を亡くしてずいぶんになる雑貨屋の安雅（アンヤー）。夫の方は両親の代に中国から移民してきたが、みな故人となってからも、その家には彼らの遺した家具や古道具が詰まっている。姑のベッドを解体したというのは、遺品の片付けというより、葬礼にまつわる習俗の一つであろうか。ふだん寝ていたベッドに死者が戻って来ることを防ぐためという意味合いがあるようだ。

⑤夏のつむじ風（原題：夏天的旋風）

マレーシア出身の華人女性、蘇琴（スー・チン）は台湾人男性と結婚し、台北で暮らしている。男児と女児がいるがいずれも台湾人である先妻の子で、蘇琴ひとりが異なるアクセントで話すよそものだ。二年間の「冷戦」を経て、家族の中にあっても消えることがない彼女の孤独感が浮かび上がったこの日、蘇琴は家族で過ごす遊園地での一日を転換点にしようと決意する。作者が台湾で修士課程に学んでいた時期の作品で、マレーシア華人の台湾での疎外感が反映されているように思われる。マレーシア華人の場合、外国籍ではあるが、言語的にも文化的習慣でも台湾の漢族とは近く、場合によっては先祖のルーツの地も同じであるかもしれない。しかし、同じ華語でも、マレーシアで育った人のアクセントは台湾人とは明確に異なる。近さがかえって相違を際立たせるともいえるだろう。「自分たち」の内側なのか外側なのか、境界は曖昧なだけに越え難い。

⑥ラジオドラマ（原題：天空劇場）

ちょうど「夏のつむじ風」を反転させたような一篇。久々に帰郷した娘が、母について個人経営の美容院に行く。美容師が話すマレー語がインドネシアなまりだというのもポイントだ。マレー語とインドネシア語は非常に近い言語だが、やはり違いは聞き分けられる。華人の女性客たちの福建語の会話に、美容師はマレー語で口を挟む。共通の言語が相違を際立たせる反面、異なる言語がなめらかに互いを媒介する。

ちなみに「レモン河」ことSungai Limauはクダ州に実在する地名。カナ表記にすればスンガイ・リマウとなるが、原文「檸檬水鎮」に従い、あえて「レモン河」と直訳するとがぜん童話の世界のような響きを持つ。現実とドラマの世界が紙一重であるように、言葉によるレンズ越しに見る世界はそれぞれ異なる相貌を呈する。

なお、エピグラフはニーチェ全集第1期第七巻『人間的な、あまりに人間的な——自由なる精神のための書』（浅井真男訳、白水社、一九八〇年）より引用させていただき、中国語に合わせて一部を改めた。

⑦十月（原題：十月）
イギリス領北ボルネオ・サンダカン。天草から南洋に売られて二十年あまりになる「からゆきさん」のキクは、サバに三十年間暮らしている北ボルネオ会社の高官ウィングズの愛人となり、気球に乗る約束をする。彼女はサンダカンでクリスチャンとなり、日本人専用の教会を作りたいと考え、寄付を募って成功する。しかし思慕を寄せていた台湾・基隆から来た牧師・裘守清（きゅうしゅせい）は、友人に中国同盟会への支持を取りつけるためと言って旅立ってしまう。神の愛と情欲の間でもだえながらも、キクはずっと牧師は十月のうちにサンダカンに戻るはずと信じて落ち着かない気持ちで過ごす。

瓜二つの容貌を持ったウィングズと裘守清を通じ、信仰と愛を深めようとしてきたキクは、気球に乗って上昇しながら、ウィングズがそもそも偽物で、海賊の曹家幇（そうかほう）の一員であることを知る。真贋と生死が表裏一体であること、そして、同じ事物が言葉によって切り出されることで見せる異なる相貌が、本作にもまた描かれている。

「オティロンとかオディロンとか」というのは画家のルドンを想起させるが、ルドンがボルネオを訪問したという事実はない。これもルドンを騙った偽物であろう。ただし、キクにイエスを連想させる横顔の絵は、岐阜県美術館所蔵のオディロン・ルドン《気球》がモデルとなっている。

なお、作中人物の名前については、邦訳に際し作者の了解を得て、当時の日本人女性として違和感のない読み方を採用し、カナ表記に改めた。

⑧小さな町の三月（原題：小鎮三月）

エピグラフに見られるように、中国の女性作家・蕭紅（一九一一-四二年）の短篇小説「小城三月」を下敷きにした作品である。蕭紅の小説では、翠伊と発音の近似する翠姨（翠おばさん）と大学生の淡い感情を、子供の視点から描いている。翠おばさんは語り手にとっては「おばさん」と呼ぶべき世代に属するが、若い内気な女性で、ブローチや肩掛けのような流行の小間物を目にしても、気後れしてすぐに買い求めることができない。何軒も店を回って気に入ったデザインの靴をようやく見つけても、欲しいと口に出せないまま、結局買い逃してしまう。彼女の恋愛もそんなふうで、風采の上がらない男と婚約を結ばされるが、ひそかに大学生に思いを寄せている。だが教育を受けておらず、父が早く亡くなった上に母が再婚した彼女はずっと引け目を感じており、女学生のような恋愛に憧れながら結局かなうことはなく、輿入れを急かされて病が悪化し、そのまま亡くなってしまう。彼女は思いを秘めたまま口に出さず、相手の大学生は彼女の死を悲しみつつも、自分の存在が彼女にとっては生涯の思い出となったことは、まったく気付かないまま終わる。女学生に憧れつつもそうなることができなかった翠姨は、本作の翠伊となって小さな町を後にし、大学に進学する。

⑨ Aminah（原題：Aminah）

九〇年代を背景とする作品。両親がともに華人である主人公・洪美蘭（アミナ）のケースでは、美蘭の父がイスラームに改宗したため、美蘭の身分証もムスリムとして登録されることになる。美蘭はイスラームからの離脱を申請したが認められず、再教育のため「信仰の家」という名のリハビリテーションセンターに収容されることになる。マレーシアにおいてはイスラームに改宗するには所定の規則に従い手続きをすればよいが、イスラームからの離脱はほぼ認められない。[*13] 彼女と恋人が「そもそも役所に届けることのできない関係」だというのは、マレーシアではムスリムと非ムスリムの婚姻は法律上認められていないからである。祖母も母も中国名であることから、父がひそかに改宗したと想像される。その場合も美蘭には選択の余地はなく、美蘭ではなくムスリムのアミナとして生きることを強制される。

マレーシアでは民族間の融和が重んじられ、緊張関係を取り上げることは民族対立の煽動であるとみなされる危険があるため、こうしたテーマを正面から扱う華人作家は少ない。ただし、華人がマレー・イスラームによってアイデンティティーを脅かされているといった二項対立的なとらえ方はせず、権力が個々人の暮らしに土足で踏み入ってくる現場を描くことに注力していることに留意してほしい。

⑩風がパイナップルの葉とプルメリアの花を吹きぬけた（原題：風吹過了黄梨葉與雞蛋花）

題名のパイナップルとプルメリアはそれぞれ主人公の祖父母の墓に植えられた植物だ。プルメリアが植えられているのは母方の祖母の墓で、一般的にイスラーム墓地に多く植えられることから、母方はマレー・ムスリムであることが暗示されている。パイナップル（黄梨）は閩南語で〈旺来〉に通じることから、福建系華人の間では子孫繁栄を願って清明節に墓に植える習俗があるという。アミナの父は結婚に際してイスラームに改宗したと思われるが、それによってマレー人の習慣に完全に従ったわけではなく、なお華人の生活様式を保ち、親戚をはじめとする華人の共同体とのつながりも保っていると考えられる。主人公の名は公的にはアミナとして登録されているが、日常生活では張美蘭（ジャン・メイラン）を名乗り、学校では渓（シー）という華人の少年と親しく交際している。

引き裂かれたと周囲から目される彼女の生は、語りそのものの分裂によって描き出される。一人称の主人公によって語られるこの小説では、彼女の中の〈アミナ〉は他者として形象化されている。マレーシア出身の華語作家の黄錦樹は、小説「第四人称」において、「『私』と口にする人は同時に自身および（あの深く隠されて知ることができない）かれを指し示さずにはいられない」[*14]と登場人物にラカンを援用して語らせ、「私」と自らを名指す際、同時にエスの顕在化した姿である「かれ」も指し示されていることを説明している。本作においても、常に「私」に内在する「かれ」が示されているといえるだろう。宗教と民族に関する制度の裂け目の中でさらに引き裂かれた「私」は、アミナを語りの中で他者化しようと試みるが、アミン・マアルーフが次のように説く通り、アミナを張美蘭とは別個の存在として切り離し、捨てることは不可能である。「アイデンティティを切り分けることはできません。半分に分けたり、三つに分けたり、細かく区切ったりはできないのです。私には複数のアイデンティティなどありません。ただ一つのアイデンティティしかないのです」（アミン・マアルーフ『アイデンティティが人を殺す』小野正嗣訳、筑摩書房、二〇一九年、一〇頁）。

＊13　多和田裕司「現代マレーシアにおける棄教――「制度化」されたイスラームの一断面」（『人文研究』大阪市立大学大学院文学研究科紀要、第五八巻、二〇〇七年）および光成歩「現代マレーシアにおける『改宗・棄教』をめぐる語りの構造――非ムスリムによる『リナ・ジョイ係争』への支持言説を手がかりに」（『アジア地域文化研究』第五号、二〇〇九年）、陳中和「马来西亚穆斯林脱教的法律问题及其影响」（『南洋问题研究』第一七九期、二〇一九年第三期）参照。なお、シャリーア法の専門家は、「ムスリムは棄教や背教する権利を与えられておらず、大きな過失であり、重罪であるとみなされる。背教がムスリムの権利であるという主張は、連邦憲法に照らしても全く根拠がないものである」（ザイヌル・リジャル・アブ・バカール、ヌルヒダヤ・ムハンマド・ハシム『マレーシアとシャリア――憲法とイスラム法の現代的課題』岡野俊介訳、日本マレーシア協会、二〇一九年、三〇頁）との見解を示している。ザイヌル・リジャル・アブ・バカールは「リナ・ジョイの判例にも深く関与した」シャリーア弁護士である。

＊14　黄錦樹「第四人稱」、『土與火』（麥田、二〇〇五年、二七〇頁）。邦訳に「第四人称」（羽田朝子訳『夢と豚と黎明――黄錦樹作品集』人文書院、二〇一一年所収）が備わるが、本稿の引用は訳者による。

彼女の頭の中には「棲（チー）」と呼ばれる水かきを持ったカエルのような「両棲人」が住んでいるが、両棲類のまま生きることは許されず、制度的に定められた一方の生のみが肯定される。

なお、引き裂かれた少女の例として引き合いに出されるマリアという名は、実在のマリア・ヘルトーという人物を想起させる。彼女はオランダ人キリスト教徒の娘として生まれたが、父が日本人によって抑留されたため、マレー人女性に養女として引き取られ、ムスリムとして育てられた。戦後、オランダに帰国した実の両親が彼女の所在を突き止め、オランダに迎えようとしたところ、育ての親のマレー人女性に拒否された。彼女の養育権をめぐっては一九五〇年にシンガポールで裁判が起こされ、最終的にオランダに連れ帰られた。詳細は坪井祐司「宗教の制度化、民族の制度化　一九五〇年代前半のマラヤ政治と『カラム』の戦略」（『マレーシア研究』第三号、二〇一四年、二九-四六頁）を参照。

⑪フックのついたチャチャチャ（原題：帶著鉤子的恰恰）
この美蘭（メイラン）ことアミナは華人の父とマレー人の母の間に生まれ、華語小学校に四年間通った経歴を持つ。母は彼女が父方の親戚とあまり親しくなりすぎることを心配しているが、今は父方の祖母の家から学校に通っている。彼女の容貌はマレー人の母から受け継がれたもので、華人でないことは一目で見て取れる。美蘭として華人の暮らしをしている彼女だが、名簿に記され、身分証に記載された名前はマレー人ムスリムの「アミナ」だ。

冒頭で彼女は面識のない文通相手に送る便箋に署名しようとして、どの名前を記すべきか頭を悩ませる。華語で手紙を書く彼女を、相手の少年は華人と疑っていない。しかし「アミナ」という名のムスリムであることを知ったら、どう思われるかは明らかだと彼女は感じている。主人公は「風がパイナップルの葉とプルメリアの花を吹き抜けた」の美蘭の数年前の姿であるかもしれないが、二つの名前を持つことから開ける可能性に思いを致す結末からは、もしかすると制度が個人の生を縛ることのない新しいマレーシアのあり方が見えてくるかもしれない。

本書は『湖面如鏡』（宝瓶文化、二〇一四年）の全篇と、日本語版では二篇を追加した。「男の子のように黒い」は短篇集『迷宮毯子』（宝瓶文化、二〇一二年）、「フックのついたチャチャチャ」はアンソロジー『野芒果　馬華当代小説選　2013-2016』（林春美・高嘉謙編、三三出版社、二〇一九年）所収のテクストを底本とした。以下に述べる二篇を除き、本書のために訳し下ろしたものである。『湖面如鏡』収録作についてはナターシャ・ブルース（Natascha Bruce）による英訳 *Lake Like a Mirror*（Granta, 二〇一九年）も参照し、本文の異同は作者に確認の上で取捨選択した。

「湖面は鏡のように」と「アミナ」の二篇については、それぞれ『東南アジア文学』一六号（二〇一八年）と一七号（二〇一九年）に掲載された拙訳を全面的に改訳した。収録をご快諾くださった宇戸清治先生、野平宗弘先生をはじめ雑誌『東南アジア文学』編集委員各位のご好意にお礼を申し上げる。『東南アジア文学』は、東京外国語大学の教員・学生を中心とした東南アジア文学会によって発行されている雑誌であり、第一号の刊行は一九九六年に遡る。九九年より休刊を挟んだものの、二〇一三年十月の第一一号から復刊され、一一号から最新の一九号までは『東南アジア文学』ウェブサイト（https://sites.google.com/view/sealit）に公開されている。マレーシアのほかにもタイやベトナムをはじめとした東南アジア各地の文学作品と評論が収録されており、一一号以降は作品ごとにＰＤＦファイルで邦訳を読むことができるようになっている。東南アジア各地の豊かな文学世界に触れていただければと願う次第である。

本書の企画は二〇一七年に溯る。「湖面は鏡のように」の邦訳許可をいただくため、作者との仲介の労をとってくださった舛谷鋭先生、二〇一八年に台北で美術館と本屋めぐりをしてから、企画書を作成し、訳者の遅遅たる歩みに根気強く付き合って下さった白水社編集部の杉本貴美代さんにお礼を申し上げる。

そして作者の賀淑芳さん。二〇一七年に台北で行われた作家の李永平氏の追悼会が初対面であった。それぞれ日本とマレーシアに暮らしながら、二年の間に三度も対面する機会を得、マレーシアのカンパルを訪ねた際はイポーまで車で案内していただいた。故李永平氏をはじめ、馬華文学に作家として、あるいは研究者として参与している多くの方々が陰に陽につないでくださった縁でもある。訳稿の作成に際して、訳者の細々とした質問に対し、賀淑芳さんからは繰り返し根気よく回答をいただいた。決して筆まめではない訳者の拙い華語に対し、いつも気遣いにあふれた丁寧な文面の返信をくださる彼女に、敬意と友情をこめてこの訳書を贈りたい。

訳者識

二〇二三年八月　芙蓉の咲き初める夏に

訳者略歴

専門は中国語圏文学。訳書に、李永平『吉陵鎮ものがたり』（共訳、人文書院）、唐捐『誰かが家から吐きすてられた——唐捐詩集』（思潮社）、鯨向海『Aな夢——鯨向海詩集』（思潮社）、『郝景芳短篇集』（白水社）など、編訳書に、『サイノフォン1——華語文学の新しい風』（白水社）がある。

〈エクス・リブリス〉

アミナ

二〇二三年九月一〇日 印刷
二〇二三年一〇月一〇日 発行

著者 賀淑芳（が しゅく ほう）
訳者 © 及川茜（おいかわ あかね）
発行者 岩堀雅己
印刷所 株式会社三陽社
発行所 株式会社白水社

東京都千代田区神田小川町三の二四
電話 営業部〇三（三二九一）七八一一
　　 編集部〇三（三二九一）七八二一
振替 〇〇一九〇‐五‐三三二二八
郵便番号 一〇一‐〇〇五二
www.hakusuisha.co.jp

乱丁・落丁本は、送料小社負担にてお取り替えいたします。

誠製本株式会社

ISBN978-4-560-09088-6

Printed in Japan

◉サイノフォン　全四巻

第一巻

華語文学の新しい風

王徳威、高嘉謙、黄英哲、張錦忠、及川茜、濱田麻矢 編
劉慈欣、ワリス・ノカン、李娟 他著
小笠原淳、津守陽 他訳

華語文学の多様で豊かな広がり。台湾、香港、アメリカ、京都、新疆ウイグル自治区、マレーシアなどを舞台にした十七篇。

◉エクス・リブリス

郝景芳（ハオジンファン）短篇集

郝景芳 著　及川茜 訳

ヒューゴー賞受賞の「北京　折りたたみの都市」ほか、社会格差や高齢化、エネルギー資源、医療問題など、中国社会の様々な問題を反映した、中国SF作家の短篇集。